新潮文庫

神様には負けられない

山本幸久著

新潮社版

11773

JN009941

神様には負けられない

1

足がない。

右足の膝下《ひざした》から先が失われている。

二《に》階堂《かいどう》さえ子《こ》は前屈《まえかが》みになって、足の切断面に顔を近づけていく。切断後に残された部分を〈断端《だんたん》〉と呼ぶと授業で教わった。太腿《ふともも》がどれだけの太さか、膝に異常がないか、骨はどれだけ残っているのか、皮剝《かわむ》けや皮膚の変色、膿《うみ》、タコなどはないかもじっくり観察する。

「キレイな断端スねぇ」

さえ子の右隣で永井《ながい》真《ま》純《すみ》が言った。会って十分足らずの相手に馴《な》れ馴《な》れし過ぎる。しかもテンションが高い。さえ子は心配になって、真ん前に座る穂《ほ》高《だか》優《ゆう》太《た》の顔色を窺《うかが》ったものの、とくに気を悪くした様子はなく、それどころか「ありがとう」と言い、笑みを浮かべた。

「外出する前とあとには必ず洗ったうえでクリームを塗って、柔軟なお肌を保つようにしているんだ。今日は学生さん達のモデルをするのに、汚い足をさらすわけにもいかないと思って、とくに念入りにお手入れしてきたよ。ちょっと失礼」

穂高は上着のポケットから小さめのタオルをだし、断端を拭《ぬぐ》った。うっすらと汗をかいていたのである。

「いまはまだマシで、夏は義足の中が汗でびっしょりだよ。階段や坂の上り下りも大変だけど、がんばればなんとかなる。でも汗だけはどうにもならない」

「断端に触ってもいいですか」

さえ子の左隣で戸《と》樫《がし》博《ひろ》文《ふみ》が言った。ぼそぼそと小さな声なので聞き取りづらいが、穂高には通じたようだ。

「どうぞ、どうぞ。そのためにここにきたんだから」

ここがどこかと言えば渋谷医療福祉専門学校だ。その名のとおり渋谷にあるのだが、ラブホ街の中で、右隣はラブホ、左隣はおとなのおもちゃ屋さんだった。

シブイクと略称で呼ばれることが多い。渋谷のシブ、医療のイまではわかる。だがなぜか福祉のフではなく二番目のクだ。駅構内や電車の中に貼《は》ってある生徒募集の広告の『シブイクにイク？』というコピーを見る度に寒々しい気持ちになる。だがいつしかさえ子もシブイクと言うようになった。

七年間勤めた会社を退職し、さえ子は昨年の春から、義肢装具士《ぎしそうぐし》を目指してシブイクの義肢装具科に通いだした。いまは二年生だ。シブイクの義肢装具科の二年生は二十七人、そんな中でさえ子は浮いた存在だった。大半が十九歳か二十歳で、彼ら彼女らからすればオバサンだからだ。認めたくはないがやむを得ない。さえ子だって、自分より七歳上の女性が身近にいたらオバサンだと思う。

シブイクは三年制で、ほぼ全員が三年生の二月後半に義肢装具士の国家試験を受験し、三月なかばの卒業式から十日経《た》った頃に合格発表を迎える。義肢装具士国家試験はここ数年、受験者が二百五十人前後で、合格率は八十五パーセントから九十パーセントと高い。ならば簡単かと言えば、それはちがう。義肢装具についての専門知識を徹底的に頭に叩《たた》き込んで挑まねば合格できない。つまりは専門学校に通う三年間、気を抜かずに勉強しなければならなかった。

ゴールデンウィークが明けたあとの金曜、今日は下腿《かたい》義足の製作実習をおこなっている。下腿とは膝下からくるぶしまでのことで、この部分を失った、あるいは元からなくて義足を使用しているひと、いわゆる義足ユーザーを数人招いて、そのひと達の下腿義足を実際につくるのだ。

　実習は義肢装具製作室で七つの班にわかれて作業をする。さえ子は真純と戸樫とおなじ、四班だ。いずれもさえ子とはちがった理由で、クラスでは異端だった。だからといっておなじ班なのではない。五十音順の出席番号で十三（戸樫博文）、十四（永井真純）、十五（二階堂さえ子）と連なっているからだ。

　義足ユーザーの方々にはこのふた月のあいだ、二週間に一度は渋谷まできていただく。それも交通費支給のみのボランティアで、授業がある昼日中のため、ほとんどが高齢者だった。そんな中、四班の三人がお世話になる義足ユーザーは圧倒的に若い。

　義足を製作するにあたって、はじめにおこなうことは義足ユーザーとコミュニケーションを図りつつ、義足の処方及び製作に必要な情報を聞き取ることである。名前や年齢、職業、足を失った理由も聞き、義肢情報カードに書きこんでいく。

　四班の義足ユーザーは穂高優太三十二歳、笹塚にある写真館の二代目で、スタジオ撮影だけでなく、渋谷区や新宿区、世田谷区などの小中高や専門学校の卒業アルバムやホームページ、学校案内のパンフ、ポスターなどに使用する写真の撮影もおこなっており、シブイクもそのうちの一校らしい。言われてみれば、入学式や学園祭などで一眼レフを構えた男性を見かけた気がする。しかしさすがに顔までは記憶にない。写真館の仕事以外にも雑誌やウェブマガジンから依頼された撮影もしており、ときには取材やインタビューをして文章も書いているという。

　大学時代、宅配便のバイトで、トラックの荷台から荷物を運びだす作業中に、飲酒運転の自家用車が突っこんできたせいで、左足を骨折、右足は切断しなければならなかったそうだ。自らの悲惨な体験談を語りながらも、穂高の口調と表情はすべてを悟り切ったかのようにとても穏やかだった。

　右足を失った理由を聞きおえてから、穂高には義足を脱いでもらった。そして露《あらわ》になった断端を戸樫、真純の順で触り、さえ子の番が訪れた。

　班で作業する際は、決まって出席番号順だ。さえ子としては、ふたりがおこなうのを見てからできるので、大いに助かる。ただ今回はそれでも緊張でガチガチだった。

「よろしくお願いします」

　声が掠《かす》れているのも緊張のせいだ。

　さえ子の身近には義足や義手のユーザーがいなかった。そういうひと達に接するようになったのは、この学校に入ってからだった。それも研修や学校行事、イベントの手伝いなどごく限られた場所と時間でのことに過ぎない。断端も教科書や資料でなら、いくらでも目にしているが、これほど間近に実物を見たことはないし、触れるのははじめてだ。清潔ですべすべだが、思った以上にがっしりしている。

「遠慮は無用だよ」頭上から穂高が言った。「もっとがっつり触っていいからさ」

「あ、はい」

遠慮しているのではない。緊張が解けず、手がこわばって、思うように動かないのだ。一旦《いったん》離して、両手を閉じたり開いたりしてから、ふたたび挑む。

断端に触れるのは、骨が覆《おお》われている部分の厚さを調べるためだ。薄い皮膚だけの場合もあれば、脂肪や筋肉などで厚く覆われていることもある。穂高は後者だった。こちらのほうが義足を塡《は》めやすい。さらに皮下組織の状況や皮膚のタイプも触って調べていくうちに、どうにか手が自由に動くようになった。

つぎは採寸だ。

一番手の戸樫が巻尺を持ち、穂高の膝下から断端の先まで三十ミリ間隔で足のまわりを測っていく。それが済むと穂高に股《また》までズボンをたくしあげてもらい、おなじく膝下あたりから、今度は上にむかって三十ミリ間隔で測る。これをおえると、他の測定器を用いて、膝下から切断面までの長さや、膝や太腿の幅も測っていく。

ふだんは鈍臭いくせに、いざ作業に取りかかると戸樫は動きに無駄がなかった。座学の成績はまずまずだが、実技はダントツでウマい。手先が器用で工具の扱いも慣れている。

なんでそんなにじょうずにできるわけ？

以前、製作実習の最中に真純がいちゃもんをつけるように訊《たず》ねたところ、工業高校に通っていたからと、戸樫はぼそぼそと小さな声で短く答えていた。

見た目はパッとしない。背丈は百七十センチ足らずなのにつねに猫背、顔にはニキビが目立ち、いつも伏し目がちで、こちらがなにか訊ねないかぎり、自分から発言することはほぼなかった。さえ子はクラスで浮いているが、戸樫は沈んでいるといったほうがピッタリだ。

「じゃ、つぎ、あたしね」真純は巻尺を持って穂高の前であぐらをかいた。「失礼しヤッス」

しやッスって。

戸樫とは打って変わって、真純はクラスで浮いているどころか、浮きあがっていた。学校ぜんたいでも目立った存在だ。

まず髪の毛の色がよく変わる。赤、青、黄色、緑、紫、とさまざまだ。ゴールデンウィークが明けたら、ピンクになっていた。さらに耳と鼻にピアスをしているのだが、義足ユーザーの前では外すよう、事前に講師から注意され、渋々従っていた。そしていまは他の生徒とおなじく白衣を着ているものの、普段着はどこかしらにドクロをあしらったものばかりだ。今日は背中に白抜きのドクロが踊っている黒のスウェットだった。埼玉県の蕨《わらび》市で実家暮らしのはずなのだが、家族は彼女の格好について、なにも言わないのだろうかと、さえ子はいつも思う。

言葉遣いが荒く、しかもだれに対しても歯に衣《きぬ》着せぬ物言いで接する。一年生でおなじ班になった当日、二十五歳？　オバサンじゃんと言われたときは、唖然《あぜん》としたものだ。

本人は悪気がなく、自分が思ったままを口にしているだけらしい。だれかに注意されても、ほんとのこと言っただけじゃんと口を尖《とが》らせて抗議するので、いまやクラスでは完全に孤立した状態だった。しかし真純自身は気にしているようには見えない。自分が仲間外れにされているのではなく、彼女がまわりのみんなを仲間と認めていないようですらあった。ただし無遅刻無欠席で、授業は真面目《まじめ》に受けているし、製作実習にも熱心だ。義肢装具士になりたいという本気度は、だれよりも勝っているかもしれない。

このふたりに比べれば自分は年齢がちょっと上なだけで、ごくノーマルだと思う。

せいぜい喧嘩《けんか》っ早いくらいか。会社にいた頃はよく社内外で揉《も》めていた。もっともそれが原因でやめたわけではない。あくまでも義肢装具士になるためにやめたのだ。

「さえ子さんの番スよ」

真純はさえ子のことを下の名前で、さん付けで呼ぶ。

さえ子が永井さんと呼んだら、真純って呼び捨てでいいスと言われた。最初の頃は戸惑ったが、いまはそれがふつうになっている。

巻尺を穂高の足に巻きつけ、数字を確認し、義肢情報カードに書きこんだ。自分でも動きがぎこちないのがわかる。それでもなんとか、こなしていく。

「ヤバいッスよ、さえ子さん」

真純が言うのが聞こえた。測り方になにか間違いがあったかと手を止める。

「ワキ汗、びっしょり」

それ、いま言う？

さえ子は真純を見上げ、睨《にら》みつけた。

断端を収納する〈ソケット〉と、足のカタチを模した〈足部《そくぶ》〉をパイプで繋《つな》ぐことで下腿義足はできている。太腿から先がないユーザーのための大腿義足は足部とソケットのあいだに〈膝継手《ひざつぎて》〉が追加され、股関節《こかんせつ》あたりから先のないユーザーの股義足《こぎそく》は大腿義足のパーツに〈股継手《こつぎて》〉が足される（左図参照）。足部に継手、パイプ、そしてその繋ぎ目になる部分は完成品をチョイスして使う。だがソケットだけはそうはいかない。足がない理由は千差万別で、断端のカタチが個々にちがうからだ。ひとりひとりオーダーメイドになる。これをつくるのが義肢装具士の役目だ。

　ソケットがどんなカタチなのか、言葉で説明するとなると難しい。いちばん近いカタチは指サックだろう。事務仕事などで指に塡めるアレを、足のサイズまで大きくしたものを想像してもらえばいい。ただし指サックとはちがい、ゴム製ではなくプラスチック製だから硬質だ。フチの部分も指サックのように水平ではない。前は膝小僧の中央、うしろは膝裏が露出するようにつくってある。

　このソケットが義足ユーザーの断端にきちんと合っていなければならない。そのためにまず採寸をおこなった。つぎは採型という断端を型取りする作業に取りかかる。

　戸樫がなにかぼそぼそと言っている。一メートルも離れていないのに、さえ子にはまるで聞き取れなかった。穂高もそうだったらしい。

義足とは？

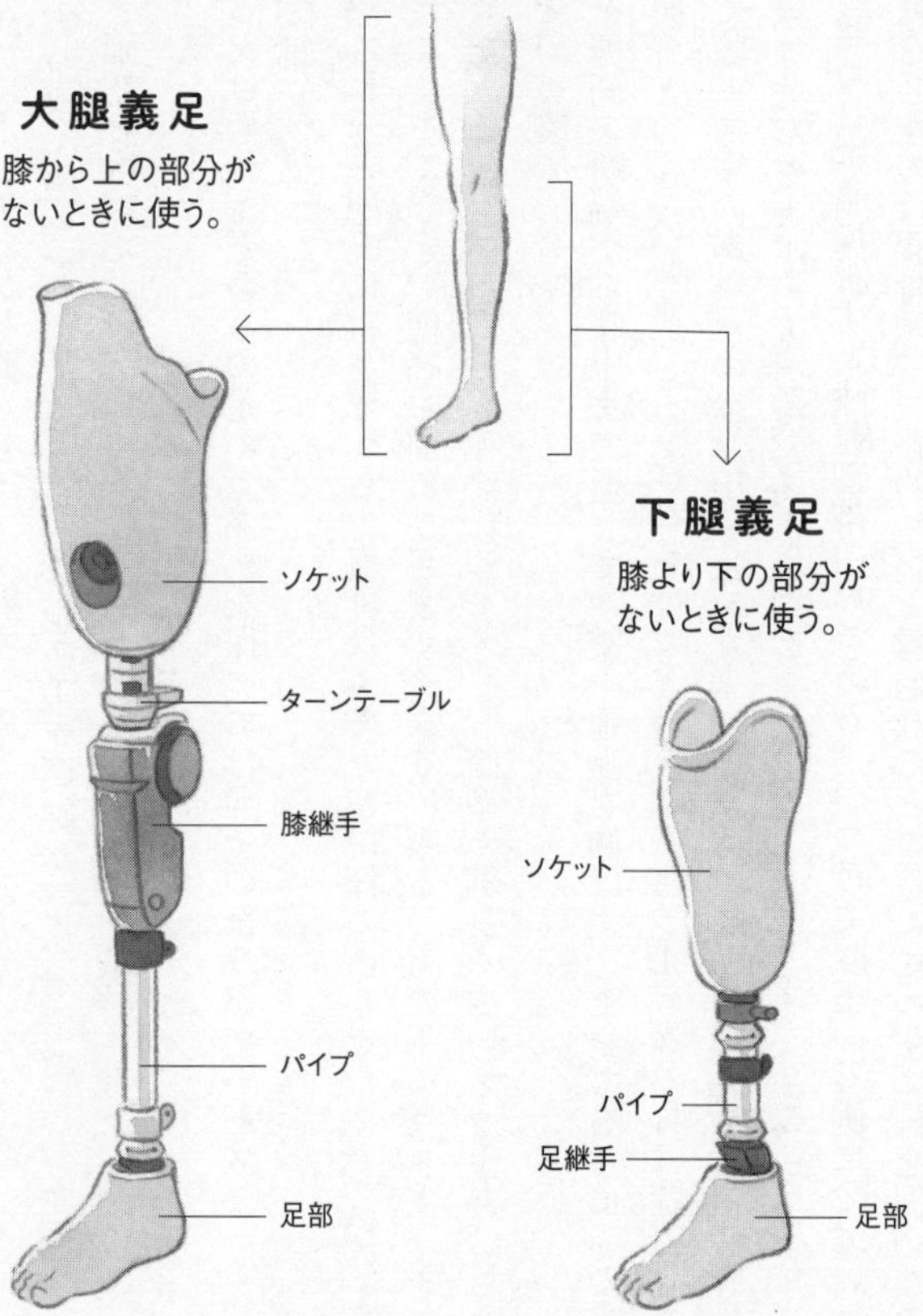

Illustration by Masashi Izumi

「ごめん、もう一度、最初から言ってくれないかな」

「もう少し浅く座ってくれって言ったんスよ」真純が言い、戸樫にむかって「だろ？」と確認を取った。

「あ、うん」

「できるだけいつもどおりの足のカタチを保つには、そのほうがいいんスよ」

「こんなもんかな」

「いいッスね」と穂高に言ってから、真純はふたたび戸樫のほうをむく。「いいよな」

戸樫はこくこく頷《うなず》き、穂高の前にひざまずくように座る。その手にはストッキネットがあった。チューブ包帯とも呼ばれるモノで、筒型の細長く白いネットだ。見た目は靴下とほぼ変わらない。

これを穂高の断端から膝上まで通して、皺《しわ》や弛《たる》みを伸ばす。そして右手に赤の水性ペンを握ると、〈膝のお皿〉と呼ばれる部分を丸く囲った。正式な名称は膝蓋骨《しつがいこつ》だ。つづけて膝とスネのあいだの少し出っ張ったところにも、小さめの丸をする。脛骨粗《けいこつそ》面《めん》だ。縦に並んだ大小の丸の真ん中に横線を一本引く。MPT、〈mid patellar ten-don〉の略で日本語に訳すと膝蓋靭帯中点《じんたいちゅうてん》である。つづけて膝下の外側にでているところに丸をしたのは腓《ひ》骨頭《こっとう》、一般的に脛《すね》と言われるところにまっすぐ線を引いたのが脛骨稜《りょう》、その内側にほぼ平行に引いた線が脛骨内側縁《ないそくえん》、と戸樫がペンでマークする度に、その箇所の名称を胸の内で呟《つぶや》く。

さらに戸樫は脛骨内外側顆《ないがいそくか》の前面突起部、脛骨内側顆《ないそくか》フレアの始部、大腿二頭筋の腱《けん》、半腱様筋《はんけんようきん》と半膜様筋《はんまくようきん》の腱に印を付けていった。

これはマーキングという作業だ。のちのちソケット製作のうえで、大切な役割を担《にな》う。解剖学の授業で勉強したからといって、さえ子がいつも正式名称をソラで言えるわけではない。今日の製作実習のために、昨夜、改めて頭に叩きこんできたのである。

義肢装具士を目指そうとしなければ、生涯知らないままだった知識だ。

身体《からだ》のあらゆる場所に名前があり、そのすべてに役割があるという、当然と言えば当然なことに、さえ子は驚き、少なからず感動もした。でもやはり、もう少し覚えやすい名前がいいと思わないでもない。

「さえ子さん、そこ、どいてくんない？」

背後から真純の声がした。なにかと思ったら、水を張ったバケツを運んできていた。製作室に設置された流し台で汲《く》んできたのだろう。

「あ、ありがと」かろうじて聞こえる声で、戸樫が礼を言う。

「だれかがやんなきゃいけないことを、あたしがやったまでさ」

水性ペンを置き、戸樫はロール状で幅十センチの包帯を手に持つと、バケツの水に浸した。水の中で三回強く絞り、取りだしたあとも軽く絞って水分を切った。この先は時間との勝負だ。ただの包帯ではない。焼石膏《しょうせっこう》の粉末が付着しているギプス包帯だ。水に浸すと化学反応を起こし、五分程度で固まってしまう。

戸樫は包帯の端をストッキネットで覆った穂高の膝下に当てた。そして断端にむかって螺旋《らせん》状に巻いていく。包帯を三分の二から二分の一ずつ重ねながらだ。

「早いなぁ」すっかり感心した口ぶりで穂高が言った。「プロの義肢装具士でも、ここまで早く巻けないよ」

おっしゃるとおりだ。しかも丁寧かつキレイときている。ムダもムラもなく、正確無比な巻き方をもっとよく見ようと、身を乗りだした途端だ。

「さえ子さん、じゃまッス」

また真純に文句を言われた。彼女はスマホを構え、戸樫にむけている。包帯を巻くのを動画で撮影していたらしい。さえ子は慌《あわ》ててうしろに引き下がった。

包帯をぜんたいに四層くらい巻くと、つぎに戸樫は表面を撫《な》でつけた。そして穂高の足を両手で支えたうえで、左右の親指を九十度に曲げ、その先端を膝下あたりに押しこめば、あとはギプス包帯が固まるのを待つだけだ。

「きみ、もしかして世田谷の用賀《ようが》にあるハジメ義肢工房ってとこで、バイトしてない？」

「あ、はい」穂高の唐突な質問に、戸樫がこくりと頷く。

「やっぱりそうか。バイトにきてるシブイクの生徒が、めちゃくちゃ腕がいいって、ハジメさんから聞いてたからさ。どんな子だろうと一度、会ってみたいと思ってたんだよ」

「マジか、戸樫」真純が甲高い声で言う。教室にいるみんなの視線が集中しても、彼女はまるで気にしない。「工業高校で下地ができているうえに、義肢装具の会社でバイトして腕を磨くなんてズルいぞ、おまえ」

「ズルくはない」穂高が苦笑しながら、戸樫をフォローする。「それだけ勉強熱心ってことじゃないのかな」

「熱心さなら、あたしも負けてはいないッスよ」

真純は唇を尖らせる。じきに二十歳になるだろうに、まるで子どもだ。とうの戸樫は身動きひとつせず、無言のままだった。それがまた真純には気に入らなかったらしい。

「なんか言ったらどうなのさ、戸樫」

「え？　あ、うん」真純に絡《から》むように言われ、戸樫が顔をあげる。「ギ、ギプス包帯が固まったんで、引き抜きます」

断端をギプス包帯で型取りしたモノを〈陰性モデル〉という。どこの班も各々《おのおの》の作業台に、巨大な指サックみたいな陰性モデルが三、四本、寝かせて置いてある。

「ではこれから、きみたちがつくった陰性モデルを評価していくからなぁ」

製作実習の講師である緒方《おがた》が言った。シブイクで十五年ものあいだ教鞭《きょうべん》を執り、数多くの義肢装具士を世に送りだしているのだから、実績がある優秀な講師だ。しかし頭に手拭いを海賊巻きして、口ヒゲを蓄えたその容貌《ようぼう》は、どこか胡散臭《うさんくさ》く、腕組みをした姿は、気合いの入ったラーメン屋の店主にしか見えなかった。

「評価はAからC、Cの場合は作り直しだからなぁ。義足ユーザーのみなさん、申し訳ありませんが、そのときはご協力のほど、よろしくお願いしまぁす」

緒方は出席番号順に評価を下していく。二班までの八名はBプラスかBマイナスだった。緒方が近づいてくるにつれ、さえ子の胃はきりきり痛みだした。目の前の作業台にある陰性モデルは、三本とも穂高の断端を型取りしたのだから、おなじカタチになるはずだ。ところが自分のだけが歪《ゆが》んで見えてならない。

やがて緒方が四班の前に訪れた。戸樫が型取りした陰性モデルを手にするなり、緒方は「ほう」と声を洩《も》らした。その出来に感心しているのは一目瞭然《いちもくりょうぜん》だ。前後左右上下とさまざまな角度から見て、中を覗《のぞ》きこんだうえに、ぜんたいを擦《さす》って出来をたしかめる。

「Aプラスッ」

「おぉぉぉぉ」

緒方の評価に、クラスみんなから驚きの声が沸き起こる。よほどのことがないかぎり、緒方はAプラスをださないからだ。戸樫は俯《うつむ》き、顔を真っ赤にしているだけだった。そんな彼に「よかったな、戸樫くん」と穂高が言った。我が事のようにうれしそうでもある。

つづけて緒方は、真純が型取りをした陰性モデルを手に取る。

「どうッスか、センセ。我ながらウマくできてると思うんスよね。戸樫のと比べて遜《そん》色《しょく》ないっしょ」

「黙ってろ」

緒方ににべもなく言われ、真純は口をつぐむ。

「Bプラスだ」

「いや、ちょっと待ってください、センセ。そりゃないッスよ。よく見てくださいって。どこが駄目だって言うんスか。センセッ。センセッたら」

「階段を下りるとき、おまえ、最後の三段をジャンプするだろ」

「よくご存じで」真純は目をぱちくりさせた。

校内のだれもが知っている。さえ子などジャンプしてきた真純に、ぶつかりかけたこともある。でもなぜいま、緒方がそれを指摘したのかはわからない。

「なんで最後まで歩いて下りない？」

「そりゃメンドっちいからッスよ。ジャンプしたほうが早いもん」

「それでおまえ、何度かスッ転んでいるだろ」

「はは。ときには失敗もあります」

「これもそうだ」緒方は真純がつくった陰性モデルを、彼女の前にぐいと突きだした。

「よく見ろ。仕上げの段階で気が急《せ》いて、巻き方が雑になっている。どれだけよくできていても、最後にこれじゃあ台無しだろが。技術云々《うんぬん》じゃない。おまえの気質の問題だ。気をつけろ。いいな」

真純は頬を膨らませた。これもまた、じきに二十歳になる人間のすることではない。

「返事は？」

「わかりましたぁ。気をつけますぅ」

緒方に問い詰められるように言われ、真純はいやいや答える。その様子を見て、穂高が口を手で押さえていた。どうやら笑いを堪《こら》えているらしい。

そしていよいよ、さえ子の番だ。自分が型取りした陰性モデルを緒方が持つと、胃の痛みがさらに増していく。

「がんばったな」

「あ、ありがとうございます」

緒方は陰性モデルとさえ子を交互に見比べている。やがてこう言った。

「Cマイナス」

「すみません」

穂高の断端にストッキネットを被《かぶ》せながら、さえ子は詫《わ》びた。Cマイナスの評価だったため、陰性モデルを一からつくり直すことになってしまったからだ。

「謝ることはありません」穂高が穏やかに言った。「ぼくはそう悪い出来ではなかったと思うよ。戸樫くんの陰性モデルが完成度高過ぎて、割を食ったんじゃないかな」

「そうだ。悪いのはおまえだぞ、戸樫」

すぐ横の作業台から真純が言った。彼女と戸樫は、さえ子の陰性モデルができるまで、つぎの工程に進めず、待っていなければならないのである。

「ご、ごめん」戸樫が謝った。ほんとに申し訳なさそうだ。

「戸樫くんが悪いはずないでしょ。今度こそちゃんとつくるから待ってて」

ちゃんとできるだろうか。

Cはクラスで五人いた。その中でもCマイナスはさえ子だけで、さすがにショックだった。緊張から指先が震えている。ストッキネットにマーキングをするために、水性ペンを持とうとしたところ、うまくいかずに落としてしまう。

「だいじょうぶですか」

「だいじょうぶです」

穂高に訊《き》かれ、さえ子は思わず力んで答える。そして水性ペンを拾い、手に握ったものの震えは止まらない。

「二階堂さんはリラックスできる場所って、どっかある？」

なにをいきなり。

「あたしはマンキツだなぁ」穂高の唐突な質問に戸惑い、さえ子が答えられずにいると、代わりにとばかりに真純が言った。「どこのマンキツでも、好きな漫画を好きなだけ読んでいたら、それだけでリラックスできちゃうんスよねぇ。戸樫は？」

「非常階段」

「地震や火事があったら逃げるためのの？」

「ウチのマンションの非常階段は外付けで、その踊り場に座って町を眺めているときが、いちばんリラックスできる」

「前々から変わってると思ってたけど、戸樫ってほんとに変わってんな」

髪の毛がピンク色で耳と鼻にピアスをして、ドクロのスウェットを着る女に、言われたくないだろう。だが戸樫は反論する様子もなく、黙ったままでいた。

「穂高さんはあるんスか、そういう場所？」

「ぼくは暗室なんだ。さっきも話したとおり、ウチは写真館なんだけど、デジタルだけじゃなくて、フィルムもけっこう使っていてね。だから暗室でフィルムの現像や焼付けをよくするんだけど、不思議と気持ちが落ち着く」

真純に答えてから、穂高はさえ子に顔をむけた。

「右足を失ったあと、リハビリをしていたとき、義足を嵌めてもなかなか歩けなくてね。たとえ順調にいったところで、一回でも失敗して転ぶと、すっかり怖くなって、またできなくなってしまうんだ。そうこうしているうちに苛立《いらだ》ちが募って、リハビリ自体、うんざりしてきてさ。そしたら主治医の先生に、なによりもまず苛立ちを抑える手段として、あなたがいちばんリラックスできる場所を思い浮かべなさいと言われたんだ。できるかぎり正確かつ緻密《ちみつ》に、光景だけではなくて、匂《にお》いまで思いだすとより効果的だって。ぼくの場合、暗室だから匂いが真っ先に思いだせたけどね。すると苛立ちを抑えることができたばかりか、集中力が高まってくるようになった。おかげで義足を嵌めて歩けるようになったし、いまもなにか苛つくことがあれば、暗室を思い浮かべるようにしている」

「マジッスか。だったらあたしも今度、イラつくことがあったら、マンキツ思いだしてみっかなぁ。そうだ、肝心なさえ子さんがまだ、言ってないじゃん。どこなの、リラックスできる場所？」

「私はいきつけのカフェですかね」初台《はつだい》にある〈Come sta, Tokyo?《コメ・スタ・トキオ》〉という店だ。

「だったらそのカフェを思い浮かべてみて」

さえ子は店舗やオフィスの中をデザインして工事をする内装会社に勤めていた。入社以来ずっと施《せ》工《こう》管理部で、内装工事の見積もりや工程表の作成、協力会社への業務依頼、そして現場にも出向き、図面との整合性の確認などをおこなっていた。〈Come sta, Tokyo?〉は退社するほぼ一年前に手がけた店舗なのだ。

さえ子も穂高とおなじく、匂いから思いだした。木の香りだ。少ない予算をやりくりして、無《む》垢《く》材《ざい》を使用したのだ。思い浮かべているうちに、懐《なつ》かしくなってきた。

いきつけとは言ったものの、シブイクに通いだしてからは一度もいっていない。リラックスする余裕もない毎日だからというのもあるが、勤めていた内装会社のひとと出《で》会《くわ》す可能性が高いからだ。

「どうだい」穂高に訊かれ、さえ子は我に返った。「落ち着いた？」

「たぶん」

さえ子は水性ペンを持ち直して、マーキングをはじめた。膝のお皿の部分を丸く囲む。だいじょうぶだ。指先の震えはすっかり止まっていた。それぞれの箇所の名前を胸の内で呟きながら、ペンで印をつけていく。そしてギプス包帯を巻く作業に取りかかるため、バケツに水を汲んでこようと腰をあげたところだ。

「持ってきたッスよ」真純がバケツを運んできた。

「ありがと」

「こんくらいでわざわざ礼を言わなくてもいいですよ。それよか、今度はばっちり決めてください。おい、戸樫。なにぼんやりしてんだよ」

「な、なに？」

「なにじゃないさ。おまえ、Aプラスなんだから、さえ子さんが巻いてるとこを見てあげな」

「あ、うん。そうだね。うん。そうする」

「やればできるじゃないか」さえ子がつくり直した陰性モデルをしげしげ見ながら、講師の緒方が言った。「Aマイナスだ」

「そりゃないっしょ、センセ」すかさず真純が抗議する。「さえ子さんのほうがあたしのより出来がいいって言うんスか」

「おまえの駄目なとこはさっき言っただろうが」緒方はいなすように言った。「いいからつぎの作業にかかれ」

「緒方先生」穂高が呼んだ。自分の義足を塡め、一眼レフを首からさげている。「撮影、いいですか」

「あ、そうでしたね。ちょっと待ってください」緒方は製作室の隅々にまで聞こえる声で言った。「みんな聞いてくれぇ。こちらの穂高さんは諸君の学校生活を撮ってくださっているカメラマンさんだ。いまから撮影をおこなうが、作業の手を止めることなく、いつもどおりにしているように」

写真を撮られるのであれば、トイレにいって化粧を直したいところだ。しかし自分のせいで、他の班よりおくれを取ってしまったのに、そんなことをしている場合ではない。

戸樫と真純は、つぎの作業の準備をしており、さえ子は慌ててそこに加わった。床に置いた容器に戸樫が粉末状の石膏を入れ、真純がバケツの水を注ぎ、さえ子はヘラで掻《か》き混ぜる。けっこうな量で、思いの外、力が必要だった。

つぎに口が開いたほうを上にして、陰性モデルを箱の中で立たせたら、長さ四十センチほどのパイプを入れ、倒れないよう手で持って支える。そこへ水でドロドロになった石膏を注ぎこんでいく。その作業を三人で進めていく最中に、ぱしゃりとシャッター音が聞こえてきた。はっとして顔をあげると、一眼レフを構える穂高がいた。

「三人ともいい表情しているよ」

そう言われても、さえ子は自分がどんな表情をしているのか、よくわからない。それよりもやはり化粧を直しておくべきではなかったかと思った。

陰性モデルに注いだドロドロの石膏が固まるのに、三十分はかかる。そのあいだに使用した器具や容器などの片付けをしていると、五限目終了のチャイムが鳴り響いた。

作業をおえた班がつぎつぎと製作室をでていき、遂《つい》にはさえ子達四班だけとなった。

穂高もいない。渋谷区内の中学校で五時に打ちあわせがあるとのことで、「完成、楽しみにしているからね。がんばって」と言い残し、帰っていった。半月先には義足を完成させ、穂高に塡めてもらい、出来をたしかめる予定だ。

「さえ子さん、渋谷駅前のスクランブル交差点を渡るとき見える、『もんじゃ』って白地に黒い文字の看板、わかります？」

むかいあわせで作業台を雑巾《ぞうきん》で拭《ふ》いていると、真純が訊ねてきた。戸樫はバケツや石膏泥《でい》専用の容器を流し台で洗っている。

「うん、まあ」

シブイクの学生の大半は渋谷駅を利用するが、さえ子は井《い》の頭《かしら》線で渋谷駅のひとつ手前、神泉《しんせん》駅を使っていた。こちらからだと通学の際、世界的に有名なスクランブル交差点とは無縁だ。それでも社会人の頃、渋谷には何度となく訪れていたので、もんじゃの看板はわかった。

「あたし、あそこが前から気になってたんスけどね。バイトとかデートとか予定がなければ、これおわったあと、いっしょにいきませんか」

自宅の最寄り駅近くにあるボウリング場でバイトをしているが、基本は火木の午後六時から午前一時、土曜の正午から午後五時までの週三回で、月に幾日かべつの日にも入る。ひとまず今日のバイトはない。デートは相手がいない。交際三年、結婚まで考えていた男とは昨年末、クリスマス前に別れてしまった。

「ふたりきりで？」

さえ子は思わず聞き返す。これまで真純とはランチさえ共にしたことがない。

「戸樫もきます。よその班はときどき呑《の》みいってるじゃないッスか。だからウチらもやったほうがいいと思って」

「いいよ、わかった」

外食をするほど、お金に余裕はないのだが、たまにはいいだろう。どうせアパートに帰っても、なにもすることはない。

そこに戻ってきた戸樫を見て、さえ子はぎょっとした。

「なにやらかしたんだよ？」

真純が驚きに目を見開く。戸樫ときたら顔から胸、お腹《なか》にかけてびしょびしょに濡《ぬ》れていたのである。

「バケツを洗っていたら、いきなり水が跳ね返ってきたんだよ。バケツの角度を変えたら、さらにひどくなっちゃって」

「水止めればよかったじゃん」

「あ」真純の意見に、戸樫は目をぱちくりさせる。「言われてみればたしかにそうだ」

「たしかにそうだじゃないよ」真純は呆《あき》れ顔だ。「実習ではなんでも完璧《かんぺき》にこなすくせに、なにやってんのさ」

そうこうしているうちに三十分が経った。陰性モデルにカッターで切れ目を入れ、徐々に剝《は》がしていく。中に流しこんだ石膏泥はガチガチに固まり、穂高の断端を復元したカタチに仕上がっていた。ここにパイプが突き刺さった状態なので、巨大なアイスバーに見えなくもない。アイスの部分は食べかけで、少し溶けている感じだ。

この石膏像を〈陽性モデル〉という。

ぜんたいは石膏なので白いが、その表面のところどころに、赤い丸や線があった。断端に被せたストッキネットに、水性ペンでマーキングした印が、陰性モデルの内側に写って、さらには陽性モデルの外側に写ったのである。

「まずまずの出来だ」

作業台に並べた三本の陽性モデルを見ながら、緒方は頷いた。

「今日はここまで。来週の月曜につづきの作業をおこなう。山で言えば三合目、これから先、まだまだ難所がつづく。気を抜くなよ。この土日で教科書やノートを読み返すなり、学校の動画を見るなりしておけ。いままで授業で学んだことの復習が、製作する際の予習になる」そこで緒方の視線は戸樫に止まった。「どうした、戸樫。なんでびしょ濡れなんだ？」

2

「うめえぇっ」小さなコテでもんじゃ焼きを掬《すく》い、口に入れてしばらくしてから、真純は唸《うな》るように言った。テレビで食リポをする凡百のタレントよりも、派手なリアクションだ。「こんなにうまいんだったら、もっと早くくればよかったよ」

渋谷のスクランブル交差点近くにある、この店に入ったのは六時近くで、けっこうな混み具合だったものの、シブイクをでる前に、戸樫がネット予約をしてくれたおかげで、席は確保できた。

「戸樫、グッジョブだよ。工業高校って、もんじゃ焼きの焼き方も教えてくれるわけ？」

真純は左手を前に突きだし、親指を突き立てた。店員がもんじゃ焼きの生地を持ってくると、製作実習と同様、慣れた手つきで手際《てぎわ》よくつくってみせたのである。

「家庭科の授業はあったけど、もんじゃ焼きは教わらなかったよ」戸樫は生真面目に答えた。

「工業高校にも家庭科あるの？」と真純。

「あるよ。そのとき習ったチョコチップクッキーはときどきウチでつくる」

「マジで？　今度つくってきてくれよ」

「べつにいいけど」

「そういうのって、逆じゃない？」

「なにが逆なんスか、さえ子さん」

「女の子が男の子にクッキーをつくってあげるのが、当たり前でしょうが」

「それが当たり前だなんて考え方、古くね？　ミソジニーってヤツじゃないッスか」

「だれが三十路《みそじ》さ。まだ二十六よ」

「三十路じゃなくてミソジニーって言ったんスよ。やだな、さえ子さん。もう酔っ払ってるんスか」

真純と戸樫は未成年なので烏龍茶《ウーロンちゃ》、さえ子はハイボールを呑んでいた。戸樫がもんじゃ焼きを焼いているあいだに一杯呑み干し、二杯目もすでに残り半分だった。

「この程度で酔っ払う私じゃないわよ」

グラスを一息に空け、通りかかった店員に三杯目を頼む。

「戸樫はどうやっていまのバイト先、見つけたの」と真純が訊ねた。「学校の紹介じゃないッしょ」

シブイクの一階の就職課前の掲示板には、常にアルバイト募集のチラシが十数枚貼《は》りだされている。だが渋谷近辺の飲食店が大半を占めており、あとは歯科衛生学科むけの歯科の受付か事務手伝い、介護福祉科むけの老人ホームやデイサービスの仕事ばかりで、義肢装具に関する募集は滅多になかった。

「去年の秋口に、都内の義肢装具の会社にバイトをさせてほしいって、片っ端から電話をかけたんだ。ハジメさんとこは十五軒目くらいだったかな。シブイクならぼくの後輩だね、とりあえず一度いらっしゃいって、面接でもするのかといってみたら、そのまま三時間くらい手伝いをさせられたあと、今度はいつこられるかなって訊かれて」

それから不定期で働いているという。どれくらい不定期かと言えば、一度もいかない月もあれば、十日連続で通い詰めの場合もあるらしい。

「ウチらより、どれくらい先輩なの、そのひと」真純がなおも訊ねる。

「二十年くらいじゃないかなぁ。大阪にある義肢装具会社に十年勤めたあと、東京に戻って独立したんだって。社員はハジメさんひとりで、バイトもぼくひとりなんだ。ハジメさんは温和で、わからないことがあればなんでも丁寧に教えてくれるけど、仕事に集中すると時間を忘れちゃうひとでさ。いっしょに働いていて気づいたら夜中の三時で、ウチまで一時間半かけて歩いて帰ったことも何回かあるんだ」

戸樫はよくしゃべった。いつもより声量がアップして、歯切れもよくなっている。

こんな彼を見るのははじめてだ。

「戸樫ん家《ち》ってどこなの？　帰るとき渋谷駅とは反対に歩いていくじゃん」

真純の言うとおりだ。かと言って、さえ子は神泉駅でも戸樫を見かけたことはなかった。

「学校から五分くらいのマンションだよ」

「マジで？　じゃ、なに、円山町《まるやまちょう》ってこと？」

「うん」

「一人暮らし？」

「母さんとふたりだよ」

「お父さんは？」

「大阪で、ぼくらとはちがう家族と暮らしている」

戸樫はもとの声量に戻った。心なしか表情も曇っている。さすがの真純もまずいと思ったらしい。

「あっ、そうだ」話題を変えるつもりか、スマホをだすと、幾度かタップしてから、水戸黄門の印籠《いんろう》みたいにかざした。「これ見て」

その画面には真純と五十代なかばと思《おぼ》しき女性が並んで立っていた。

だれだ、この女のひと。

見覚えはあるが、思いだせない。

「それって浜島敦子《はまじまあつこ》さん？」と戸樫。

「そのとおり」真純はにんまり笑った。

浜島敦子もまた、シブイクの卒業生である。ハジメよりもさらに昔、昭和のおわりに卒業したのち、ヨーロッパに本社をおく総合医療福祉機器メーカーの日本支社に就職したものの三年足らずで退職、アフリカ各国を中心に内戦に巻きこまれ手足を失ったひと達に、義手・義足を無償提供する活動をおこなうためにＮＧＯ団体を設立し、現地に義肢製作所を立ち上げてもいた。

年に一度、秋口には母校であるシブイクを訪れ、自らの体験談や現状報告の講演会を開いている。在校生はもちろんのこと、一般のひと達も参加できた。去年も開かれ、さえ子も聴講した。平日の昼間にもかかわらず満席で、教室からひとが溢《あふ》れんばかりの大盛況だった。

そういえば、この子、講演会のときに、浜島さんの真ん前に陣取っていたっけ。

それだけではない。浜島の話にいちいち頷きながら、ノートを取りつづけ、質疑応答の時間には真っ先に手を挙げ、質問もしていた。そのときの真純の髪の毛が紫だったこともさえ子は思いだす。うしろから見て目立っていたからだ。

「一昨日《おととい》の講演会のあとに出待ちして、ツーショットをお願いしたの。最初は渋ってたけど、東京からあなたの話を聴くためだけにきたんですって言ったら、あたしの熱意が伝わったみたいでオッケーしてくれたんだ」

「それって静岡だよね」戸樫は目を瞬《しばた》かせた。「浜島さんのツイッターで見たけど、永井さん、静岡までいったの？」

「そうさ。シブイクに入る前から、浜島さんが日本で講演するときは、どこであっても必ず駆けつけるようにしているんだ」

「でも昨日の夜には、講演の動画がフェイスブックにアップされていたよ」

「生で見なきゃ意味ないの。わかってないなぁ。戸樫は浜島さんのクラウドファンディングに寄付した？」

「したよ。三千円だけど」

「さえ子さんは？」

「うん」いきなり言われ、さえ子は思わず頷いてしまう。

「さすが我が四班、意識が高いね」

満足げに頷く真純を横目で見て、さえ子は少なからず罪悪感にかられた。

「目標額の五百万円が集まれば、二百人の難民に義足と杖《つえ》を無償で提供できるんだけどね。でもいまいち集まりが悪くって、だから浜島さん、急遽《きゅうきょ》帰国して、生まれ故郷の静岡で講演会を開いたんでしょ。その甲斐《かい》もあって、支援者が一気に増えて、昨日までに目標額の九十パーまでなんとか集めることができたみたい」

残り十パーぜんぶはもちろん無理だが、あとでいくらか寄付しようと、さえ子は心に誓う。

「あたし、高校二年のとき、夜中に浜島さんのドキュメンタリーを見たのがきっかけで、義肢装具士を目指すことにしたんだ。あのひと、メンタルの強さにバイタリティー、チャレンジ精神、コミュニケーション能力、どれを取ってもハンパないでしょ？なにより自らが犠牲になっても、他人のために働きたいという気持ちに溢れているのがすごくない？ マジ、リスペクトするよ。シブイクを卒業したら、すぐにでもあのひとのNGO団体に入って、アフリカいきたいんだ。今日みたいに義足をつくっているとさ、いまこうしてやっていることが、やがてアフリカの子ども達を救えるんだって、ワクワクが止まらなくなるんだよね」

「それ、わかる。わかるよ」戸樫がしきりに頷きながら言った。「未来のだれかがぼくらを待っている。素晴らしいことだよ。義肢装具の会社でバイトをはじめたのって、できるだけ早く、そういうよろこびを知りたいと思ったからなんだ。いまはまだほんのちょっと手伝うことしかできないけど、それでもうれしくてたまらない」

真純と戸樫の目は輝いていた。未来を信じて疑っていない証拠だ。そんなふたりをさえ子は羨《うらや》ましく思う。十九歳の自分もおなじ目の輝きをしていたはずなのに、たった七年ですっかり濁ってしまった。

そこに追加で頼んだお好み焼きが二玉、牛すじねぎともちチーズが運ばれてきた。さえ子のハイボールもだ。はたしてこれは何杯目だろうと思いながら、ぐびぐび音を立てて呑んでいく。戸樫はもんじゃ焼きの焼けかすをヘラできれいに片付け、油を引きはじめた。

「前から訊こうと思ってたことがあるんスけど、さえ子さんって、どんな仕事してたんです？　事務職じゃないッスよね」

「なんでそう思うの？」

「だって授業中、机にむかっていても落ち着きないッスもん。何度も足組み直して、窓の外をぼんやり眺めて、机の下でスマホ見て、このあいだなんか折り紙折っていたでしょ。先生達もウチらだったら注意するのに、さえ子さんにはしないんだよな。そういうひとがデスクワークしていたとは思えないんスよ。かといって、人付き合いも下手そうだから営業職でもないだろうし、愛想が悪いから接客もできないだろうし、ブキッチョだからなにかつくっていたはずないし」

私はそんなに、ないないづくしの女か。

しかしさえ子は返す言葉がなかった。どれも的中していたからだ。

「い、いくらなんでも言い過ぎじゃないかな」

さえ子の胸中を察したかのように戸樫が言う。じゅうじゅうと音がするのは、彼がかき混ぜた牛すじねぎの生地を、鉄板に落としていたからだ。

「なにが言い過ぎなの？　あたしは思ったままを言ったまでだよ」

つまり真純には悪意のかけらもないわけだ。真っ当な意見が、相手を傷つけることがあるのを、十九歳の彼女はまだ知らないのだろう。何杯目かのハイボールを半分以上呑んでから、さえ子は言った。

「ここみたいな飲食店にかぎらず、店舗を中心にオフィスや施設の中をデザインして工事をする、いわゆる内装会社に勤めていてね。施工管理部っていう部署で、現場監督をやっていたわ」

「実習のときにリラックスできる場所が、いきつけのカフェって言ってたのって、さえ子さんが現場監督をした店ですか」

　戸樫が言った。なかなか鋭い。

「そうよ。クライアントの希望で、身体が不自由な方でも気兼ねなく足を運べる、バリアフリーの店をつくったの。オーナーの希望でギャラリーもあってね。自分で言うのもなんだけど、なかなかオシャレなカフェよ」

　クライアントは白井《しらい》良美《よしみ》という五十代の女性だった。長年、介護施設で働いていたからなのか、あるいは元からの性格か、とても世話好きなひとで、さえ子が打ちあわせにいく度に、「ご飯食べてる？」「じゅうぶん寝てる？」「悪い男にひっかかってない？」などと心配してくれたものだ。工事がはじまると、毎日なにかしら差し入れを持って現場に訪れ、「ごくろう様です」と配ってまわっていた。そんな彼女と意気投合し、さえ子自身、あれこれアイデアをだしたこともあり、愛着のある店だった。なのでいまも隅々まで思いだすことができる。

場所は京王線の初台駅を東京オペラシティとは反対側に進んだ商店街の中だった。白井の自宅の一階を改装したもので、二十六坪と個人事業のカフェにしては広い。ただしそのうちの八坪はギャラリーとして貸し出している。通常、席数の目安は一坪一・八席なので、残りの十八坪で三十二、三席は取れるのだが、〈Come sta, Tokyo?〉は二十席に留めた。動線の幅を広くしたからだ。トイレも広くて使い勝手をよくしている。出入口はバリアフリーで、車椅子《くるまいす》の利用者や高齢者もスムーズに入れるようにした。

オープンしたのは二年前の春、三月三日だった。開店祝いには、桃の花をあしらった花束をさえ子自ら運んだ。クライアントで、店の主人である白井良美はその花束をたいそう気に入り、ドライフラワーにして、店のどこからでも見える壁に飾ってくれた。

あれってまだあるのかな。

「その会社にはどれくらい勤めていたんスか」真純が訊《たず》ねてきた。

「七年」東日本大震災があった年、高校を卒業してから入社し、やめたのは去年の二月だ。

「そんなに長く勤めていたのをきっぱりやめて、なんで義肢装具士になろうと思ったんスか。なんかきっかけとか、あったんスか」

「いま話した店が評判よくてね。よりいいバリアフリーの店をつくるために、障害者についてもっと勉強しようと思ってネットで探していたら、シブイクを見つけたの。入学するつもりはなかったんだけど試しにオープンキャンパスに参加して、義手や義足をつくるところを見たら、一気に興味が湧《わ》いてきてさ。バリアフリーの店もいいけど、より直接的に、ひとの役に立つことがしてみたくなったんだ」

嘘《うそ》はついていない。でも隠していることはある。

おまえに障害者のなにがわかるんだ。

耳の奥に、あるひとの声が甦《よみがえ》った。これこそが、さえ子が義肢装具士を目指すことになったきっかけだ。でもその話をいまここで披露しようとは思わなかった。

「浜島さんとおんなじッスね」

「どこが？」さえ子は真純に聞き返した。

「浜島さんは医療福祉機器の会社に就職したものの、営業に配属されて得意先の病院巡りをするだけで、シブイクで学んだ義肢装具の技術を活《い》かせずに、悶々《もんもん》とした日々を送っていて、三年近く経《た》ったある日、アフリカの内戦で手足を失った子ども達の記事を読んだら、いてもたってもいられなくなって、退職願を上司に叩《たた》きつけて、身一つで現地に飛んだんです」

「どこがおなじなのよ。全然ちがうじゃない」

「現状に満足できなくて、会社を辞めて、新たな道を歩みはじめたところはおなじじゃないッスか」

「そこだけでしょ。そもそもスケールがちがいすぎるって。彼女は日本からアフリカだけど、私は東中野から渋谷だわ」

「なんで東中野なんですか」戸樫が訊ねてきた。

「内装会社が東中野にあったの」

さえ子はグラスに残ったハイボールを一気に呑み干してから、なおも話しつづけた。

「正直言えば、会社を辞めて、義肢装具士の道を選んだことを少し後悔しているわ。一年ちょっと勉強してきたけど、覚えなければならないことで頭はパンパン、製作実習をやっていてもカタチにするのがやっとで、未来のだれかが自分を待っているなんて到底思えないんだ。だからってもう後戻りはできない。七年働いて貯《た》めたお金はシブイクの学費以外にも毎月の食費や電気代や水道代やガス代や家賃で減っていくばかりで、いくらボウリング場でバイトしたって、まるで追っつきやしない。二年後に卒業するときはすっからかんだよ。国家試験に受かったとしても、再就職に背水の陣で挑まなきゃならない。結婚まで考えていた男には、自分勝手な女だと言われて捨てられて、田舎に帰ったって居場所がない。要するに崖《がけ》っぷちで嵐《あらし》に見舞われ、足元はぐらつき、いつ吹き飛ばされてもおかしくないんだ、いまの私は」

いかん。

日頃のウップンを一気に吐きだしてしまった。

真《ま》純と戸樫は引いているどころか怯《おび》えている。七歳も年上の女が酔って管《くだ》を巻くのを目の当たりにすれば当然だ。申し訳なく思い、たちまち自己嫌悪《けんお》に陥った。

「ごめん。すっかり酔っ払っちゃった」さえ子は立ち上がり、財布から三千円だして、テーブルの上に置いた。「今日はもう帰るわ」

「二階堂さん」

戸樫が呼び止めた。だがさえ子を見てはいない。鉄板の上のお好み焼きを見ている。

「三千円じゃ足んない？　そうだよね。私ひとりハイボール、がぶがぶ呑んでたし。でもいまはそれで勘弁して。月曜に足りないぶん、払うからさ」

「ぼく達とおなじ班になったことも、後悔していますか」

「してないよ。いま私が言ったことは忘れてていいから。それじゃ」

戸樫の問いに早口で答え、さえ子はそそくさと店をでた。酔ってはいるが、足取りはたしかだ。人混みの中をすり抜けながら、渋谷駅ではなく神泉駅にむかう。真純と戸樫に比べれば自分は年齢がちょっと上なだけで、ごくノーマルだと思っていた。でもちがった。

私がいちばんヤバい。

「水に浸《つ》けたギプス包帯を義足ユーザーの断端に巻きつけて、固まったのが、陰性モデルっていうんだよな」

訊ねてきたのは光太郎《こうたろう》だ。おかしい。去年のクリスマス前に別れた彼が、どうして自分の部屋にいるのだろうと思いながらも、さえ子は「そうよ」と答えた。

「陰性モデルの中に、水でドロドロにした石膏《せっこう》を流しこみ、ガチガチになってできた石膏像が、陽性モデルってわけだ」

光太郎の手には、まさにその陽性モデルがあった。自分の部屋だと思っていた場所は、いつの間にかシブイクの義肢装具製作室に変わっていた。製作実習の最中にちがいない。作業台を挟んでむかいには、真純と戸樫もいて、陽性モデルをヤスリで削っている。さえ子の隣にいる光太郎もだ。なかなかいい手つきだった。私の代わりに義肢装具士を目指せばいいのにとさえ思う。だがしばらく見ているうちに、ヤスリを持つ手が光太郎のものではないことに気づいた。手の甲が毛むくじゃらで指が太い。講師の緒方の手にちがいなかった。

「義足をつくるのって、手間がかかって大変だな。ほんとにきみにできるのかよ」

「わからない。でもやるしかないんだ」

「がんばれよ。きみならできる」

光太郎が微笑《ほほえ》む。つきあって間もない頃には、こんな笑顔をよく見せてくれたものだとぼんやり思う。

ぱしゃり。

シャッター音が聞こえる。穂高が一眼レフのレンズを、さえ子と光太郎にむけていた。いや、光太郎はすでに横にいない。さえ子ひとりきりだ。穂高の肩越しに緒方が麺《めん》を湯切りしているのが見える。いよいよもってラーメン屋の主人だ。彼を囲むカウンターはクラスメイトで満席だった。その中には真純と戸樫もいて、ラーメンを啜《すす》っている。ふたりはさえ子に気づき、こっちにこいと手招きした。

いこうとしたものの、どれだけ歩いても辿《たど》り着けない。どんどん遠ざかっていくばかりなのだ。そんなさえ子に、湯切りの手を止めて緒方が言った。

「Cマイナス」

そこでさえ子は瞼《まぶた》を開いた。灯りが煌々《こうこう》と点《つ》いていたので、すぐに自分の部屋だとわかった。顔の間近にあったスマホで時刻をたしかめる。夜中の二時だった。渋谷のスクランブル交差点近くにあるもんじゃ焼きの店をでて、地理的には東京都の真ん中にある町のアパートに辿り着いたのは、夜の八時過ぎだった。部屋着に着替え、化粧を落とし、ベッドに横たわった。シブイクには学生専用のサイトがあり、自分のIDとパスワードを打ちこめば、緒方をはじめとしたシブイクの講師が義手や義足、装具を製作する動画を閲覧することができる。さえ子は〈下《か》腿《たい》義足製作その四・陽性モデル修正〉の動画を見はじめたところまで思いだすことができた。十分程度の動画を最後まで見ず、眠ってしまったにちがいない。

夢に光太郎がでてきたのはひさしぶりだったな。

光太郎は冷蔵庫や製氷機、食器洗浄機に給茶機など業務用厨房《ちゅうぼう》機器を扱う会社の営業で、さえ子の勤める会社の担当だった。さえ子が監督をする現場にもちょくちょくあらわれ、同い年ということもあって親しくなり、付きあうようになった。特別、悪いヤツではなかった。それまで付きあってきた男の中では至ってマトモなほうだと言える。だからこそ結婚まで考えていた。

会社をやめ、シブイクに通うと決めたときも、光太郎は反対しなかった。それどころか、退職してまで自分のしたいことを目指して勉強をするなんて他人には真似《まね》できない、少なくとも自分には無理だ、えらいと褒めそやし、いくらでも協力するよとまで言ってくれた。だがそれもはじめの三ヶ月くらいだった。理由は簡単で、専門学校に通うようになってから、光太郎をかまっていられなくなったのである。

会社で働いていた頃のほうが忙しく、帰宅するのも九時十時はざらだった。しかし専門学校の場合、早く帰っても勉強することが山ほどある。光太郎がまとわりついてくるのも鬱陶《うっとう》しかったし、隣でテレビを見ながら大口を開けて笑うのも腹が立った。駅前のマクドナルドに寄って、二時間ほど勉強して帰るようにしたところ、光太郎が不機嫌になり、俺は勉強の邪魔なのかと詰め寄ってきた。まさにそのとおりではあったが、決して口にはできず、こんなことならば同棲《どうせい》などしなければよかったとさえ子は後悔した。

タイミングが悪いことに、去年の夏のおわり、光太郎は営業で大きなヘマをやらかし、内勤に異動となってしまった。これが彼のプライドを大いに傷つけ、自信も失わせた。そしてさえ子には会社の不満と愚痴しか言わなくなった。次第に口喧嘩《くちげんか》が増え、ふたりで暮らすのが息苦しくなっていった。

つきあいだしてからは十一月ともなれば、クリスマスはどこで食事をするか、年末年始はどう過ごすかの相談がはじまるものだったが、去年はそうならなかった。十二月に入って最初の土曜日、自宅のアパートで、さえ子からこの話を振った。いまここで仲直りをしておかねばオシマイだと思ったからだ。しかし光太郎はその話に乗ってこなかった。あいもかわらず会社への不満と愚痴を並べるばかりで、だいたい俺は、あんな会社になんか入りたくなかったのだとまで言いだす始末だった。さえ子は我慢できず、だったら辞めればいい、辞めて好きなことをすればいいじゃないと言ってしまった。すると光太郎は堰《せき》を切ったように捲《まく》し立ててきた。

きみは偉いよ、会社を辞めてまで自分のしたいことを目指して日々、勉強をしている。たいしたものさ。でもな。世の中は、自分のしたいことができなくて、それでも生きていくために働いている人間が大半なんだぞ。俺もそのひとりだ。そういう人間の気持ちがきみにはわからない。そもそもきみは他人の気持ちをわかろうとしない自分勝手な女なんだ。

あんまりだ。私のことをそんなふうに思っていたなんて。さえ子は苦しくて息ができなくなり、なにも言えなくなった。

別れてくれ。

しばらくして光太郎が言い、さえ子の返事を待たずに身支度をはじめ、部屋をでていってしまった。交際して三年、同棲一年三ヶ月で、破局をむかえた。後悔はしていないし、未練はない。でも同棲しているあいだ、狭苦しかった2Kの部屋は、ひとりのいまはやたらだだっ広くて、寂しいのはたしかだった。

目覚めはしたものの、さえ子はしばらくベッドの端に腰をかけていた。酒臭いのが自分でもわかる。シャワーを浴びたいところだが、立ちあがるのが億劫《おっくう》だった。お腹も減っていた。よく考えれば、ハイボールをがぶがぶ呑んでいただけで、あとはもんじゃ焼きを少しつまんだだけだった。

あっ、そうだ。

スマホを手にして、〈浜島敦子〉を検索する。そして彼女のクラウドファンディングに戸樫と同額の三千円を寄付した。

つぎに〈穂高優太〉を検索してみた。〈穂高写真館〉というサイトを見つけ、開いてみると、そのトップページに瀟洒《しょうしゃ》なつくりの二階建ての白い建物がでてきた。最先端のようでありながらもどこか懐かしさを感じる、無駄のないつくりだ。玄関口の上に〈HODAKA PHOTO STUDIO〉と黒い文字で綴《つづ》られている。〈スタッフ紹介〉を見てみると、五人の男女の顔写真があり、穂高優太もいた。そして彼を含む三人の名字が穂高だった。カメラマンの〈穂高隆《たかし》〉は父親で、着付けとヘアメイク担当の〈穂高美智子《みちこ》〉は母親だろう。顔かたちは父親、目鼻立ちは母親似だった。

穂高優太の顔をクリックすると、彼が撮影したという写真が何枚もでてきた。スタジオで撮影したお宮参りや七五三、成人式、婚礼といった晴れの舞台を捉《とら》えた写真なのに、よそゆきの澄まし顔ではなく、みんな笑っていた。

運動会や文化祭、修学旅行などの学校生活の写真もあれば、神輿《みこし》や山車《だし》、ずらりと並んだ屋台、やぐらのまわりで踊るひとびとといった祭りの写真もあった。どこか広い公園でジャングルジムや滑り台、雲梯《うんてい》、シーソー、ロープウェイなどの遊具で遊ぶ子ども達もいれば、芝生の上で談笑していたり、犬の散歩やジョギングなどに勤《いそ》しんだり、十数人ものひと達が揃《そろ》って、太極拳《たいきょくけん》と思《おぼ》しきポーズを取っていたりもした。

そうしたひと達の中に、義手に義足、そして車椅子のユーザーが含まれているのに、さえ子はすぐに気づいた。義肢の利用者は、ウレタンスポンジを削って元の手足のカタチにしたフォームカバーを、義手や義足に被《かぶ》せるのが一般的だ。でも写真のひと達は、敢《あ》えて露《あらわ》にしていたのである。とくに義足だと、断端に嵌《は》めたソケットに派手な装飾を施しているユーザーが多かった。

車椅子や板バネと呼ばれるスポーツ用の義足で、スポーツに励むひと達の写真もあった。競技はバスケやテニス、卓球、バドミントンなど様々だ。試合の最中を捉えた躍動感溢れるものもあれば、試合後に互いの健闘を讃《たた》えあう爽《さわ》やかな場面を捉えたものもあった。

被写体となっただれしもが、楽しそうだったり、凛々《りり》しかったり、きれいだったり、かっこよかったり、光り輝いて見える。それがさえ子にとって衝撃的ですらあった。身体《からだ》の一部が欠けているだけで劣っていると思い、かわいそうだと勝手に憐《あわ》れんでいた自分が恥ずかしくてたまらなくなってきた。

おまえに障害者のなにがわかるんだ。

また耳の奥であの声が聞こえた。まさにそのとおりだ。こんな自分がバリアフリーの必要性を説いていたなんて、とんだお笑い種《ぐさ》だとさえ思う。

百枚近くはある写真を、スクロールして何度も見返しているうちに、写真の中からおしゃべりや笑い声、歓声などが聞こえてくるようだった。まだ酔っ払っているから、そんな錯覚を起こすのだろう。わかっていても、さえ子は耳を澄まし、みんなの声を聞き取ろうとした。

3

井の頭線神泉駅は、渋谷駅のひとつ手前だが、構造は単純で狭くて小さい。そこがさえ子は気に入っていた。そこそこの混み具合の各駅停車から下りた途端、『シブイクにイク？』のポスターが目に入り、げんなりしてしまう。

三日前の金曜、採寸と採型をおこない、陰性モデルに石膏泥を注ぎこみ、陽性モデルまで完成させた。月曜の今日は一・二限目の製作実習で、陽性モデルの修正をおこなう。

シブイクが休みの土日も、さえ子は地元のボウリング場で働いていた。土曜はもともと正午から午後五時までだが、日曜もべつのバイトの子に代わりを頼まれ、おなじ時間帯に入った。二十あるレーンは、平日はどれだけ混んでも半分も埋まらない。ところが休日となると昼前から満杯で、一時間から二時間待ちの状態だ。この土日もそうで、つぎからつぎに客をさばいていかねばならず、ヘトヘトだった。月曜の今日もまだ疲れを引きずっている。両日ともに五時間立ちっぱなしだったせいで、足がパンパンになり、いまも左右のヒラメ筋には湿布を貼ってあった。

身体の節々も痛い。今日の実習に備え、夜中の二時くらいまで、教科書やノートで作業の流れを確認したうえで、学校の動画を繰り返し見ていたのだが、そのままテーブルに打っ伏して眠ってしまったせいだ。気づいたときにはカーテンの隙間《すきま》から朝陽が射《さ》していた。

渋谷駅から通う学生達と交わる道にでるなり、さえ子はびくりと身体を震わせた。目の端に真純が見えたからだ。どでかいドクロがプリントされた長袖《ながそで》のTシャツワンピに、右膝《ひざ》だけ穴が開いたジーンズといういでたちで、ヘッドフォンをつけて、リズムに乗っているのか、身体を揺らしながら歩いている。

金曜の夜のことを思いだし、自分の顔が赤く染まるのがわかった。

すると反対側の角に戸樫がひょっこりあらわれ、さえ子に気づくなり、駆け寄ってくる。背後からは真純の声が聞こえてきた。

「さえ子さぁん」

やれやれ。

「このあいだはごめんなさい」敢えなく挟みうちになったさえ子は、挨拶《あいさつ》もそこそこに詫びた。「私、すっかり酔っ払っちゃってて」

「一時間でハイボール五杯も呑めば、そりゃ酔っ払いますって」

ヘッドフォンを外しながら真純が言う。

　そんなに呑んでいたのか。

「これ、お釣りです」戸樫がどこからか小銭をだしてきた。「三百二十円。永井さんが言ったとおり、ハイボール五杯ともんじゃ焼きしか食べていなかったんで」

　いらないわよとは言えず、「ありがと」と素直に受け取った。

「私が帰ってからどうした？」

　三人横並びで、シブイクにむかって歩きだす。すでにラブホ街の中だ。

「お好み焼き食って、ふたりでカラオケいきました。アニソンしばりで、チョー盛り上がったんスよ。あたしなんて、危うく終電逃すとこでした。さえ子さんも今度、いきましょうよ。そうだ、あとこれ」

　真純はショルダーバッグからだしたものを、コンビニ袋に入ったままで、さえ子に手渡した。

「なに？」

「ワキ汗パッドです。母親のをパクってきたんで、お金はいりません。戸樫、おまえにはこれ」

　やはりコンビニ袋に入ったモノを、真純は戸樫に押し付けるように渡す。

「ニキビ用の薬用石鹸《せっけん》だ。こっちは兄貴のストックから一個もらってきた。兄貴もニキビには悩まされてきたけど、この石鹸を使ってから、だいぶマシになったんだ」

「あ、ありがと」

「礼には及ばないさ。おなじ班になったのもなにかの縁だからね。絆《きずな》とかワンチームとか言うつもりはないけど、せっかくだから助けあったほうがよかない？」

「いいかぁ、おまえらぁ。いまからおこなう陽性モデルの修正はよりよく義足を適合させるうえで、肝心要《かなめ》な作業だからなぁ」

義肢装具製作室の中を歩きながら、講師の緒方が高らかに言った。

「センセ、このあいだの作業も肝心要だって言ってましたよ」

真純の遠慮ないツッコミに、小波《さざなみ》のような笑いが起きた。みんなおなじことを思っていたからだろう。

「それだけ義足製作は肝心要の連続だってことだぁ」緒方は動じることなく言い放つ。

「一時たりとて手を抜くなって意味だぁ。いいなぁ。わかったら返事だ。返事をしろぉ」

「はいっ」二十七人の声が揃う。

　食べかけのアイスバーによく似たカタチの陽性モデルは、横にしてパイプを万力に挟んで固定してある。義足ユーザーの断端を歩くのに適したカタチにするために陽性モデルの修正をおこなうのだが、それだけではない。「おまえらがいまつくっているソケットの種類はなんだ」

「ＰＴＢソケットです」

「野村」五班の子だ。「ＰＴＢを略さずに言ってみろ」

「Patellar Tendon Bearing です」

「阿部、日本語に訳せばなんだ？」

「膝蓋靭帯《しつがいじんたい》の支持です」

「膝蓋靭帯はどこだ。小泉、自分の足で指差してみろ」

「ここです」二班の小泉はズボンの裾《すそ》をたくしあげ、膝の下を指差した。

「支持とはなにを支持することだ、黒沢」

「義足ユーザー自身の体重を支持することです」

　生徒の名を呼んで、つぎつぎと質問していくのは、緒方のいつものやり方だ。まるきり無作為で、いつどんな質問が飛んでくるのか、生徒達は気が気でなくなり、部屋の中は一気に緊張感が高まっていった。

「より詳しく言えば義足ユーザーがソケットを嵌めた際に、体重を支える部分だな。膝蓋靭帯だけではなく、べつのところでも支持することになる。その部分はどことどこだ。宮本、わかるか」

「前脛骨筋《ぜんけいこつきん》と腓腹筋《ひふくきん》です」

宮本の答えを聞きながら、さえ子はその場所がどこか、思い浮かべる。前脛骨筋は脛骨の上部の外側から足の内側までくっついており、腓腹筋は大腿骨の下部から踵骨《しょうこつ》まで、膝関節と足関節をまたぐ二関節筋だ。

つぎは、その場所はどこかと訊ねてくるにちがいない。自分の足で指し示しながら説明できるよう、心の中で準備しておく。

「二階堂」

「はいっ」

緒方に呼ばれ、さえ子は必要以上に元気に返事をした。準備万端だ。裾をたくし上げようと右足のズボンに手をかける。

「逆に体重をかけたくない部分、除圧部はどこだ。ぜんぶ挙げてみろ」

「えっと、あの」

思っていたのとちがう質問に、さえ子は戸惑いながらも、気を取り直し、咳払《せきばら》いをひとつしてから答える。

「脛骨粗面、脛骨稜《りょう》、脛骨顆部《かぶ》の前面突起部、腓骨頭、内外側ハムストリングスの走路です」

「そのとおりだ。では最後の質問。みんなで答えるんだぞ。陽性モデルを修正するとき、体重を支持する部分はどうする？」

「ヤスリでガシガシ削り修正っ」

「体重を除圧する部分は？」

「石膏でモリモリ盛り修正っ」

「よろしい。いいか、おまえらぁ。頭で覚えたことを、今度は手に覚えさせるんだ。そのための製作実習だからな。では作業に取りかかれっ」

「あぁぁぁ、メンドクサ」

右隣で真純が言った。陽性モデルをヤスリで削っているうちに、思わず口から洩《も》れたらしい。

「いまこうしてやっていることが、やがてアフリカの子ども達を救うかと思うと、ワクワクが止まらなくなるんじゃないの？」

　さえ子はからかい気味に言う。

「もちろん、いまもワクワクしてます。ワクワクしてるけど、面倒くさいのも事実です」

　たしかに面倒くさい。ヤスリがけはこれがはじめてではない。一年のときの製作実習でも何度かおこなっているが、なかなか思い通りのカタチにならない。

　しかもけっこうな力仕事ときている。かれこれ三十分近く陽性モデルを削っているが、すでに疲労困憊《こんぱい》だ。全身から汗が滲《にじ》みでている。真純にもらったワキ汗パッドを、作業着に着替える際、貼っておいてよかったと思う。

「入学する前に、学校のホームページの動画やオープンキャンパスで、義足をつくってるとこは見たんでしょ」

「そりゃ見ましたよ、もちろん」

「だったら面倒くさいのは承知の上だったんじゃない？」

「でも動画じゃ、緒方センセがいとも簡単にやっているし、オープンキャンパスでもトップクラスの生徒が実演してみせて、だれでも一年も経てば、これくらいできますとか言うもんだからさ。すっかり騙《だま》されましたよ」

　これまた真純の言うとおりだ。さえ子も騙されたクチである。すると作業台を挟んで、真純の真向かいにいる戸樫がなにか言った。いつもどおりの小声で、ヤスリを削る音が被ってまるで聞き取れない。

「なんつった、戸樫」真純が訊ねた。

「き、きみたちのうしろに緒方先生がいる」

　ふりむくと緒方が苦々しい顔で、仁王立ちしていた。

「騙したつもりはないぞ。面倒だと思う心が駄目なんだ」

　ずいぶん前から話を聞いていたらしい。

「だいたい、しゃべりながら作業をしていたら、集中力が散漫になるだろうが。ほんの僅《わず》かな凹凸《おうとつ》がユーザーの痛みや不快感の要因になるぞ」

「わかっていますって」真純はなおも緒方に言い返す。「でもいま言わないでもらえません？　プレッシャーになって、手が思うように動かなくなります」

「手が思うように動かないのは姿勢が悪いからだ。それに腕の力を抜かないと疲れるばかりで、まともに削れんぞ。力みすぎなんだ。猫を撫《な》でるように、もっと優しく軽やかに前後に動かせ」

「あたしは猫アレルギーなんスよ。猫を想像するだけでも身体が痒《かゆ》くなるくらいで」

「だったら犬にしろ」

「犬もアレルギーで」

「可愛《かわい》くてたまらず、思わず撫でたくなるもんはなにかないのか」

「『オバケデイズ』のミゴちゃんかな」

「なんだ、そりゃ」

「センセ、知らないんスか、『オバケデイズ』。土曜の朝にやってるアニメですよ。ミゴちゃんは敵方の主要キャラで」

「詳しく説明しなくてもいい。とにかくそいつを撫でるようにヤスリを動かせ。削る場所によって、足の位置を動かすことも忘れるな。おなじとこに突っ立ったままだと、姿勢が崩れて、まともに削れなくなる」

「はいっ」

「大切なのは義足ユーザーの断端を、常に頭の中でイメージすることだ。そうすれば自《おの》ずと陽性モデルは断端のカタチに近づいていく」

「マジックスか」

「いや」緒方は自分の発言をあっさり否定した。「その域に達するまでには五年十年はかかる。いまのおまえらには無理だ。だが日々の積み重ねが大切だからな。いまからそうやって作業をしたほうがいい」

そして緒方はよその班へ移っていった。ひとまず彼の指導どおりに肩の力を抜き、ヤスリを前後に動かす。同時に穂高の断端を思いだそうと努めたものの、どうしても顔ばかりが浮かんできてしまう。

三人ともいい表情しているよ。

いま思うと、そう言った穂高こそが、いい表情だった。

しばらくして真純が歌を唄《うた》っているのに気づいた。小声だが歌詞は聞き取れる。

♪オバケでオッケー、オバッケー、
オバケもオッケー、オバッケッケー♪

ありゃま。

さえ子は自分の迂闊《うかつ》さに肩を落とす。

午前中いっぱい、陽性モデルの修正に費やし、昼休みにはランチを食べるため、渋谷の街にでた。作業着のままなのは、午後も製作実習のつづきがあるからだ。

むかった先はシブイクそばの友々家《ゆうゆうや》である。友々丼《どん》と称する、たまご豚肉の他人丼のチェーン店だ。今朝、戸樫から返してもらった三百二十円で、ちょうど友々丼の並が食べられると思い、意気揚々と訪れたところ、リニューアル工事で今日から一週間、お休みだった。外壁や出入り口もつくり替えるらしく、店舗の路面側は防塵《ぼうじん》シートで覆《おお》われていた。

ゴールデンウィーク前に訪れたとき、店内に貼《は》ってあった告知を見たばかりか、忘れないようにとスマホで写真まで撮っていたにもかかわらず、この失態である。

口ん中はすっかり友々丼になっていたのになぁ。

仕方がない、コンビニ弁当を買って、シブイクの視聴覚教室で食べることにしよう。そう決めて、友々家の前から去ろうとしたときだ。防塵シートのむこうから男の声が聞こえてきた。

「もしもし、ココスペースの篠崎《しのざき》です」

嘘でしょ。

ココスペースは去年の二月まで勤めていた内装会社で、篠崎は直属の上司である。施《せ》工《こう》管理部の副部長だ。

「こちらこそお世話になります。いま現場にいましてね。午後にはクロスの張り替えになるのですが」

防塵シートの隙間から手がでてきた。暖簾《のれん》をくぐるがごとく、篠崎がでてこようとしているのがわかった。

ヤバイ、ヤバイ。

さえ子は踵《きびす》を返し、すたこらさっさと逃げおおせた。

シブイクに戻って、視聴覚教室に入ると、いくつかのグループが微妙に距離を保ち、食事を摂《と》っていた。その中に真純を見つけた。ピンクの髪ですぐにわかったのだ。戸樫と並んで、自前の弁当を食べている最中だった。

「さえ子さんはどう思います？」

隣に座った途端、真純が話しかけてきた。まるでさえ子を待っていたかのようだ。

「なにが？」

「平成もおわって、二十一世紀も二十年近く経っているっつうのに、義肢装具士の作業って、なんでこうもアナログなんだろって話を戸樫としてたんスよ。ソケットをつくるにしても断端の型を取って、断端とおなじカタチのモノを石膏で一旦《いったん》つくって、ヤスリで削ったり、さらに石膏を盛ったりしてカタチを整えて、さらにその型を取るって、回りくどくありません？　採寸なんかも巻尺じゃなくて、ビームを当てるだけで測れて、そしたらパソコンでモデリングして、3Dプリンターで出力して、一丁あがりって具合にならんもんかと」

「それは難しいよ」弁当をぱくつきながら、戸樫が言った。

「どうしてさ」と真純が聞き返す。

「3Dプリンターは薄い層をいくつも重ねてできるものだから強度が弱い。義手はまだしも義足となると、からだの全体重を支えなくちゃならないからね。まだまだ実用の段階じゃないよ」

「えらく詳しいじゃん。工業高校で教えてもらったのか」

「教えてもらったっていうか、高三のとき、3Dプリンターで義手をつくったんだ、ぼく」

「マジかよ」

「へえ」

「へえって、さえ子さん、リアクション薄過ぎません？」

「戸樫くんだったらできそうじゃん」

「ぼくひとりで一からつくったわけじゃないです」戸樫が話をつづけた。「義手の設計図とマシンを動かすプログラムがインターネット上で公開されていたんで、担任の先生に頼んで、学校にある工具にパソコン、3Dプリンターも使わせてもらって、放課後にちょっとずつ進めて、完成までにひと月近くかかりました」

「マシンを動かすプログラムって、おまえがつくった義手は筋電義手《きんでんぎしゅ》か」

真純が目を丸くしながら訊《たず》ねた。3Dプリンターでつくったと聞いて、実物に似せただけの装飾用の義手を思い浮かべていたのだろう。

筋肉を収縮させようと、脳から命令を送るとき、電気が発生する。これが筋電だ。腕のないひとの断端に置いたセンサーで、この筋電を感知し、義手の継手や手先を操作できるのが、いま真純の言った筋電義手である。

日本での普及率は極めて低い。購入費用の支給の要件が厳しいというのもあるが、筋電が微弱な電流のために検知が難しく、だれもが使えるわけではないのだ。さらに使用が可能であっても、身体に適合させるために、義肢装具士のみならず作業療法士や医師のサポートによるリハビリテーションが必要となる。

「いや。ぼくがつくったのは、筋肉の隆起を計測して動かす圧力センサーだよ。腕に巻き付けるバンドの内側にセンサーがついていて、それで筋肉の動きを読み取ることができるんだ」

戸樫の返事を聞きながら、さえ子は思いだしたことがあった。

「私、その義手の作り方のサイト、見たことあるな」

義肢装具について、最新情報を仕入れようとネットサーフィンをすることがあり、そのとき目にしたのだ。日本の会社が開発し、義手自体がしゃれたデザインを施されていた。主宰者のインタビュー記事も読んだ。

「たしか3Dプリンターさえあれば、数万円でできちゃうんだよね」

「そんな安いんスか」真純が驚くのも無理はない。筋電義手は百五十万円を軽く超えるからだ。

「うん。それにさっき言ったように、センサー付きのバンドで動く仕組みなので、操作は簡単なんだ。はじめて使うひとでも、すぐやり方を覚えられる」

「いいことずくめじゃん。なんでもっと普及しないわけ？」

「手のひらを握ったり開いたり、親指や手首の角度を変えられたりするから、モノを押さえたり摑《つか》んだりはできるけど、ふだん遣いにはまだ厳しい。正直、開発の途中なんだ。でも3Dプリンター自体、普及したのはここ数年だからね。まだまだ可能性はじゅうぶんある。3Dプリンターを用いることで、義肢装具の製作に日数をかけず、生産量も増やせて、価格を抑えることができる日が訪れるかもしれない」

戸樫の声は相変わらず小さくて聞き取りづらい。それにさえ子や真純にではなく、自分に言い聞かせているようだった。

「3Dプリンターの義手をつくったのがきっかけで、義肢装具士になろうと思ったの？」

「いえ、義肢装具士になろうと思ったのは十歳のときです」さえ子の質問に、戸樫は目を瞬《しばたた》かせながら答えた。「そのためにはどうしたらいいか、ネットでいろいろ調べているうちに、早くから技術の腕を磨いておいたほうがいいとわかって、中学にあがってからは工具セットであれこれ作るようになって、高校は工業高校に進学しました。ぼくのいってた工業高校は電気工事士第二種をはじめ、危険物取扱者の乙四種、品質管理検定の四級、技能士検定の旋盤三級といった資格も取得できますしね。万が一、義肢装具士になれない場合でも、資格があれば職に就けると思って」

「あたしだって資格、持ってるよ。秘書検定と簿記検定三級」対抗するがごとく真純が言った。「義肢装具士になりたいって親に話したら、高校生のいまのうちに、保険としてなんか資格を取っておけって言われてさ。さえ子さんはなに持ってる？」

「内装会社だとインテリアコーディネーターかインテリアプランナーですよね」

「なんで知ってるの？」さえ子は戸樫に聞き返す。

「ぼくの通っていた高校、インテリア科があったんで」

「かっこいいッスねぇ。あたしもそういうカタカナ系の資格取ればよかった」

さえ子はなにも言わず、コンビニ弁当をかっこんだ。じつを言えばインテリアコーディネーターやインテリアプランナーの資格なんて持っていない。ココスペースで働いていた頃、上司の篠崎に取得しておけと散々言われたものの、教材さえ買わずにいた。仕事が忙しくて、資格の勉強どころではなかったのはたしかだが、結局のところは面倒だっただけである。唯一《ゆいいつ》の資格は運転免許だけだ。

この子たちより七年も長く生きているのに、私はなにやってたんだか。

さえ子は自分が情けなくなった。

断端を上にして、縦に万力で固定した陽性モデルが二十七本、義肢装具製作室の至るところにある光景は壮観というか、シュールだった。

体重を支持する部分をヤスリでガシガシ削り修正、体重を除圧する部分は石膏でモリモリ盛り修正したうえに、表面仕上げをおこなったので、マーキングの印はすっかり消え、陽性モデルは真っ白でどれもスベスベになった。

でもやっぱ、ちがうんだよな。

陰性モデルもそうだったが、おなじ班でおなじ義足ユーザーのをつくっているのだから、おなじカタチになるはずなのに、陽性モデルもまた三者三様だった。やはり戸樫が抜きんでて出来がいい。穂高の断端を忠実に復元している。仕上げも丁寧だ。陰性モデルと同様、陽性モデルも緒方の評価が下された。戸樫はAプラス、真純とさえ子はBプラスだった。

つぎに熱をかけて柔らかくした厚さ五ミリのスポンジを筒状にして、陽性モデルに被せ、接着剤で貼り付けておく。これがソケットを塡めるときに、クッションの役割をするソフトインサートになる。

「いいか、おまえらぁ。遂《つい》にソケット製作だっ。これぞまさしく」

「肝心要っ」緒方の台詞《せりふ》を奪うようにして、真純が言った。「ッスよね、センセ」

「そのとおりだ。ここで失敗したら元も子もないからな。いままでの苦労はぜんぶ水の泡だ。いいなっ。心してかかれっ」

それぞれの班でひとりずつ順番につくっていく。四班はいつもどおり、出席番号順で戸樫からと思いきやだ。

「たまには気分を変えて、じゃんけんで順番、決めないッスか」真純が言った。「勝った人順ってことで」

異論を唱えるほどのことではない。すぐさま三人でじゃんけんをしたところ、さえ子と真純がチョキで、戸樫がパーだった。勝者同士ですると、さえ子はグーで勝ってしまった。

あちゃあ、と危うく言いそうになる。

いつもはふたりが作業をするのを見てからなので、見様見真似ではないにしろ参考にしてこなすことができた。だからトップバッターは勘弁してくれない？　とはさすがに言えない。

「タッタタァァッ、PVAバッグゥゥウ」

ドラえもんがポケットからひみつ道具をだすときの真似をしながら、真純は透明なシートを取りだした。見た目はラップと変わらないそれを受け取ると、さえ子はソフトインサートを貼り付けた陽性モデルぜんたいを隙間なく覆っていった。

「タッタタァァッ」ふたたび真純が高らかに唄いあげる。「ストッキネットォォウ」

チューブ包帯とも呼ばれる、筒型の細長く白いネットだ。これをPVAバッグで覆った陽性モデルに被せた。

「タッタタァァァッ、カーボンファイバー」

カーボンファイバーは軽くて強度が高く、熱にも強い素材だ。ソケットの強度を高めるため、適度な大きさに切り、ストッキネットを被せた陽性モデルのまわりに貼付けていく。

ソフトインサートにＰＶＡバッグ、ストッキネット、カーボンファイバー、さらにストッキネット、ＰＶＡバッグと何重にも重ね着した陽性モデルは、すっかり着ぶくれしている。

「タッタタァァッ、真空ポンプぅぅっ」

真空ポンプは電動モーターやアナログなメーターがむきだしの、ぜんたいで二十キロ以上のゴツい代物《しろもの》だ。これに接続してある細い管の先を陽性モデルの下にさしこむ。

つぎに硬化剤と顔料ペーストを少量含めた、液状のアクリル樹脂を、陽性モデルに被せた二枚のＰＶＡバッグのあいだというか隙間に、ビーカーで注ぎこんでいった。

「真純、真空ポンプをオンにして」

「了解ッス」

アクリル樹脂は見る見るうちに、陽性モデルぜんたいに行き渡る。今回は日本人の肌の色に近くしているが、義足ユーザーの希望次第で、どんな色も可能だ。さえ子はピンと張って横に持った紐《ひも》で、陽性モデルの表面を上から下へと何度も擦《さす》った。アクリル樹脂をストッキネットに染《し》みこませ、なおかつ薄く均一にするためだ。

昼休みに真純が言っていたとおりだ。平成もおわって、二十一世紀も二十年近く経《た》つのに、義肢装具士の作業はアナログもいいところである。だがいまここで文句を言ってても埒《らち》があかない。

真空ポンプがモーター音を立てながら、二枚のＰＶＡバッグのあいだの空気を吸引している。こうして外よりも気圧が低い状態、いわゆる陰圧を発生させることで、アクリル樹脂がストッキネットに染みこみ、化学反応を起こして硬化し、繊維強化プラスチックとなる。水に溶けやすい性質を持つＰＶＡバッグは溶けこみ、カーボンファイバーは繊維強化プラスチックの中に含まれていく。

陽性モデルを象《かたど》ったカタチに固まったこれこそが〈ソケット〉だ。ただし完成までまだ先がある。山ならば五合目だと緒方だったら言うにちがいない。

「さえ子さん、これ」真純が差しだす布は、独特の匂《にお》いを放っていた。「あ、言い忘れちゃった。タッタタァァアッ、アセトンッ」

マニキュアを落とすときに除光液として使う無色の液体だ。アクリル樹脂に混ぜておいた硬化剤が熱を発するため、硬化していくあいだに熱くなってしまう。そこでアセトンを染みこませた布で拭《ふ》きながら冷ます。

するとで緒方が四班の作業台を訪れた。なにか注意されるのかと思いきや、「おまえのドラえもんは全然似ていないぞ。効果音からしてちがう。タッタカタッタタァアタタァァだろうが」と真純に言っただけで、よその班へ移動していった。

「似てないか、あたしのドラえもん？」

「永井さんのは、水田わさびのドラえもんだもの」戸樫がなだめるように言う。「緒方先生は世代的に大山のぶ代のドラえもんしか知らないんだよ。効果音もいまと昔ではちがうし」

そういう問題かとさえ子は思う。でも真純は「だったらしょうがないか」と納得していた。

「つぎのじゃなくて、そのつぎの土曜、なにか予定あります？」

なんの前ふりもなく、戸樫が訊ねてきた。作業着から普段着に着替え、さえ子と真純が更衣室からでるのを待ち構えていたのだ。

「二週間近くも先のことなんか、わかんないよ」真純がにべもなく言う。

「私は土曜、正午からバイトなんだけど」そう答えながらも「なにかあるの？」とさえ子は聞き返した。

「授業中にハジメさんからメールがきててね」

「ハジメさんって、戸樫くんのバイト先の？」

「うん。で、その日、祖師ヶ谷大蔵の中学校で、『義肢装具について学ぼう』という課外授業があって」

　土曜でも学校公開の日で、生徒達は午前中いっぱい、義肢装具をつくったり、模擬義足を体験したり、パラバドミントンのアスリートに勝負を挑むこともできるという。

「三クラスで百人弱の中学二年生に対して、ハジメさんを含め義肢装具士三人で対応するのは少し厳しいみたいなんだ。いろいろな伝手《つて》に協力を仰いでいて、ぼくもクラスの友達を二、三人つれてきてほしいと頼まれちゃって」

　そういうことであれば協力は厭《いと》わない。バイト仲間に頼んで、シフトをチェンジしてもらえばどうにかなる。そう考えていると、隣の真純は首を傾《かし》げていた。

「べつにいいけど、でもなぁ」

「なにか都合が悪いの？」さえ子は訊ねた。

「じゃなくて、そういう課外授業をやったところで、つぎの日どころか、その日の夜にはみんな忘れちゃう気がするんです。浜島敦子さんの講演会もそうじゃないッスか。

浜島さんの話を聞いているあいだは内戦で手足を失ったひと達に同情して、嗚咽《おえつ》を洩らして泣く聴講者までいる。でも講演会がおわって、会場をでるときには、これからなに食べいくとか、映画見て帰ろうかとか、そんな話をしているのが耳に入ってくると、がっかりしちゃうんスよね」

「それはしょうがないんじゃない？」鼻息が荒くなる真純をなだめるように、さえ子は言った。「それぞれ自分の生活があるわけだしさ」

「そりゃそうッスけどね。でも結局はその場限りで、だから浜島さんのクラウドファンディングが、なかなか目標金額に到達しなかったわけで」

さえ子はちょっと心が痛む。もしこのあいだ、このふたりともんじゃ焼き屋にいかなければ、さえ子も浜島敦子のクラウドファンディングに寄付していなかったからだ。

「だ、だけど、き、きみは浜島さんのドキュメンタリーを見て忘れるどころか、自ら行動を起こそうとしているよね。この課外授業だって、なにかしら心に残って、義肢装具士に興味を持つ子だっているはずだよ。百人にひとりでもそういう子がいればいいとぼくは思う」

　戸樫の言葉は妙に説得力があった。そんな彼を真純は訝《いぶか》しげな顔でしばらく見つめ、やがて訊ねた。

「祖師ヶ谷大蔵って、小田急線だったよね」

「うん。え、あ、じゃあ、きてくれるの？」

「いかないとは一言も言ってないだろ」

「あ、うん。に、二階堂さんは？」

「いいわよ」

「あ、ありがと。だったらあの、ぼくは義肢装具製作を担当するんだけど、二階堂さんと永井さんには、模擬義足体験の担当を頼みたいんだ。大腿《だいたい》義足の模擬義足を生徒に装着したうえで調整してもらって、なおかつ生徒が歩く際には転ばないよう付き添ってあげてくれないかな」

「なんでそれをあたし達が？」

真純が訊ねた。不平ではなく、ただ疑問に思ったようだ。

「模擬義足を装着したり、歩行に付き添ったりすると、どうしてもその、生徒の身体《からだ》に触れなくちゃいけない。だから担当が男だと、女子生徒が嫌がる場合があるんだ。

不可抗力であっても、胸やお尻《しり》に触れようものなら問題になりかねないし」

「なるほど。そりゃそうだ」真純は腕組みをして頷《うなず》いていた。「あたしも中学の健康診断のとき、おじいさんのお医者さんだったけど、胸に聴診器を当てられるの、嫌だったもん。でも模擬義足の装着はまだしも調整がちゃんとできるか、いまいち自信ないな」

「私も」さえ子が同意する。「予《あらかじ》め練習ができれば、まだなんとかなりそうだけど」

「だったら授業で使った模擬義足を借りて練習しましょう。いまから職員室にいって、緒方先生に許可を」

「今日は勘弁」戸樫の言葉を真純が遮《さえぎ》った。「一日で肝心要をふたつもこなしてクタクタだ。それにいまからしたところで、二週間近く先の練習にはならないさ。今週末か来週に入ってからにするよ」

「二階堂」
井の頭線神泉駅で、各駅の吉祥寺《きちじょうじ》行きに駆けこみ乗車をした途端だ。名字で呼ばれ、顔をあげると目の前に篠崎がいた。

マジですか。昼間はうまく逃げおおせることができたが、今回は無理だった。あきらめるしかない。

「ひさしぶりだな。元気だったか」
走ってきたために息が切れ、さえ子はまともに返事ができなかった。やむなくコクコクと頷きながら改めて篠崎を見る。五十歳手前でイイ男ではあるが、顔立ちが古臭い。眉《まゆ》が太いのはまだしも、もみあげがあるのはどうかと思う。ココスペースの作業着に身を包み、大きめのショルダーバッグを右肩から斜めにかけていた。

「なんで神泉から乗ってきたんだ？」

「ぎ、義肢装具士の学校があるんです」呼吸を整えながら答える。

「ほんとに通っていたのか」

嘘《うそ》だと思っていたんですかと言いかけたが、やめておいた。ここで突っかかっても意味はない。

「ってことはなにか。いま帰りか」

「はい」

「いいなぁ、学生は。こんなに早く帰れて」

うっせぇ。今日は肝心要をふたつこなしてきたんだぞ。

「俺なんか、これから現場を二件回らなくちゃいけないんだぜ。やんなっちゃうよ、まったく」

そう言いながら、篠崎はどこか自慢げだった。忙しい自分が好きなのだ。

ワーカーホリックと言えば聞こえはいいが、要するに仕事以外に人生の楽しみがない、憐《あわ》れむべきひとなのだ。ココスペースにはこの手のひと達が多かった。働き方改革が進む令和のこの時代に逆行している。でもそれがココスペースを辞めた理由ではない。さえ子もそういうのが嫌どころか、むしろ楽しんでいた。

「神泉に友々家があるのわかるか。栄通り沿いなんだが」

「ええ、まあ」昼間にいったことは言わなかった。言いたくなかったのだ。

「いまそこをリニューアル工事してな。これからいく下北沢《シモキタ》と西荻窪《ニシオギ》も友々家なんだ」

「私がいた頃は、チェーン店はデザインが画一で、儲《もう》けもタカが知れているからやらないのが、ココスペースの方針でしたよね」

自分でも無意識に、突っかかるような口調になってしまう。

「こう不景気じゃあ、背に腹は代えられんのさ。それに友々家はチェーン店だけど、ウチの会社が提案したアイデアを採用してくれてな。ユニークな店舗がいくつかできつつあるんだ」

「どんな店舗ですか」訊ねてから、しまったと思った。篠崎がにやついている。

「気になるか」

「それはまあ」否定はできなかった。会社に未練はない。でも内装工事の仕事を懐《なつ》かしく思うことはあった。

「でも社外秘でね。クライアントの友々家を裏切ることにもなるので言えんのさ」

なんだよ、コンチクショー。

「そういえばきみが担当だった初台《はつだい》の店」

「〈Come sta, Tokyo?〉ですか」

「そうそう。ちょっと用事があって、先週末にいってきたんだ」

「どんな用事です？　それも社外秘ですか」

「変わらないな、きみは」篠崎は苦笑する。「バリアフリーの店に興味があるって言うんで、友々家の社長を連れていったんだ。いたく気に入ってね。ウチでもこういう店がつくりたいとまで言っていた」

「ほんとですか」

「こんなことで嘘をついても意味ないだろ」

さえ子は自分の顔が綻《ほころ》ぶのがわかる。篠崎の手前、こらえたものの、どうしても口元が緩んでしまう。

五分もかからずに下北沢駅に着いた。さえ子も急行に乗り換えるために下りる。

「じゃあな。勉強がんばれよ」

「副部長も仕事、がんばってください」

「おお」立ち去ろうとした篠崎は足を止め、「〈Come sta, Tokyo?〉のクライアントさん、覚えているか」と訊ねてきた。

「もちろんです」白井良美のことだ。忘れるはずがない。

「会社をやめてからいってないんだってな。きみのことを心配してたぞ。時間があればいってやれや。な?」

4

「よっ」

真純の掛け声が隣から聞こえてくる。つづくカァアンという音はたがねの頭をハンマーで叩《たた》いた音だ。

「はっ」

思わずさえ子も声をだし、自分が左手に握るたがねの頭にハンマーを振り下ろす。するとたがねの刃先がソケットの中にある陽性モデルを砕いた。義肢装具科二年の二十七人全員がいま、おなじ作業に没頭している。

「たぁっ」

作業台のむこうで戸樫も、これまで聞いた中でいちばん大きな声をだしていた。

「よっ」ふたたび真純が言い、カァァンと音が鳴る。

「はっ」さえ子もつづけて言い、たがねをハンマーで叩く。カァァン。

「たぁっ」戸樫がさらに大きな声をだす。カァァン。

　ヤスリでガシガシ削り修正、石膏《せっこう》でモリモリ盛り修正と手塩にかけてつくった陽性モデルを、自らの手で壊していくのは忍びない、とはあまり思わなかった。ソケットに傷をつけないよう作業を進めていくのに神経を使うので、それどころではないのだ。これまた、あまりにアナログだとさえ子は思いながらも、やらざるを得ない。力仕事でもあるので、全身から汗が滲《にじ》みでてきた。真純にもらったワキ汗パッドが効果覿面《てきめん》だったので、昨日のうちに薬局で買い求め、貼り付けてある。戸樫も真純からもらったニキビ用の薬用石鹼《せっけん》を使っているそうだが、こちらはまだ効果はでていなかった。

　小一時間かけて陽性モデルをすべて取りだしたら、内側に貼ってあったソフトインサートを外した状態で、ソケットのトリミングをおこなう。

「ソケットのフチは直接、肌に触れる部分だ」緒方が怒鳴るのが聞こえた。怒っているのではなく、カービングマシンのモーター音に対抗するためにちがいない。「キレイに仕上げるのはもちろんだが、肌触りが滑らかに仕上がるよう心がけて挑め」

陽性モデルを取りだす前に、超音波カッターでおおまかに切っておいたフチを、プラスチック専用のカッターで削るように切っていく。つぎに二種類の研磨機にかける。一つ目はベルトサンダーだ。モーターで回転するベルト状のヤスリで、粗めに削る。二つ目がカービングマシンで、細かいところまで仕上げねばならない。

カービングマシンはぜんぶで八台、製作室の壁際《かべぎわ》に一列に並んでおり、各班ひとりずつ代わりばんこに作業していく。足元のペダルを踏めば棒状のヤスリが回転し、離すと止まる仕掛けで、さえ子はそのペダルを左足で踏み、自分がつくったソケットのフチを削っている真っ最中だった。

「二階堂っ」

緒方に呼ばれ、さえ子は慌《あわ》てて左足をペダルから外す。いつの間にか左隣にいたのだ。

「貸してみろ」

さえ子の返事を待たずに、緒方はソケットを奪うように取った。そしてそのフチをしげしげと見ていたかと思うと、さらには指先でぐるりと一周、なぞっていった。

「これだけできればじゅうぶんだ。つぎのひとにチェンジしていいぞ」

外してあったソフトインサートをふたたび重ね、仕上がったソケットとおなじになるようにフチを削ったら、トリミングはオシマイだ。昼休みを挟んでいよいよ義足の組み立てに取りかかる。

足のカタチを模した〈足部〉に、脛《すね》の部分となる〈パイプ〉、そして繋ぎ目の役割をする〈アダプター〉と呼ばれるモノを、緒方が各班に配ってまわった。そのあいだに生徒達は組み立てに使う工具や測量器などを準備する。

パーツを配りおえたあとも、緒方が製作室をうろつきながら言った。

「いいかぁ、おまえらぁ。義足の組み立ては、ただ単にパーツを繋げればいいってもんじゃない。ソケットと足部のあいだにおける相対的な位置関係を確認しながら、組み立てていかねばならん。いまさら訊くことではないが、念のために敢《あ》えて訊く。羽村っ」

「はいっ」五班の羽村がびくりと身体を震わせながら返事をする。

「足部の向きはどうやって決めればいい？」

「足部とソケットの進行方向を一致させます」

「足部の進行方向はどう求める？　戸樫っ」

「足部の内側で、トウブレークと踵《かかと》を結んだ線が進行方向です」

戸樫にしては精一杯の大声で答えた。人間の足は左右ともに内側にカーブしている。このカーブの上と下を結んだ線が足部の進行方向だというわけだ。

「永井っ。トウブレークはわかるか」

「ここッス」

真純は足部の靴底を緒方にむけ、その部分を指差す。

「言葉で説明しろ、言葉で」

「足を地面につけて、踵をあげたときに曲がる部位、解剖学的に言えば足MP関節、義足の足部でことおなじところがトウブレークです」

「ちゃんとできるじゃないか」

戸樫、真純と四班がつづいたのだから、つぎは自分だと、さえ子が身構えていたところだ。

「山口っ」

ちがうんかいっ。

「ソケットの進行方向は？」

「ソケット前壁の中央部と後壁の中央部を結んだ線です」

「そうだ。下腿義足を前から見た状態、つまり前額面だな。このときの基準線とは、どことどこを結んだ線のことを言う。高橋っ」

「膝蓋靭帯《しつがいじんたい》の高さで、ソケットの内外径の中間点を求め、そこから足部の踵の中心を結んだ線です」

こうした説明を聞くと、イマイチわかりづらいが、つまりは下腿義足を〈前〉から見たときの、ちょうど真ん中の縦線だ。

「松永っ。基準線は床面とどうなっている？」

「垂直です」

「そうだ。でも人間の足は少しカーブしているので、地面とは垂直ではない。よってソケットの中心線と基準線が重なっていては、義足ユーザーはまっすぐ立つことができない。ではどうすればいい？　平田っ」

「基準線よりもソケットの中心線を五度、内転させて繋ぎます」

「それをなんと言う？　石内っ」

「初期内転角です」

「よろしい。つぎに義足を横から見た状態、いわゆる矢状面の基準線は、どことどこを結んだ線だ？　妻木っ」

「前額面とおなじく膝蓋靭帯の高さで、ソケットの前後径の中間点を求め、そこから足部の踵とトウブレークの中間点を結んだ線で、やはり床とは垂直です」

　これも要するに下腿義足を〈横〉から見たときの、ちょうど真ん中の縦線である。

「矢状面の基準線もソケットの中心線と重なっていては義足ユーザーが立つことができない。そこですべきことはなにか。若槻《わかつき》っ」

「基準線よりもソケット中心線を五度、前方に傾けて繋ぎます」

「それをなんと言うか。有森っ」

「初期屈曲角です」

「そのとおりだ。いいかぁ。義足の組み立ては地味だが繊細な作業だ。わずかな誤差で、義足ユーザーが歩けなくなっちまうからな。細心の注意を払って慎重にやれ」

　ずっと昔、似たようなことを他のだれかに言われたおぼえがある。思いだすまで、さほど時間はかからなかった。ココスペースの篠崎だ。

　地味でつまらん作業こそ手を抜かずに真剣にやれ。そうしないと思わぬ事故に繋がるぞ。

　現場や職場、酒席などで何度となく言われた。仕事だけじゃない、人生すべてそうだと付け加えることもあった。なにかにつけ、人生論になるのが篠崎の悪い癖だった。でもいまはそれが少し懐かしく思えた。

「できたと思ったら手を挙げろ。俺のほうからいってチェックするからな。では作業にかかれっ」

足部にもさまざまな種類があり、今回使うのはいちばんスタンダードなサッチ足だ。ほぼ木製だが、踵にはクッションを施してあり、足底には合成ゴムが貼《は》りつけてある。足部のむきを決めてから、パイプとの繋ぎ目の役割をするアダプターを取り付けていく。アダプターは真ん中にパイプを通す穴がある。その四方を小さな穴が囲んでおり、ここにボルトを差しこみ締めることで、パイプを固定する。

「タッタタァァアッ、六角レンチィィ」

真純が高らかに言った。ボルトの頭が六角なので、先端部分におなじ六角の溝があるレンチを使うのだ。

さえ子はココスペースで働いている頃、水道や電気工事の現場で職人が使うのを見たことがあった。そのときのはL字型がほとんどだったが、義肢装具の製作ではT字型だ。シブイクの義肢装具科の生徒であれば、だれしもがマイ六角レンチを持っていた。義足ユーザーの中にも、自分の義足を調整するために常備するひとは少なくない。

足部にアダプターを取り付けたら、パイプを嵌《は》め、そのうえにソケットを繋ぐアダプターを取り付けていく。いずれのパーツも水平に取り付けられているか、作業の節目節目に確認しなければならない。その際に水平器という器具を使う。分厚い定規みたいなモノに横長で透明な管が付いている。その中の液体に浮かぶ気泡の位置で水平かどうかがわかった。

ソケットまで取り付けることができたら、今度はソケットと足部が適切な位置に設定できているか、基準線が床面に垂直になっているかを差金や錘重《すいじゅう》でたしかめる必要があった。

いずれにせよ調整はアダプターに差しこんだボルトを、六角レンチで締めたり緩めたりすることでおこなう。ボルトの締め具合ひとつで、ソケットの角度や足部の位置が変わるのだが、これがなかなか思うようにいかない。二十七人全員が一言も発することなく作業に没頭しているためだろう、義肢装具製作室はしんと静まり返り、聞こえてくるのはコキコキコキという六角レンチでボルトを回す音ばかりだった。

おっかしいなぁ。

自分がつくった義足を真横から見て、差金を当てながら、さえ子は首を傾《かし》げていた。前額面の基準線は床と垂直になったのに、矢状面の基準線はさきほどよりもズレが大きくなってしまっているからだ。

足部の前のボルトを緩めてズレちゃったってことは、おなじボルトを締め直せばいいのか。いや、そうじゃない。それはそれで前額面の基準線を垂直にするために緩めたんだもんな。でもちょっとだけ締めてみるか。

そのボルトに六角レンチの先をかませ、右に回そうとしたときだ。

「よっしゃっ」真純が叫ぶ。「センセッ。センセ、センセ」緒方を呼びながら両手を挙げた。「できました。完成ッス。見てください」

「わかったから黙れ。俺は手を挙げろとしか言わなかっただろ。声はださんでよろしい」

真純がつくった義足を、緒方は腰を屈《かが》めて正面からじっと見つめていた。

「どうッスか、センセ」

「どうもこうもあるか」

「完璧《かんぺき》ってことッスか」

「そんなわけないだろ」緒方は真純を睨《にら》みつけてから、作業台にあった差金を手にして義足に当てた。「よく見ろ。基準線からズレてるだろうが」

「ほんのちょっとじゃないですか」

「そのちょっとのズレが、義足ユーザーの命取りになることだってあるんだぞ」

　さすがの真純も言い返せず、口を真一文字に閉ざしたままだった。

「おまえ、階段をおりるとき、まだ最後にジャンプしているだろ」

「でも残り三段じゃなくて、二段でジャンプするように心がけています」

「二段でも駄目だ。前にも言ったよな。おまえはその気質が問題なんだ。それを直さないかぎり、どれだけ腕があがっても義肢装具士として満足な仕事ができんぞ」

「気質を直せって、つまりはキャラ変しろってことッスよね」

　左隣で真純が言った。さえ子は彼女の肩に手をかけ、左足だけで立っている。右足は戸樫が模擬義足を取り付けている最中なのだ。

四・五限目の製作実習で、なんとか義足の組み立てをおえたあとだ。模擬義足の使用許可がでたので、一時間くらい軽く練習していかないかと戸樫に誘われ、三人はいま、義肢装具製作室の隣にある義肢装具装着適合室にいる。まずは自ら体験してみようということになり、さえ子が装着することになった。

模擬義足は大腿義足を模したものだ。ただしソケットのカタチはまるでちがう。ほぼ直角に曲げた膝を太腿《ふともも》から脛のあたりまで覆《おお》うようなカタチで、太腿と脛に二本ずつベルトを巻いて留めることができる。そしてこのソケットの膝の部分に、膝関節の役割をする〈膝継手《ひざつぎて》〉が取り付けられ、その下にパイプと足部が繋がっていた。戸樫はさえ子の足に模擬義足のベルトを着けおえると、足部とパイプの繋ぎ目のアダプターに差し込まれたボルトの一本を、六角レンチで回しはじめた。パイプの長さや足部の角度を調整しておかないと転倒しかねないからだ。

「そんなの無理だと思いません？」真純の文句はつづく。「十九年間、このキャラでやってきたのに、いきなりどうこうできっこないッスよ」

「そっくりぜんぶ直せとは、緒方先生も言っていないわよ」さえ子はなだめるように言った。「要は最後まできっちりやれってことじゃない」

「やれたらやってます。でもゴールが見えると、どうしても気が急《せ》いてきちゃうんスよ」

アフリカの子ども達を救うつもりならば、それぐらいどうってことないでしょ、と言いかけたのを、さえ子はぐっと堪《こら》えた。こんなことで言い争っても意味はない。

「あ、あの」

タイミングよく、戸樫がむくりと立ちあがった。

「調整ができたんで、二階堂さん、永井さんの肩から手を外して、義足のほうに重心を移動してみてください」

さえ子は言われたとおりにした。俄《にわか》に緊張が高まっていく。去年のいま頃、授業でおなじ模擬義足を装着した際、さえ子は派手にスッ転んだことがあったのだ。そのときの恐怖心が鮮明に甦《よみがえ》ってきてしまったのである。

「そのまま平行棒のあいだに入っていけますか」

歩行練習用の平行棒は目の前にあった。左右の手で身体を支えるための手摺《てすり》が二本、ひとがひとり通れる程度の幅で、平行に並んでいる。長さはちょうど二メートルだ。

さえ子は手摺に手をかけた。まずは左足を前にだし、平行棒のあいだに入っていく。つぎに義足の右足をあげ、左足の横に揃《そろ》えた。

「だいじょうぶですか、二階堂さん」戸樫が心配そうに訊《たず》ねてきた。「顔が青ざめていますけど」

やめておけばよかったと、少なからず後悔さえしている。でもそれを口にだして言うわけにもいかない。

「だいじょうぶよ」

「いま左足に重心を置いていますね。それをまた義足のほうに移動してください」

「わかった」

ゆっくり重心を移動する。たったそれだけのことなのに、鼓動が早鐘を打つように早くなり、手摺を握る掌《てのひら》が汗で滲んでいくのがわかった。

「できましたね。左手を手摺から放せますか」

さえ子は内心、ビクビクしながら放す。

「では今度、右手を放して」

恐る恐る戸樫の言葉に従う。

「いい具合にバランスが取れていますよ。そしたら義足に重心をかけたまま、左足をあげていきましょう」

左足をあげたら、右足の義足一本で立たねばならない。これがさえ子には恐怖だった。

大腿義足は膝上から下の足がないひとが装着するものなので、膝関節は膝継手という部品に置き換えられる。だが膝継手の多くは、膝を曲げたまま持ち堪《こた》える機能がない。この模擬義足のもそうだ。すると足部の踵を地面に着けたときに、膝が伸び切らない。そのため少しでも曲がっていると折れてしまい、転倒の原因になる。それだけ膝継手のコントロールは難しいのだ。

　去年、さえ子がまさにこれでスッ転んだ。平行棒がない平らなところを歩こうとしたとき、数歩も歩かぬうちに、いきなりガクンと膝継手が曲がった。手を突こうにも間にあわず、顔面を床に打ちつけてしまったのである。左頬に痣《あざ》ができて、大きな絆《ばん》創膏《そうこう》を貼り、完全に消えるまで二ヶ月近くもかかった。

　さえ子は恐る恐る左足をあげたものの、十センチも前に進まぬうちに、足を床に着けてしまった。

「少し身体がぐらついただけですよ、二階堂さん。膝継手が曲がったわけではないので、心配いりません。だいじょうぶですから、もう一度、左足をあげてみましょう」

　ここは戸樫を信じるしかない。さえ子は思い切りよく左足をできるだけ高くあげた。

「できるじゃないですか。素晴らしい」

　戸樫が手を叩く。真純もだ。

「この調子で足踏みにチャレンジしましょう。ぼくがリズムを取ります。イチで右足、ニで左足をあげてくださいね。いいですか」

「はい」さえ子は素直に返事をするしかなかった。

「イッチ、ニッ。イッチ、ニッ。イッチ、ニッ」

超スローテンポのリズムだ。イチで右足をあげるのはまだいい。自分の足である左足で立てるからだ。でもニで左足をあげ、義足一本で立つときはやはりまだ気が気でない。

「イッチ、ニッ。イッチ、ニッ。そうそう、その調子です。では二階堂さん、そのまま平行棒のあいだを前に進んでみてください」

「え？」マジか。

「心配いりません。永井さんとぼくで、両脇《わき》を並行して歩きますから、よろけてもだいじょうぶです」

でもさえ子は最初の一歩が踏みだせなかった。

私はいったいなにをしているのだろう。

義足ユーザーであれば当たり前にしていることを、たった一度、スッ転んだだけで、怖くてできないだなんて不甲斐《ふがい》ないにもほどがある。

すると今度は穂高優太が撮影した写真を思いだした。そこに写っていた車椅子《くるまいす》や義手、義足のユーザー達の姿がつぎつぎと脳裏に浮かんでは消えていく。

「イッチ」

さえ子は義足の右足を前にだす。床に足部が着く感触があったところで、左足をあげた。

「ニッ」

重心を義足に移す瞬間、全身に緊張が走る。膝継手が伸び切っているのか、はっきりわからないからだ。だいじょうぶだった。安定している。

「イッチ」

床に着いた左足に重心を移し、義足をあげて前に踏みだし、足部を床に着けた。

「ニッ」

さらにまた義足に自分の体重を載せ、左足をあげて前に進む。これでどうにか、平行棒の最後まで辿《たど》り着くことができた。

「イッチ」

義足を前にだし、足部で床を踏みしめる。これでどうにか、平行棒の最後まで辿《たど》り着くことができた。

「よかったですよ、二階堂さん。バランスよく、きれいに歩けていました。完璧です。申し訳ないんですが、もう一歩前にでてください。模擬義足を外しますんで」

「このままっすぐ進んでいこうと思うんだけど、いいかな」

「どうしたんスか、さえ子さん」真純が不思議そうに訊ねてきた。「いきなり、やる気スイッチ入っちゃって」

「私、まだなんにもわかってないんだ」

「なにがですか」

「義肢装具を必要とするひと達のことをだよ。今回の下腿義足だって、授業で教わったとおりにつくって、少しでもイイ点もらうことばかりを考えてやってきた」

「そりゃそうッスよ。緒方センセのオッケーをもらえなきゃ、先に進めませんからね」

「でもそれだけじゃ駄目だったんだ。肝心なのは義足ユーザーでしょ。私達ならば穂高さんよね。あのひとにとって、どれだけ使い勝手がいいものをつくるかを考えなければいけなかった。でも私はそこがごっそりと抜けていたんだ。今回の下腿義足だけじゃない。いままでもそうだった。自分本位で義肢装具をつくってきちゃった。この模擬義足を装着してスッ転んで、顔に痣までつくったんだから、義足ユーザーがどれだけ大変か、少しでもわかっていてもいいはずなのに、全然わかっていなかった。だからせめていまからでも、ちょっとでもいいから、わかっておこうと思って」

「さえ子さんだけじゃないッスよ。あたしも自分のことしか考えていなかったですもん。どんなことも最後まできっちりやれるよう、キャラ変しなきゃ」

「あ、あの」

「どうした、戸樫。おまえもなんかあんのか」

「いや、あの、模擬義足は六時までに返すよう、緒方先生に言われているんだよ。だからその、しゃべっている余裕はあまりないんで」

「無駄話してるわけじゃねぇだろうが。おまえはそういうところを直せ」

「そ、そういうところってどういう」

「自分で考えろ」

あれって穂高さんだよな。

神泉駅をおりて、シブイクへむかう途中、さえ子は穂高を見つけた。そこそこ距離はあるものの、間違いなさそうだ。

今日は五月の第三月曜、一限から三限にかけて、モデルになった義足ユーザーに自分達がつくった下腿義足を装着してもらう。穂高もいまからシブイクへいくのだろうが、どういうわけか道の真ん中で一眼レフを構えている。はじめは中腰だったが、さえ子が近づくにつれ、腰を屈めていき、肩にかけていたバッグが邪魔になったのか、外して横に置くと、遂《つい》にはあぐらをかいた。そのあいだ、一眼レフは構えたままだ。そしてしまいには腹這《はらば》いになった。

渋谷でもこのあたりは人通りが少ないし、車もほぼ通らない。だからといって、道の真ん中で腹這いになるのはどうかと思う。話しかけるにしてもタイミングがわからない。しばらく様子を窺《うかが》おうと、十メートルほど離れたところで立ち止まる。するとシャッター音が何度か聞こえてきた。

「よっしゃ」と言って穂高が立ちあがり、その途端に目があった。

「おはようございます」

ひとまず挨拶《あいさつ》をしてから、なにをしていたのか、訊ねようとしたところだ。穂高はさえ子の右隣に立ち、一眼レフのうしろにある画像モニターをむけてきた。黒と茶色の斑《まだら》模様のサビ猫が、なんか用ッスか、という顔でこちらを見ている。真純のような口調が思い浮かんだのは、顔立ちと表情がどことなく似ていたからだ。

「猫を撮ってたんですか？」

「ウェブマガジンの編集に頼まれているんだ。ネタ不足のときは、猫の写真をアップしておけばアクセス数が稼げるとかで」

それからふたりはシブイクへむかうため、並んで歩きだした。一眼レフを首からさげたままでいる穂高からジャラジャラと音がする。彼の腰にはキーチェーンが付いており、いくつもの鍵《かぎ》やキーホルダーがぶつかりあって鳴っていたのだ。

「このへんを通っていたってことは神泉駅から？」

「そうです」

「シブイクの生徒はたいがい渋谷駅を利用すると聞いていたけど」

「私はいつも神泉駅なんです。渋谷駅からだと迷子になりそうで」

「ぼくも」穂高は親しげに笑った。「渋谷駅周辺は再開発で、いつもどこかしら工事をしてて、くる度にあれこれ変わっているからね。そもそも渋谷自体、階段や坂が多くて、義足の身としてはしんどい」

「だいじょうぶですか」

さえ子は思わず訊ねてしまう。いま歩いているのが、緩やかな上り坂だったからだ。

「これくらいならなんてことないって。それよりどう、ぼくの義足？　できた？」

「どうにかカタチになったというくらいです」

「なんでもはじめはそういうものだよ。いまのうち失敗を重ねておいて、晴れて義肢装具士になったときに、おなじ失敗をしないよう気をつければいい。じつは気合いが入ったラーメン屋の主人みたいなあの先生に、注意されてて」

やはり他のひとにも緒方のことがそう見えるのかと思いつつ、「なんてです？」とさえ子は訊ねた。

「学生には思ったことをビシッと言ってください、そのほうが彼ら彼女らのためになりますからって。学生に気を遣うというか、点数が甘いひとも多いらしいんだ。ご高齢の方はとくにね。ぼくはばんばんダメだしするんで覚悟してね」

冗談めかしてはいるが、言葉の端々から本気度が伝わってきた。

「よろしくお願いします」

いわゆるラブホ街に入っていく。さえ子にとっては、ただの通学路ではあるものの、男性と並んで歩くとなると、ちょっと気にはなる。だが穂高は至ってふつうに、話をつづけていた。

「ハジメさんから聞いたよ。祖師ヶ谷大蔵の中学校の課外授業に参加するって」

「あ、はい」

「ウチの写真館、あの中学の行事写真を請け負っていてね。ハジメさんは仕事仲間と、義肢装具について知ってもらうイベントを各地で開いていてさ。その話を校長先生にしたら、えらく乗り気になって、今年から二年生を対象におこなうことになったわけ」

「そう言えば私、ネットで見ました、穂高さんが撮った写真。車椅子や義手義足のユーザーがお祭りに参加していたり、公園で遊んでいたり、スポーツをしたりしてて、どれもとてもいい写真でした」

小学生レベルの感想だ。

もっと言いたいことがあるはずだろ、私。

「被写体がよかったんだよ。ぼくはあのひと達の引き立て役であり、あなたのように見てもらうひと達との仲介役に過ぎない」

そう言ったかと思うと、穂高は立ち止まり、一眼レフを構えた。そのレンズの先を見ると、ラブホを囲む塀の上に猫がいた。

「悪いけど、先、いっててもらえる？　一限目がはじまる前までにはちゃんといくんで」

今回、義肢装具科二年二十七人がつくった下《か》腿《たい》義足はＰＴＢソケットだ。膝下にある、膝蓋靭帯で義足ユーザー自身の体重を支持できるように製作したソケットである。ＰＴＢソケットは、ただ単に嵌めただけでは断端から抜け落ちてしまう。そこで膝蓋骨、いわゆる膝の皿に引っかかるよう、ソケットにベルトを取り付けておく。

「それじゃ立ってもらえますか？」

自作の義足を穂高の断端に塡め、膝カフベルトと呼ばれるそのベルトを取り付けてから真純が言った。彼女の言葉に従い、穂高が腰をあげる。ここは三日前、さえ子達が模擬義足の練習をおこなった義肢装具装着適合室だ。生徒はみな白衣に身を包み、真純はピアスを外している。

「踵の幅を十センチくらいに開いて、両足に体重を均等にかけてみてください」

　これまた穂高は真純の言うとおりにした。ちなみに左右どちらも靴を履いている。紐《ひも》や留め具などがない、スリッポンだ。腰のキーチェーンは実習がはじまる直前に外していた。

「いまんとこ、どうッスか。断端にかぎらず、どっか違和感ありますか」

「足を失って以来ずっと、ＴＳＢのソケットだからさ。ＰＴＢはずいぶん履き心地がちがうんで、違和感というか戸惑いが大きくてね。ちゃんと判断できるのか、心配になってきた」

　ＴＳＢも義足の種類の名称である。〈Total Surface Bearing〉の略で、直訳すれば〈表面ぜんたいの支持〉だ。断端にライナーという靴下みたいなモノを履かせる。素材はシリコンあるいはウレタンで、皮膚に対する密着度がより高く、摩擦も少なく、力が分散でき、断端を保護する機能も優れている。この先っぽに金属製の長さ五センチほどの棒、キャッチピンなるものが付いており、ソケットを履くと、このピンが中の穴にささって義足を懸垂できる仕組みだ。おかげで断端の〈表面ぜんたい〉が均一にソケットに接触し、体重を〈支持〉することができるわけだ。

　PTBとTSB、いずれもマーキングまでは同様の作業だが、そこから先の工程はちがう。まずPTBを来月なかばまでに製作し、つづけてTSBに取りかかる。

ばんばんダメだししますよと言っていたのに、穂高はすっかり弱気だ。しかも緊張からか、顔を強張《こわば》らせてもいる。そんな彼にむかって、真純が励ますように言った。

「だいじょうぶですって。もっと気を楽にしてください。ウチら、穂高さんだけが頼りなんスからね」

「そうだな。きみ達のためにもがんばらないと」

「がんばることなんかなんもないッスよ。思ったこと、感じたことをそのまま言ってくれれば、いいんスから」そう言いながら真純は器具を手にした。「タッタァァァッ、ペルビックレベルゥ」

　日本語だと骨盤水平器だ。読んで字のごとく、骨盤が水平かを調べる器具である。腰のラインにあわせて弓なりに曲がった細長い板の左右に、バナナに似た形の板が付いている。その先を、穂高の上前腸骨棘《じょうぜんちょうこつきょく》に当てた。腰のベルトがかかるあたりだ。

ペルビックレベルに取り付けられた水平器の中の泡があきらかに傾いている。

「左足のほうが高く感じませんか」

「言われてみればたしかに」

「断端末がソケットの底に触れていません？　それで痛みを感じていたりとかは」

真純がいま言った状態であれば、ソケットが緩くて断端が落ちこみ、義足側が短くなっている可能性がある。

「いや。それはないよ」しばらく考えてから、穂高はそう答えた。

「だとすると、義足自体が短いってことか。義足と左足の長さの差を測らせてもらいますね」

真純は義足の足部の下に計測用の板を差しこみ、さらにペルビックレベルで骨盤が水平かどうかを調べる。幾度か繰り返し、水平器の泡がようやく真ん中になった。骨盤が水平に保てたということは、板の厚みが義足と左足の差になる。

「ってことは、ええと」真純は右手を握りしめ、コンコンと軽く自分の頭を叩いた。

「そのぶん、パイプを伸ばせばいいんだよな。うん。穂高さん。調整をするんで椅子に座ってもらえますか」

「あ、ああ」

真純は六角レンチを右手に握りしめ、椅子に腰かけた穂高の前にしゃがんだ。そしてソケットとパイプを繋《つな》ぐアダプターの四方を囲むボルトのひとつに差しこんで、コキコキとまわしはじめる。やがて真純が唄《うた》うのが聞こえてきた。陽性モデルを修正していたときとおなじ歌だった。

♪オバケでオッケー、オバッケー、
　オバケもオッケー、オバッケッケッケー♪

「『オバケデイズ』、好きなの？」

「え？　あ、はい」穂高に訊《き》かれ、真純は一旦《いったん》、顔をあげたものの、すぐまた作業に戻った。「毎週かかさず見ているんスよ。戸樫なんて食玩《しょくがん》まで集めてて」

「ぼくも集めてる」

「ほんとですか」とうの戸樫が割りこんできた。

「もともとフィギュアが好きなんだ。『オバケデイズ』の食玩は出来がいいからね」

しばらく三人のあいだで、『オバケデイズ』談義に花が咲いた。さえ子は、すっかり蚊帳《かや》の外だ。

「できましたっ。穂高さん、悪いんスけど、また立ってもらえます？」

真純がふたたび、穂高の腰にペルビックレベルを当てる。見事、水平になっていた。

「よっしゃっ。ではつぎに足底がちゃんと床に着いているかを調べますんで、そのまま立っててください」

そして真純は作業台にあった白い紙を手にした。

「タッタァァァッ、ただの紙っぺら一枚ぃ」

紙一枚でなにをするかと言えば、靴底と床のあいだに差しこむのだ。これが入らなければ接地できている証拠だ。つまり問題はない。

真純は穂高の前にひざまずき、紙を義足のほうの靴底に寄せていく。靴底が内側に浮いていれば、初期内転角の角度が不足気味、外側に浮いていると過大ということになる。真純の持つ紙は内側からも外側からも入らなかった。つぎに靴底の前後を調べる。踵には紙が入らなかったが、爪先《つまさき》のほうは、たやすく入ってしまった。

「あちゃあ」

真純はふたたび自分の頭を右の拳《こぶし》でコンコン叩《たた》きだす。さきほどよりも長いうえに強めだ。いささか心配になり、「だいじょうぶ？」とさえ子は訊ねた。だが真純からの返事はない。無視しているのではなく、考えに没頭し、聞こえないようだ。

「あっ、そっか」頭を叩くのを止《や》め、真純はすっくと立ち上がった。「穂高さん、左足を半歩前にだしてもらえないッスか」

「こうかな」

穂高が真純に言われたとおりの姿勢をとる。

「そうやって立つとどうですか」

「まっすぐ立っているより楽だ」

「やっぱりそうだ」真純が叫んだ。「ソケットの初期屈曲角が大き過ぎたんだ。よしよし。原因がわかったらこっちのもんッス。悪いッスけど、また調整するんで、座ってください」

穂高の前にしゃがみ、作業着のポケットに突っ込んでいた六角レンチをだして、真純はアダプターのボルトに差しこみ、コキコキと回しだした。

これでなんなくクリアできるかと思いきや、そうはいかなかった。ふたたび穂高に立ってもらい、義足の靴底に紙を入れると、爪先には入らずに済んだが、踵のほうには入ってしまった。そこで調整して試したところ、爪先と踵には紙は入らなかったのに、なんと靴底の外側に入ってしまった。さらに調整すると今度は内側に入ってしまい、といった具合に、なかなか靴底ぜんたいが床に接地しない。

「おっかしいなぁ。なんでだろ」

　真純は六角レンチを握りしめたまま、自作の義足を睨みつけている。歌を口ずさむ余裕などない。それどころか焦《あせ》りと苛立《いらだ》ちが顔にでてしまっていた。

「神様ってたいしたもんだよな」

　穂高が呟《つぶや》いた。真純だけでなく、さえ子と戸樫も彼に視線をむける。

「ぼくは高校大学とミッション系だったんだ。クリスチャンでもなんでもないけど、高校のときには聖書の授業があってね。試験にでるから、聖書のところどころを暗記して、いまでも頭の片隅に残っている」

　穂高の話を聞きながら、真純と戸樫はきょとんとしている。どうしていま、その話を？　と思っているにちがいない。さえ子もそうだった。

「義足をつけてからは、どの部分にどう力を入れて歩けばいいかを考えるようになって、ほんと人間の身体《からだ》はよくできていると思うようになった。長い長い進化の歴史の結果だと百も承知だ。でも授業で叩きこまれたせいで、神様が命の息を吹きこんで人間をつくったと、心のどこかで思っていてさ。だから義肢装具士はみんな、神様とおなじことを試みているように思えてならないんだ」

「ウチらのライバルは神様ってことッスか」

真純の表情が、一瞬にして変わった。ぱっと明るくなり、目を活《い》き活《い》きさせている。

「そう言えなくもないかな」

真純の変わり様に驚きながらも、穂高は苦笑交じりで答える。

「相手に不足ありません」

真純の声は弾んでいた。そして六角レンチを握り直すと、義足の足部とパイプを繋ぐアダプターのボルトに差しこむ。

「神様には負けられないッス」

5

「渋谷医療福祉専門学校義肢装具科二年の二階堂です」

「おなじく永井ッス」

「ハジメ義肢工房のハジメです」

渡された名刺を見て、さえ子は少なからず驚いた。真純もおなじだったらしい。

「ハジメって名前じゃなくて、名字だったんスね」

ハジメは漢字で書くと元だった。

「なんで教えてくんなかったんだよ、戸樫っ」

「え？　いや、それはあの」

「たいがいのひとは、名前と勘違いするんだよね」

しどろもどろになる戸樫をフォローするように、ハジメが人懐《ひとなつ》っこい笑みを浮かべながら言った。年齢は四十歳前後、背丈は百八十センチ近く、スーツの上からでも胸板が厚く、キレイな逆三角形の体型だとわかった。義肢装具士というよりも、体育会系の部活のコーチのようだ。話し方がハキハキしているので、余計にそう思える。

「休日のうえに朝早くから申し訳ない」と言ってから、ハジメは戸樫の背中をばんと叩いた。「ちゃんと学校に友達いるじゃないか、戸樫くん」

「は、はあ」

「ウチら三人、学校だと製作実習のときにおんなじ班で、戸樫にはいつも助けられているんスよ。なにせクラスでも抜きん出て腕がいいッスからね」

「でしょう？」

ハジメは我が意を得たりとばかりに頷《うなず》いた。

「工業高校に通っていたからだろうけど、もともとセンスがあるんだよな、戸樫くんは。いきなり働かせてくれってやってきたときに断らなくてよかった。なにを任せても、たいがいのことはこなせちゃうからね。とても助かっているよ。これでコミュニケーション能力が高ければ、言うことなしなんだけどなぁ。でもまあ、前よりも声がでるようになったし、こうして友達ふたりを連れてくることができたんだから、大いなる前進か」

動きやすい格好で、と戸樫に言われていたので、さえ子は長袖《ながそで》のパーカーにデニムといういでたちだが、真純は上下ともに白で、腕と足の脇に黒い二本線が入ったジャージだった。その胸元には小さな黒いドクロがプリントしてある。これで髪の毛がピンクなので、ヤンキーにしか見えない。中学生の前でこの格好はどうなんだとは思ったものの、ハジメはとくになにも言わなかった。

祖師ヶ谷大蔵駅から、この中学校までは歩いて十分足らずで辿り着いた。いまいるのは校舎の一階にある美術室だ。さえ子達を含め、十数人はいるだろう。

その中には車椅子の男性がふたりいた。どちらもスポーツウェアを着て、間近にラケットが入っていると思《おぼ》しきケースを置いていた。たぶん彼らがパラバドミントンのアスリートだろう。昨日、戸樫から聞いた話だと大手タイヤメーカーに所属しており、東京パラリンピック出場に王手をかけている強化指定選手だという。

穂高もいた。部屋に入ってすぐに気づいたものの、戸樫にハジメを紹介されたので、穂高には会釈《えしゃく》しかしていなかった。

でもそのほうがいい。

先日の製作実習で、さえ子がつくった下腿義足の出来があまり芳《かんば》しくなかった。装着して立つことはできても、歩くとなるとぎこちなく、ずっと辛《つら》そうだった。その朝には、ばんばんダメだししますよと言っていたにもかかわらず、痛みを堪えていたのである。そんな彼を見て、さえ子は申し訳ない気持ちでいっぱいになった。

どれだけ調整しても直らず、講師の緒方に助けを求めたところ、原因はソケットにあった。小さくて、穂高の断端にあっていなかったのである。

断端の太さは日によってどころか、一日のうちでも変化しますからねと、穂高には慰めるように言われてしまった。たしかにそうした事例があることを授業でも習った。しかし今回はそれが原因ではない。なにしろ真純や戸樫がつくったソケットは、きちんとフィットしていたのだ。

時間をかけて丁寧につくったつもりが、結果がこれでは意味がない。義足ユーザーのことを考えてつくっていなかったからだと、さえ子はひどく落ちこみ、危うくみんなの前で泣きそうになった。

五日前のことだが、さえ子はいまだに引きずっている。はたして自分は義肢装具士にむいているのかどうか、自信が揺らいでもいた。

「今日、なにをするかは戸樫くんから聞いているかな」

「模擬義足体験の担当だって」ハジメの問いに真純が答えるのを聞き、さえ子は我に返った。「あれ、使うんスよね」

真純の視線の先には大腿義足の模擬義足があった。廊下側の壁に三体、立てかけてある。シブイクで練習してきたのとおなじカタチだ。

「そのとおり。今日の日程を簡単に説明しておくと、一時間目は体育館で義肢装具士とはどんな仕事かを私を含めた義肢装具士三人で講演し、そのあと質疑応答、二時間目から四時間目は体育館を半々にして模擬義足体験とパラバドミントンの実演を、技術室では義肢装具製作を、それぞれ一クラスずつに分かれ、順繰りに体験してもらうことになっている。模擬義足体験は各クラス三グループに分かれておこなうから、だいたい十人前後、授業は一コマが五十分なので、ひとり五分くらい。どう？　できるかな。調整に時間がかからないよう、身長順にはしてもらっているんだけど」

「歩く距離はどんくらいッスか」

「平行棒はすでに体育館に運んであってね。ちょうど二メートルだ」

シブイクのとおなじ長さである。さえ子と真純は五歩で歩きおえたが、中学生もそう変わるまい。

「だったらなんとかなるよね、さえ子さん」

「だいじょうぶだと思います。今日のために、ハジメさんがおつくりになった模擬義足を使って、学校で練習してきましたので」

「心強い。よかったな、戸樫くん」ハジメはまた戸樫の背中を叩いた。「こんなイイ友達ができて。母さんもよろこんでいるだろ」

「は、はい」

「ハジメさんは戸樫くんのお母さんをご存じなんですか」

　ふと気になって、さえ子は訊ねた。

「ご存じというほどではないよ。お会いしたのは一度きり、戸樫くんのバイト初日に、いっしょにいらして、人見知りで世間知らずの息子ですが、何卒《なにとぞ》よろしくお願いしますって、丁寧に挨拶されてね。私より年上のはずが、三十そこそこにしか見えないうえに、それはもう、おキレイな方で。おっと失礼」

　ハジメはスーツの内ポケットからスマホを取りだすと、画面を見てすぐさまタップし、耳に当てた。

「もしもし、どうした？　まだウチ？　なんで？　なにやってんだよ、まったく。バイクでくるんだよな。どんくらいかかる？　うん。ああ。だったらいいさ。くれぐれも事故らないよう気をつけて」

相手が気になる。それはさえ子だけではなかった。

「だれッスか」単刀直入に訊ねたのは真純だ。

「もうひとり、パラバドミントンのアスリートを呼んでいたんだけど、いま起きたばっかりだって」

「ずいぶんフレンドリーにお話しなさっていましたよね」思わずさえ子も訊いてしまう。

「五年前に右足を失って、私が大腿義足をつくったひとなんだ。歳《とし》が近いせいか不思議とウマがあってね。工房に何度かきたことがあるけど、戸樫くんは会ってなかったっけ。ゴミヤさんっていう女性」

「いえ」戸樫は首を横に振る。

待てよ。

さえ子は気づいたことがあり、ハジメに訊ねてみた。

「そのひと、バイクでくるとおっしゃっていましたよね。大腿義足の、それも右足となると、リアブレーキが踏めないと思うんですが」

「スクーターだったら乗れんじゃない？」と真純。

「いや、ゴミヤさんは250ccの跨《また》いで乗るバイクなんだ。左レバーの下にサムブレーキというのを取り付けていてね。義足の右足の代わりに左手の親指でブレーキをかけられるよう改造してあるんだ。ただまあ、免許を取得するのも車検を通すのも、なかなか大変で苦労していたけどね。いまじゃ、どこへいくのもバイクさ。そうだ、きみ達、ゴミヤさんがくるまで、ここで待っててよ。おなじ世田谷でもバイクで三十分はかかるらしいんだ」

一時間目がはじまる十分前には、ハジメ以下全員が、体育館へ移動していった。穂高もである。さえ子と真純は模擬義足の装着と調整の最終チェックをおこなうことにした。戸樫もいた。ゴミヤなる人物がきたら、すぐに体育館まで案内するよう、ハジメに言われたのである。

「戸樫のお母さんって、なにしてるひと？」

さえ子の右足に模擬義足を取り付けながら、真純が訊ねた。とうの戸樫はさえ子が倒れないよう、横に立って肩を貸していた。

「地元で働いている」

「ＮＨＫのアナウンサー？」

「ちがう」

「元祖くじら屋の女将《おかみ》？」

「ちがう」

「１０９のカリスマ店員」

「ちがう。母さん、四十三歳だよ」

「だったらなに？」

「芸者」

「渋谷で芸者？」

「そう」

「からかってる？」

「ぼくは他人をからかう趣味はないよ」

「いや、でもさ、渋谷に芸者がいるだなんて、さえ子さん、信じられる？」

信じられない。でも戸樫自身が言うように、彼が他人をからかうとも思えなかった。

「だったら今度、お母さんに会わせなさいよ」なおも真純が言う。「芸者をしてるときのお母さんだからね」

「お座敷に呼ぶってこと？　だとしたら食事付きで二万五千円はかかる」

「二万五千円？」

真純が叫んだときだ。表からエンジン音が聞こえてきた。窓の外に顔をむけると、目にも鮮やかな真っ赤なバイクが、体育館の横に停まったところだった。全身黒ずくめのひとがおりて、フルフェイスのヘルメットを脱ぐ。

「あれがゴミヤさん？」

真純がだれに問うでもなく言う。

「たぶん」と戸樫。

遠目でも肩まで髪を伸ばし、丸みのある身体つきから女性だとわかったのだ。ヘルメットを小脇に抱え、校庭を横切り、こちらにむかってくる。やがて美術室の前まで辿り着くと、彼女は無造作に窓を開いた。

「あなた達、この学校の先生？」

「いえ。課外授業の手伝いにきた者です」さえ子が答える。

「だったらハジメさんはわかるよね。彼、いま、どこにいるんだろ」

「体育館で講演中ですが」さえ子がつづけて言う。「ゴミヤさんですか」

「そうよ」女性は窓枠に腰かけ、お尻《しり》を軸に百八十度回転して、教室に入りかけた。

「土足はまずいッスよ」真純が注意する。

「そっか。そうだよね」

女性は一旦、表にでた。姿が見えなくなったのは、その場にしゃがんだからだ。ふたたび窓枠にお尻を乗せ、くるりと回り、脱いだ靴を持って美術室に入ってきた。ヘルメットにジャケットとパンツ、背中のリュックサックに至るまで、すべて黒で統一している。

そう言えばこのひとって。

さえ子は女性の足元を見る。靴を脱いだ右足は紛れもなく義足の足部だった。

「靴を入れとく袋、なんかないかな」

「あります」と答えたのは戸樫だ。自分の鞄からコンビニ袋をだして女性に渡す。

「なんでそんなの持ってたんだ？」と真純。

「なにかに役立つと思っていつも持ち歩いているんだ」

「もしかしてきみ、ハジメさんとこでバイトしてるシブイクの学生？」

「あ、はい。と、戸樫です」

「きみのこと、ハジメさんから聞いているよ。高校んときに電動義手をつくっちゃったんだよね」

「でもあの、ひとりでつくったわけではなくて」

「謙遜《けんそん》は美徳にあらずよ。日本人の悪い癖であり、悪《あ》しき慣習だわ。そんなことしていたら他人にオイシイところを持ってかれちゃう。自分にもっと自信を持たなきゃ駄目。わかった？」

ゴミヤに早口で捲《まく》し立てられ、戸樫はたじたじでなにも言い返せずにいた。そのあいだに彼女はヘルメットとリュックサックを近くの作業台に置き、ジャケットを脱いだ。その下は黒無地の長袖シャツだった。

「あなた達もシブイクの学生なのかしら」

「戸樫くんとおなじクラスの二階堂といいます」

「永井ッス」

「私は凹組のゴミヤ」

「なんスか、ボコグミって」

「私が勤めているデザイン事務所の名前」

そう答えてから、ゴミヤは三人に一枚ずつ名刺を渡した。

〈凹組　ＣＥＯ　醐《ご》宮純子《みやじゅんこ》〉とあり、住所は世田谷区九《く》品仏《ほんぶつ》だった。インスタグラムのネームタグもプリントされている。

「CEOだなんて、スゴいじゃないッスか」

「って勘違いさせる作戦なのよ」

「はい？」

ヘルメットを被《かぶ》っていたせいで、べったりした髪を手櫛《てぐし》で整えながら醐宮は小さく笑う。年相応の小皺《こじわ》はあっても、美貌《びぼう》は損なわれていない。できれば自分も、こんなふうに年を重ねたいものだとさえ子は思う。

「社長や代表取締役よりもかっこいいし、ウチの会社が莫迦《ばか》でかい大企業か、グループ会社の元締めみたいに思えるでしょ。ほんとは六人しかいない、吹けば飛ぶようなちっぽけな事務所なのよ。私としては代官山とか恵比寿《えびす》とか青山とか中目黒とか、そういうオシャレな場所で働きたいんだけどさ。九品仏の、それもボロアパートで三部屋借りてやってるの」

醐宮はリュックサックを開くと、こじゃれたケースをだした。その中からでてきたのは内履用のスリッポンだった。椅子に座ってこれを履く。醐宮がきたら、すぐに体育館まで案内するようハジメに言われていたのに、戸樫はその様子を眺めているだけだった。さえ子と真純もおなじだ。やたら貫禄《かんろく》があって、放つオーラも半端《はんぱ》ではなく、声をかけるのもままならなかったのである。身に着けているものがすべて黒いのも威圧感があった。

これで黒いフルフェイスのヘルメットを被っていたらダース・ベイダーだよ。

「なに？」䴇宮が横並びで突っ立っている三人にむかって言った。「私になにか用？」

「あ、あの」戸樫は口を開いたものの、言葉がつづかなかった。すっかり気《け》圧《お》されているのだ。

「䴇宮さんはデザイン事務所の仕事をしながら、パラバドミントンをしていらっしゃるそうですね」

真純が言った。珍しく丁寧なうえに機嫌を取るような口調だ。彼女もまた䴇宮に恐れをなしているにちがいない。

「趣味で二年前にはじめただけ。パラバドミントンの全国大会って、参加費二千円を払えば出場できるんだけど、出場するのは百二、三十人ってところなのよ。しかもハンディによって分類されていてね。車椅子は二クラス、立ってするのは四クラス、私はその中のSL3ってクラスで、全国大会に参加するのは二十人前後なんだ。そのくらいだったら、大手企業に所属する強豪をつぎつぎとトーナメントで打ち破ってトップに躍りでられるかもしれない、パラリンピックもワンチャンあるかもって、イイ歳こいて少年漫画みたいな展開を夢見て、去年参加したんだけど、結果は一回戦敗退だった」

「それでもすごいですよ。えらいと思います。これからもぜひがんばってください」

さえ子がそう言った途端だ。醐宮の動きが止まった。それだけではない。険しい表情で、さえ子を上目遣いで睨《にら》んでいた。

「私、みんながやってて当たり前のことを、すごいとか、えらいとか言われるのが嫌なんだ」

醐宮は言った。ツッケンドンな口ぶりで、声のトーンも低くなっている。よもやそんな返しがくるとは思っていなかった。

「あなたにがんばれって言われなくてもがんばるしね。言葉のチョイスにもっと気を使わなきゃ駄目だよ。私はこうしてはっきり言っちゃうけど、なにも言えずに内心傷つくひとはいくらでもいるわ」

「す、すみません」

「謝らないで。あなたが謝ったら、私がいじめてるみたいじゃない」

「いえ、そんな」さえ子は消え入りそうな声になる。

「あなたみたいに他人の気持ちがわからない無神経な人間は義肢装具士にならないほうがいいわ。なったとしても迷惑よ。いくら勉強しても無駄だし、学費がもったいないわ。さっさと学校をやめるべきじゃない？」

おまえに障害者のなにがわかるんだ。

あのときとおなじだ。さえ子は立ちすくんでしまう。しかも先日つくった下腿義足が不出来で、義肢装具士にむいているのかどうか、気持ちが揺らいでいるところで、尚更《なおさら》、返す言葉がなかった。

「なんでそんなこと言うんスかっ」

醐宮にむかって、食ってかかるように言ったのは真純だった。

「さえ子さんは七年勤めていた会社を辞めて、義肢装具士を目指しているんスよ。結婚まで考えていた男に捨てられて、田舎には居場所がない。崖《がけ》っぷちで嵐《あらし》に見舞われ、足元はぐらつき、いつ吹き飛ばされてもおかしくない、かわいそうなひとなんスからね。学校をやめられっこないじゃないッスか」

加勢をしてくれるのはありがたい。しかし先日、もんじゃ焼き屋でさえ子自身が言ったことを、改めて他人の口から聞くのは辛かった。

「私はあくまでも彼女のことを思って言ったまでよ」醐宮は腰をあげた。「戸樫くん、体育館に案内してくんない？」

だが戸樫は動かず、醐宮をじっと見つめている。

「なに？」

「に、二階堂さんはほ、本心を言っただけです。あなたをすごいと思い、えらいと感心し、がんばってくださいと本気で願ったのです。ぼくも思いました」

「あたしもだ」真純が腕組みをして言った。

「そ、それであなたが不愉快な思いを抱いてしまうのであれば、謝るしかありません。どうぞ許してください。そ、それと」

「まだなにかあるの？」

「義肢装具士にむいているかどうかは自分で決めることではないでしょうか」

戸樫の声は震えていたし、掠《かす》れてもいた。それでも醐宮を正面から見据えて、最後まで言い切った。

しばしの沈黙のあとだ。醐宮はリュックサックを背負い、コンビニ袋に入れた靴を手に提げ、無言で美術室をでていってしまった。そのあとを戸樫が慌《あわ》てて追っていった。

「うわっ」

バランスを失い、男の子が危うく横に倒れかける。これをすぐ隣にいた真純が全身で支えた。見た目はほとんど抱きあったようなものだった。男の子の顔が瞬時に真っ赤になる。それはそうだ。思春期真《ま》っ只中《ただなか》、中学二年生の彼には刺激が強過ぎるハプニングだ。

「おぉぉぉおぉぉ」中二達がどっと沸く。全員、体育服を着ていた。

「わざとじゃね？」だれかが言うと、さらにざわつき、囃《はや》し立てる者までいた。

「そんなわけないだろっ」

反論する男の子の顔はさらに赤みを増す。真純から離れようとするが、なかなかそうはいかない。彼の右足には模擬義足が装着されているのだ。ベルトを着けてから、真純が肩を貸して、さえ子が調整しようとしたとき、男の子が勝手に歩きだしてしまった。そのせいで膝継手《ひざつぎて》が折れてしまったのである。真純が支えなければ、男の子は転倒して、以前のさえ子のように怪我《けが》を負っていたかもしれない。

「はいはい、みんな静かにぃ」

担任の先生が注意をすると、ようやく生徒達は静まった。

「立っていられる？」

「はい」さえ子の確認に男の子が答える。顔の赤みはだいぶ薄れていた。

「足をつく位置は一定に保って。身体を左右に揺り動かしちゃ駄目よ。いい？」

「わかりました」

男の子は平行棒のあいだを手《て》摺《すり》に摑《つか》まりながら、ゆっくり慎重に歩きだす。さえ子は右、真純は左に並んでいっしょに歩を進めていく。シャッターを切る音が聞こえてきた。一眼レフを構えた穂高が、片膝でしゃがんで、模擬義足をつけた男の子にレンズをむけている。

体育館の残り半分ではパラバドミントンがおこなわれており、醐宮は上下黒の半袖短パン姿だった。つまり義足がむきだしになっているのだが、さきほどのとはちがい、足部が板バネのスポーツ用義足をつけている。そして健常者に比べてなんの遜色もなく、シャトルを追いかけ、コートの中を縦横無尽に動きまわっていた。

男の子が平行棒をなんとか歩きおえた。すぐさま模擬義足を外し、待ち構えていたつぎの子に装着するため、さえ子はしゃがみこんだ。そのときだ。

「二階堂さん、あぶないっ」

穂高が叫んだ。何事かと思っていると、真横からなにかが転がってくるのが見えた。咄嗟《とっさ》のことでよけられず、もろにぶつかり、さえ子は床に倒れてしまった。

「だいじょうぶ？」

聞こえてきたのは醐宮の声だった。彼女も床に倒れていた。

「だいじょうぶです」

　あまりだいじょうぶとは言い難い。腰の右側を床に打ちつけ、じんじんと痛むのだ。目の前で親指ほどのサイズの猫が数匹、着物を着て、お手玉を操っているのが見えた。幻覚ではない。醐宮のソケットに描かれていたのである。江戸時代の浮世絵っぽい。

　すると醐宮は両手を床につき、健常の左足を伸ばし、義足の右足を引き寄せるようにして、両足で立ち上がった。ものの一秒もかからない動作に、さえ子は少なからず感動し、思わず「すごい」と言ってしまう。

　いけね。みんながやってて当たり前のことを、すごいとか、えらいとか言われるのが嫌なんだと美術室で言われたばかりではないか。

　また叱《しか》られるかもと思っていると、ラケットがまだ床にあるのが目に入った。それを持って立ち上がり、さえ子は醐宮に差しだす。

「ありがと」

　ラケットを受け取って礼を言うと、醐宮は軽やかな足取りで、隣のコートへ戻っていった。

「あっちゃあ」真純が悲鳴に近い声をだした。「痣《あざ》になってますよ、さえ子さん」

さえ子が身体を捻《ひね》って、デニムをずらした部分に視線を落とすと、右の腰あたりが紫色になっているのが見えた。道理で痛いはずだ。

真純の話によれば、醐宮はコートすれすれに落ちてきたシャトルを掬《すく》いあげるように打ち返した際、その勢いで肩から転がり、さえ子に衝突してきたらしい。

その後、さえ子は痛みに堪えつつ、模擬義足のアシストをつづけていた。しかし課外授業のおわったあとも痛みは引かず、それに気づいた穂高が、これをどうぞと湿布をくれた。自分自身が転倒した際、応急処置ができるよう常備しているのだという。ありがたくいただき、美術室にだれもいなくなってから、真純に頼んで貼《は》ってもらうことにしたのである。

「湿布がデカめなんで、もうちょっとデニムをおろしてもらえますか」

やれやれと思いながらも、言われたとおりにするしかない。真純はセロファンを剝《は》がし、痣の上に湿布を貼る。ひんやりとして気持ちがいい。それだけでも痛みが少し和らいだように思えた。

「まだいますね、あのひと」

そう呟く真純は窓の外を見ている。デニムをもとに戻しながら、おなじほうをむくと体育館の前に醐宮がいた。二十人近くの生徒に囲まれた彼女はまだ半袖短パンで、義足もスポーツ用のままだった。それに両手で触れつつ、なにやら話している。課外授業は三十分も前におわり、すでに下校時間で、生徒達はいずれも制服に着替えて鞄《かばん》を持っていた。帰りがけに、生徒のだれかが醐宮に話しかけ、自然とひとが集まったのだろう。和やかな雰囲気が遠目にもわかる。どこからかテーマソングが流れて、学園ドラマでもはじまりそうだった。少し離れたところに穂高がいて、一眼レフのレンズを醐宮と生徒達にむけているのにも、さえ子は気づいた。

「なんだか楽しそうで、いいッスねぇ」

真純が羨《うらや》ましそうに言う。

「さっきはありがとね」

「なにがッスか」

「醐宮さんにキツいこと言われたとき、加勢してくれたじゃない」

「だったら戸樫にこそ、礼を言うべきッスよ。アイツがあんなふうに、他人にむかって意見する姿、はじめて見ましたからね」

とうの戸樫は模擬義足その他、今回の課外授業で使ったモノを、ハジメの車に運ぶのを手伝っているはずだ。

「さえ子さん、まさか義肢装具士になるのをやめちゃうなんてこと、ないッスよね」

「ないけど」

「けどなんスか」

「私がつくったソケットが穂高さんの断端にあわなかったのって、他人の気持ちがわからない無神経な人間だからじゃないかって」

「あたしがつくった義足だってソケットはフィットしたけど、いくら調整を重ねたところで、穂高さんは満足に歩くことができませんでしたよ。神様には負けられないなんて、大口叩いておきながら、恥ずかしいったらなかったッス。クラスの大半はそんなもんで、実際に使用可能なのは戸樫のくらいだった。でも緒方センセ、言ってたでしょ。がっかりするな、最初っからウマくいくほうが稀《まれ》なんだ、今回の失敗を踏まえてつぎのステップに進めばいい、おまえら、伸びしろだけは無限大だぞって。無限大ですよ、無限大。いまからがんばればなんでもできちゃうわけです。素敵じゃないッスか」

「いや、でも私は」

「駄目ッスよ」

「なにが駄目なのさ」

「さえ子さん、歳のことを言おうとしましたよね。私はあなた達よりも八歳上だからって」

「七歳よ」

「もうじき三十」

「あと三年以上もあるわ」

「とにかくあたし達は義肢装具士を目指す仲間なんスからね。歳や性別なんか関係ありません。さえ子さんがいて、あたしがいて、戸樫がいる。それだけッスよ」

するとタイミングを見計らったかのごとく、いちばん右端の窓のむこうに、戸樫がひょっこりあらわれ、その窓を開くなり訊ねてきた。

「打ったところはどうです？」

「痣んなってたよ」と真純が先に答える。

「でも湿布を貼ったら、だいぶ楽になったわ」

「それはよかったです。おふたり、来週の水曜って、学校がおわってからなにかありますか」

「またなにかボランティア？」真純が訊ねた。

「いえ、ついさっき母さんとＬＩＮＥのやりとりをしていたんですけどね。芸者姿の母さんに、ふたりが会いたがっているって伝えたら、お座敷に招いてご馳《ち》走《そう》してもいいと」

「でも食事付きで二万五千円なんだよね」確認をするように、さえ子は言った。

「奢《おご》りですよ、奢り。いかがですか」

「あたしはだいじょうぶ。さえ子さんは？」

「バイトがないからいいわよ」

「では母さんにはオッケーだと送っておきます」戸樫はスマホを取りだし、画面をタップしはじめる。「それといまからボランティアのみんなで記念写真を撮ることになったんで、ふたりも校庭にでてきてください」

「湿布、貼ったのね」

さえ子はぎょっとした。

記念撮影のために、校門近くにある桜の木の下で、車椅子に座るパラバドミントンのアスリートふたりを真ん中に十数人が並ぶことになった。すると知らぬ間に醐宮が右隣に立っていて、話しかけてきたのである。

「ど、どうして」

「匂《にお》いでわかるわ。どこを打ったの？」

「このへんを」さえ子が指で指し示す。

「痣になってたんですよ、痣に」左隣から真純が言った。

「悪かったわ。許してちょうだい」

　こうも素直に醐宮が詫《わ》びるとは思っていなかったので、さえ子も真純もどう対応していいかわからず、なにも言えなくなってしまう。

「みなさん、もう少し真ん中に寄ってもらえますかぁ」

　一眼レフをかまえた穂高が数メートル先から指示してくると、だれもがそのとおりに動いた。するとまた、醐宮が話しかけてきた。

「ぶつかったあとで私が立ち上がったら、あなた、すごいって言ったわよね」

　聞こえていたのか。また叱られるのかと思いきや、そうではなかった。

「床で立ったり座ったりできるまで、義足のリハビリをはじめて三ヶ月かかったの。そのときはよくできた、すごいぞ、私って自分でも思った」

　さえ子は思わず醐宮のほうを見る。口角が少しだけ、あがっていた。

「義肢装具士にむいていないだなんて言って、ごめんなさい。戸樫くんの言ったとおり、そんなのは自分で決めることだわ」

「いえ、私のほうこそ申し訳ありませんでした」さえ子も詫びる。

「あなたはいい仲間を持っているのね」真純と戸樫のことにちがいない。「大切になさい」

「おしゃべりはやめて、こっちをむいてくださぁい。これでもかっていうくらい、にっこり笑ってぇ」穂高の言い方にみんなが笑う。「はい、チーズッ」

記念写真の撮影がおわり、その場を去ろうとしたときだ。

「ひとつだけいいかしら」

醐宮が引き止めるように話しかけてきた。

「なんでしょうか」

「男に捨てられたら、さっさとつぎの恋をすべきよ」

できればやっとるわ。

6

お地蔵様がいた。

渋谷、それも円山町とは思えない閑静な街並の道端にある小さな祠《ほこら》の中にいらした。

渋谷医療福祉専門学校から目と鼻の先といってもいい距離にもかかわらず、さえ子ははじめて見た。するとその前で戸樫が足を止め、お地蔵様とむきあうように立ち、瞼《まぶた》を閉じて手をあわせた。真純も彼に倣《なら》う。となれば、さえ子もやらざるを得ない。なにを願おうかと考えているうちに、「さえ子さん、いくよ」と真純に呼ばれてしまった。

今日の真純の私服は、テディベアが何頭もプリントされた半袖のパーカーだった。ドクロではないのだと思ったが、よく見ればテディベア達は身体が透けて、骨が見えていた。

「そう言えば痣んなったとこはどうッスか」

戸樫のうしろを並んで歩きながら、真純が訊ねてきた。

「痛みは全然。痣は少し残っているけど、そのうち消えるんじゃないかな」

祖師ヶ谷大蔵の中学校で課外授業があったのは四日前だ。今日は学校がおわったあと、戸樫の母の招待で、円山町にある小料理屋へむかうところである。

それにしても円山町は坂が多い。学校からすでに幾度か坂を上り下りしていた。いま上っているのは階段だ。よほど古くにつくられたのか、ところどころひび割れ、欠けてもいる。

「これは芸者階段って言ってね。下駄《げた》を履いた芸者が歩きやすいように、蹴上《けあ》げが浅く踏面《ふみづら》を広くしているんだ。昔は円山町のあちこちにあったらしい。いわば芸者さんのためのバリアフリーだね」

その階段をのぼりきったところにどでかいリュックサックを背負った女性がふたりいた。白人と黒人のコンビで、ガイドブックらしき本を開き、のぞきこんでいる。観光客っぽい。するとまるで待ち構えていたかのように、三人に話しかけてきた。生憎《あいにく》、さえ子には英語だとしかわからない。

「アッハァア、アッハァア、オーイエス」真純はニコニコ微笑《ほほえ》みながら、一言一言に相槌《あいづち》を打つ。わかっているのかと思ったが、そうではなかった。「なんて言ってるんだろ」

やれやれ。

「ゲストハウス？　ウーマンオンリー？」

戸樫だ。頷くふたりにむかって、彼は身振り手振りを交じえ、英語で道順を教えた。ふたりは礼を言い、芸者階段を下っていく。

「戸樫、英語できんだ。すげぇな」

「渋谷は外国人観光客が増えて、道を訊《き》かれることも多いんだよ。地元民としては失礼がないよう丁寧に、できるだけわかりやすく教えてあげるのが役目だと思って、多少の英会話はできるように勉強したんだ。それより永井さんこそ、浜島さんのＮＧＯで働くつもりなら、英語くらいできないとまずくない？」

「学校の勉強が忙しくて英語まで手が回らないのっ」真っ当すぎる戸樫の指摘に、真純は顔を強張《こわば》らせた。「でもこれからおいおいやっていくつもりだよ」

「去年の講演会では現地はフランス語が公用語だから、フランス語が話せれば、なおいいって浜島さんは言っていたよ」

「でも浜島さんも現地にはじめていったとき、英語もフランス語もできなかったわけだし」

「おかげで苦労した、だからこれからのひとは最低でも英語が堪能《たんのう》でいてほしいって、痛たたたったたたたっ」

戸樫がいきなり痛がったのは、真純が彼の右腕を思いっきりツネったからだ。

「いじわる言うな」

「い、いじわるじゃない、事実を言ったまでで、痛たったたった」

「よしなよ、真純」

さえ子がいなすように言うと、ようやく真純はツネるのをやめた。

どこからか三味線の音が聞こえてきた。微《かす》かだが、人影もなく車も入ってこない静かな街並に、沁《し》みこむように鳴りつづけている。

やがてこぢんまりとした二階建ての一軒家に辿《たど》り着いた。瓦《かわら》屋根で垣根に囲まれた趣のあるつくりだ。三味線の音はそこからにちがいなかった。玄関口に行灯《あんどん》の形を模した看板があり、小料理と書いてある。

「この三味線、もしかして戸樫くんのお母さんが弾いてるの？」

「母さんは立方《たちかた》といって踊りが専門なんだ。三味線は八王子の芸者さんで、いまこっちに出向しているニニさんってひと。たぶんそれにあわせて、母さんは踊っているんだと思う。上がり症だから、最後の最後までチェックをしないと気が済まない気質《たち》なんだ」

「よくきたわね、ヒロくん」

着物姿で、六十代なかばと思《おぼ》しき小柄な女性が、玄関口で出迎えてくれた。

「ご無沙汰《ぶさた》しています、女将さん」

ヒロくんと呼ばれた戸樫は大人びた声で答える。そう言えば戸樫の名前は博文だった。

「かわいらしいお嬢さん方だこと。両手に花とはまさにこのことね。ヒロくんも隅に置けないわねぇ。ようこそいらっしゃいました。ささ、あがってあがって」

小料理屋というよりも、料亭あるいは割烹《かっぽう》にすべきだと、さえ子が考えているうちに、女将の案内で階段をあがっていく。急なうえに、一段あがる度にぎしぎしと音が鳴った。

三人が通されたのは十畳は優にある和室だった。床の間に床脇《とこわき》、付け書院まであり、少し視線を上にむければ、欄間《らんま》には松の木の彫刻が施されている。窓の外は外界と遮断するかのように樹木の葉が青々と茂っており、女将の話では金木犀《きんもくせい》らしい。とてもここが渋谷の、それもラブホ街の一角とは信じられない。さえ子と戸樫は天然木無垢《むく》の一枚板の座卓を挟んでむかいあわせに腰を下ろす。

「あたし、こういう昭和レトロな雰囲気、すっごく好きなんスよっ。写真撮ってもいいッスか」真純は立ったままで、その手にはすでにスマホがあった。

「どうぞどうぞ。どこを撮ってもバエるって、お若い方はみなさん、おっしゃってくださいましてね。ちょっと前にウチの写真をインスタにあげて、バズッた方もいらっしゃるんですよ」

お年を召していても、女将は若者言葉を上手に使いこなしている。真純は早速、室内の写真を撮りはじめた。落ち着きがないことこのうえない。

「痺《しび》れますから、どうぞ足をくずしてくださいな」

女将が言った。ふかふかな座布団《ざぶとん》の上で、さえ子は思わず正座していたのだ。

「呑《の》みものはどうなさいますか」

「あたしは未成年だから烏龍茶《ウーロンちゃ》で」

床の間に掛かっていた羊の絵の掛け軸を撮影しながら、真純が言った。

「私はビールで」とさえ子。

「ぼくも」

「戸樫、酒、呑んでいいのか」真純がつっかかるように言う。

「ぼく、もう二十歳だし」

「いつ誕生日だったの」さえ子が訊ねた。

「今日」

「はあ？　さえ子さん、知ってた？」

「いまはじめて聞いたよ」

「じゃ、なにか。これはおまえの誕生日会か」

「ち、ちがうって。偶々《たまたま》だよ。偶々」

「そんな偶々あるもんか。つうか、それならそれで先に言えよ。プレゼントのひとつでも買ってきてやったのに」

「そういう余計な出費をさせたら悪いと思って」

「余計じゃねえよ。友情の証《あかし》だよ」

女将はクスクス笑いながら、部屋をでて階段を下りていく。

「そう言えば」さえ子の隣に座った途端、真純が切りだした。「臨床実習って、どこいくか決めた？」

臨床実習は七月後半から八月いっぱいの五週間おこなわれる。シブイクでは関東近郊を中心に、日本各地の義肢装具の製作会社と実習の提携を結んでいた。六月なかばには臨床実習の参加申込書および志望理由書を提出し、自分の希望する実習先を第三志望まで選択できる。提携先以外の会社でも、たとえば肉親や親戚《しんせき》、あるいはその友人知人がいる会社や、出身地の会社にいくことも可能だ。

「それ聞いてどうするの？」さえ子は聞き返した。

「ふたりとはちがう会社にいこうと思っているんスよ。三人だったら、いろいろ協力しあえるだろうし、楽しいとは思うんスけど、自分ひとりの力で乗り切りたいんスよね」

なんだ。

さえ子はがっかりした。三人揃《そろ》っておなじ会社へいこうと言うのかと思ったからだ。さえ子自身、そう提案するつもりだった。よもや正反対なことを真純が言いだすとは思ってもみなかった。しかもだ。

「そうだね」戸樫がすかさず同意した。「実習生同士が仲いいと、受け入れ側の会社にイイ顔されないって話だし」

戸樫よ、おまえもか。

「戸樫はハジメさんとこじゃないの？」

「無理だよ。あそこはハジメさんひとりだし、実習生の面倒なんか見れっこないもん。ぼくは二、三十人くらいの規模の会社へいくつもりだけど」

「さえ子さんは？」

「私？　私はまだ全然」じつのところ夏にいくのであれば、涼しいところに越したことはないと思い、なるべく北のほうの会社を選ぶつもりでいた。

そこへ女将が呑みものを運んできた。みんなの前にグラスを置き、「どうぞ」と小瓶を持つ。さえ子が恐縮して自分でやりますと言っても「はじめの一杯だけよ」と注いでくれた。

「母さんはいつきますか」

女将にビールを注いでもらう戸樫の姿は、やけに様になっていた。真純がいうところの昭和レトロな座敷にぴったりハマっている。

「芸者を呼ぶのはお客様の都合にあわせてよ。どうなさいます？　もうお呼びしましょうか」

「ふたりはどう？」戸樫が訊ねてきた。

「ぜひぜひ」と真純。

「お願いします」さえ子も頷《うなず》く。

「それじゃ呼んできますんで、喉《のど》を湿らせてお待ちくださいな」

「では我が班のリーダー、さえ子さん」ふたたび女将さんが去ってから、真純が言った。「乾杯の音頭《おんど》をお願いします」

「リーダーになった覚えなんかないわ」

「ぼくはずっと、二階堂さんがリーダーだと思っていましたよ」

戸樫が真顔で言った。理由を訊くのも面倒なので、さえ子はグラスを掲げる。

「二十歳になってめでたく大人の仲間入りをした戸樫博文くんのために、そして伸びしろだけは無限大の我々の未来に、幸多きことを祈って乾杯っ」

「乾杯」

「乾杯っ」

さえ子は喉を鳴らして一気に呑み干してしまう。隣で「おめでとう、戸樫」と真純が手を叩《たた》くので、さえ子もそれに倣った。すると階段をのぼる足音が聞こえてきた。女性の声もする。

「ニニちゃん、私、変なとこない？」

「どこも変じゃありませんよ、ハチコ姐《ねえ》さん。それにしても博文くんもとんだ色男ですね。誕生日のお祝いに女の子をふたりも連れてくるなんて」

「聞こえてますよ、ニニさん」戸樫が廊下側の襖《ふすま》にむかって言う。

「聞こえるように言ったんですぅ」

「ちょっとニニちゃんったら。あとで博文に怒られるのは私なのよ」

おしゃべりが止《や》み、咳払《せきばら》いがした。そして一瞬、間があってから襖が開く。廊下には着物姿の女性がふたり並んで座っていた。

「ハチコでございます」

「ニニです」

ふたりは両手をついて深々とお辞儀した。

「あっ」さえ子は思わず声を洩《も》らす。

ハチコと名乗った女性の着物の袖口《そでぐち》から、メカニックかつスタイリッシュなデザインの義手が見えたのだ。

ハチコは〈はち仔〉、ニニは〈弐々〉だった。ふたりから名刺代わりにもらった小さな千社札に、くずし文字で書いてあった。はち仔さんはさえ子と真純のあいだに、弐々は戸樫の隣に座る。

そこへ女将《おかみ》がお通しを運んできた。三人それぞれの前に小鉢が数皿並ぶ。安い居酒屋で出てくるような、中華くらげやもずく酢などではない。海老《えび》をなにかで包んで揚げてあったり、白身魚の西京焼だかの上にチーズが乗せてあったり、一口サイズの厚揚げの上にキャビアが乗っかっていたりと、いきなり豪勢だった。

「変わっているでしょ、ウチの子」

さえ子がビールを呑み干すと、はち仔さんが義手で持った小瓶の先を差しだしてきた。

「はい」うっかり肯定してしまった。「あ、いえ」

「マイペースだし、感情を表にだすのが下手なもんだから、小さい頃からいじめられてばかりで、学校でもどこでもハブンチョにされてひとりぼっちだったんです。だから誕生日に友達をふたり、母さんのお座敷に連れていっていいかって言われたときは、自分の耳を疑ったくらい」

「でもね、はち仔さん。おたくの息子さんは今日が自分の誕生日だって、ついさっきまで隠していたんですよ」

真純は言いつけるように言った。

「あら、やだ、ごめんなさいね。それはきっと小学生のとき、誕生日会にクラスメイトを誘って準備をして待っていたのに、だれもこなかったことがあったからじゃないかしら」

「か、母さん、それは」

「それじゃなにか、戸樫。誕生日だと言ったら、さえ子さんとあたしがこないとでも思ったのか？」

「そ、そんなことはないよ」否定しながらも戸樫の目は泳いでいた。もしかしたらと心の底で思っていたのかもしれない。

「ほかにもいろいろ迷惑かけていません？　ウチの子」

「とんでもない。私達こそ戸樫くんに助けてもらってばかりです」

さえ子は如才なく答える。

「ほんとに？　だったらいいんですけどね」

はち仔さんの声は少しハスキーだが、丁寧かつ、やんわりと穏やかな口ぶりだった。

淡黄色の地に青の流水模様が描かれた着物がよく似合っている。

「博文くんの友達なら、あたしとも友達です。どうぞ弐々をご贔屓《ひいき》に」

そう言って会釈《えしゃく》する弐々は二十代なかばくらい、髪の毛をアップにしてうなじを見せているし、艶《つや》っぽいしぐさをしようとしているが、はち仔さんの色香には遠く及ばない。

さえ子は豪勢なお通しを食べつつ、はち仔さんの義手をちらちらと盗み見てしまう。薄っぺらい千社札を摘《つま》んだり、右手で支えつつもビールの小瓶を持ってグラスに注いだりするのを目の当《ま》たりにしていたら、気になって仕方がない。真純などはガン見で、ついには堪えられないとばかりに訊《たず》ねた。

「その義手って息子さんがつくったんスよね」

「そうなんですよ」と答えたのは弐々だ。「博文くんが高校三年のときにつくったんです。凄《すご》くないですか」

「弐々さん、何度も注意しましたよね。その言い方だと、ぼくがひとりで一からつくったように誤解されるから、やめてくださいって」

「こう言ったほうがお客さんにウケがいいんですもん」

弐々はにんまり笑う。愛嬌《あいきょう》のある笑顔だ。

「とくとご覧あれ」

はち仔さんは左腕を伸ばし、袖をたくし上げた。自慢げで誇らしそうでもある。

「ふだん遣いにはまだ厳しいって、戸樫くんは言ってましたけど」さえ子は訊ねた。

「最近は使い慣れてきて、あまり不便は感じないわ」はち仔さんは右手で自分の義手を愛《いと》おしげに撫《な》でる。「調子が悪ければ、すぐに博文が直してくれますしね」

「どうして自分でつくった義手が、お母さんのだって言わなかったんだよ」

真純が不服そうに言う。

「それはだって、だれのかって訊ねてこなかったからだよ」

戸樫は目をぱちくり瞬《しばた》かせて答えた。そんな彼を見ているうちに、さえ子は思いだしたことがあった。

「義肢装具士になろうと思ったのは十歳のときだって、前に言ってたよね。それってやっぱり、お母さんのために？」

「う、うん。ああ。十歳のとき、母さんの義手が壊れて、ひと月以上も不便な生活を強いられて、仕事もままならないことがあって」

「あのときのこと、あなた、覚えているの？」

「そ、そりゃ覚えているよ」

「どうしてそんな目に？」さえ子が重ねて訊ねる。

「そもそも義手や義足の申請自体、煩雑《はんざつ》で面倒なのがいけない。修理をするだけでも、まずは役所に電話をして、補装具費支給申請書を取り寄せて、記入して返送して、義肢装具の会社から見積もりを役所に送ってもらって、役所から支給決定通知が送られてくるのを待たなければならない。それだけで二週間以上はかかるうえに、修理にまた時間がかかる。突然ぶっ壊れたとしても、制度上はこの手つづきを踏まなければならないんだ。これだけネットが発達した時代に、いまだ書類と郵便でやり取りだなんて、ふざけた話だと思わないか。これこそまさに義手や義足のユーザーの障壁そのものだよ。バリア以外のなにものでもない。断固として許せない」

戸樫はいつもどおり囁《ささや》くような声だが、だからこそか、気迫さえ感じられ、怒りが伝わってきた。

「あなたがそんなことを考えていたなんて、母さん、全然知らなかった」はち仔さんの口調が変わった。丁寧さに欠けてはいるが、より穏やかになった。たぶん家ではこんな感じなのだろう。「あのときは大変だった。でも博文がいたから、母さん、ずいぶん助かったわ」

「それはそうかもしれない。だけどだれも助けてくれないひとだっているよ」

そう言うと戸樫はグラスに残ったビールを一気に呑み干した。そして口を左手で隠し、ゲップをひとつしてから話をつづけた。

「ぼくには夢があるんだ。ユーザーの使い勝手がいいのはもちろん、デザイン性に優れ、値段も手頃な義肢装具がつくりたい。障害があると気持ちが落ちこんで、引きこもりがちになるひとが少なくない。でもかっこいい義肢装具であれば使ってくれるだろうし、それがきっかけで気持ちが前向きになって、社会にでて働いたり、遊んだりと行動を起こすと思うんだ。そのためには受け入れる側も対応できなきゃ駄目だ。物理的なことだけじゃない、障害に無関心なために起きる差別や偏見をなくすのはもちろん、特別扱いすることなく接することができるよう、知識を身に付けておかなくちゃいけないんだ。そんなふうにぼくはこの世界を変えたい。いや、変えなくちゃいけないんだ、ほんとのバリアフリーの世界に。ある日突然には無理だけど、毎日ほんの少しずつならば変えることができるはずだ」

「えらいっ」歌舞伎《かぶき》の掛け声よろしく言うと、弐々は手を叩いた。「博文くんの言うとおりだ。世界はそうあるべきだ」

「あたしもそう思う」

真純も手を叩く。ふたりとも目を潤《うる》ませている。いくらなんでも感激しすぎだと思いながら、さえ子は自分の目の縁が濡《ぬ》れているのに気づく。はち仔さんはほんの少し、口元を綻《ほころ》ばせただけだった。

そこに女将が料理を運んできた。

「拍手が聞こえましたけど、なにかおめでたいことでもございました？」

「おめでたいことだらけですよ、ねぇ、はち仔姐さん」

「あなたがいちばんおめでたいわ、弐々ちゃん」

「ははは。おめでたいのはあたしの長所です。ではここで、おめでたついでに派手で陽気な唄《うた》でも披露しましょうか」弐々は脇にあった三味線を袋からだす。「はち仔姐さん、踊っていただけます？」

「よくってよ」

しゃんしゃんしゃしゃしゃんと弐々が三味線を弾きだすなり、はち仔さんが「さぁさういたぁ、やぁっとぉやとやとぉ」と声を張りあげ、舞いはじめた。そして扇子をぱっと開いたのが合図のように、弐々の軽やかな歌声が、部屋に響き渡る。

〽目出度《めでた》ぁ
目出度ぁのぉ、若松様よ
枝も栄えて葉も繁《しげ》るぅ

弐々の三味線と唄に合わせて踊るはち仔さんは、艶《あで》やかでありながら品格があった。彼女自身が持つ気高さが滲《にじ》みでているようだ。左の義手の動きはぎこちないし、限界もあった。だがそれを右手でフォローしながら踊るので、さほど不自然さは感じなかった。


「ここです」

戸樫は息切れしながら言った。

小料理屋での宴《うたげ》をおえて表にでてから、ふたりを案内したい場所があると戸樫は言いだした。歩いて三分もかからないというので、さえ子と真純がついていくと、辿り着いたのは、ただのマンションだった。

この一階が自宅だと言ったものの、玄関口には入らず、建物沿いに歩いていった。その先にあったのは外付けの非常階段だった。立ち入り禁止の札が下がった鎖を跨《また》ぎ、戸樫が階段をのぼっていくのを、さえ子と真純は追いかけ、ちょうどいま、五階と四階のあいだの踊り場で立ち止まったところだ。

「もしかしてここって、戸樫くんがいちばんリラックスできる場所？」

「そう。ひとを連れてきたのは今日がはじめてです」

戸樫にしては珍しく、はしゃいでいた。小瓶のビールを一本しか呑んでいないのに酔っ払っているのだ。

ちなみにさえ子は、いける口なんですよねと、はち仔さんと弐々に勧められるがまま、ビールの他に日本酒を冷やで、お銚子《ちょうし》三本もいただいてしまった。

「案外、見晴らしいいわね」

夜風も吹いていて、気持ちがよかった。

「昔はもっと眺めがよかったんですよ。渋谷駅のむこうまで見えましたからね。でも近くにマンションがいくつか建っちゃって」

「昔って、どれくらい昔？」

「小学生の頃です。父さんがいないことや、母さんの左腕がないことをあげつらうヤツらがいて、それのなにが悪いんだって反論したら、さらにいじめられました。先生に助けを求めても無駄でした。いじめられるきみにも問題があるはずです、自分の悪いところを十個挙げてみなさい、それを直せばいじめられずにすみますって言われたんですよ。信じられます？　そんなとき、ここにこうやって座って」戸樫はしゃがんで、両足を柵《さく》からだらりとだした。「渋谷を眺めていると、この世界には教室や学校の外にも、たくさんのひとがいるんだって、ホッとできました。それに真下に細い路地があるのってわかりますか。母さんが帰ってくるときは、必ずあそこを通るんで、ここで待っていることもありました。そうだ、二階堂さんがリラックスできるって言ってた、ギャラリーがあるカフェってどこですか」

「初台よ」

「よかったら、今度連れてってください。永井さんはマンキツって言ってたけど、あれはどこのマンキツでもいいの？」

真純からの返事がない。どうしたのかと振りむくと、彼女は手摺《てすり》を両手で摑《つか》み、わなわなと震えていた。

「ここが戸樫のリラックスできる場所だというのは、よぉくわかった。でもな。自分がリラックスできるからって、だれもがおなじだとは思うな」

「あんた、高いとこ苦手だったの？」笑いを堪《こら》えながら、さえ子は訊ねた。

「苦手じゃいけませんか」

「いけなかないけど、だったらなんでここまで上ってきちゃったのよ」

「こんなに高くまで上るとは、思っていなかったからッスよ。しかも風も吹いているし。い、生きた心地がしないッス」

「ご、ごめん」戸樫は立ち上がった。「それじゃ、おりましょうか。よかったらウチに寄ってください。ふたりのためにチョコチップクッキーを焼いといたんで」

7

ガシャシャガシャシャガシャシャシャガシャシャシャ、ガッシャンッ。

さえ子はミシンを止め、縫い目を確認する。悪くないと思うがどうだろう。

「見せてちょうだい」

きたっ。

武川寛江《たけかわひろえ》の声に、さえ子はどきりとしてしまう。わかっていても心臓に悪い。作業場の壁際《かべぎわ》に横一列、五台の作業ミシンが並んでおり、武川もミシン掛けの最中だったが、いまはその手を止めている。

「よろしくお願いします」

さえ子がそう言って渡したのは、腰椎軟性《ようついなんせい》コルセットだ。メッシュ素材とバネ支柱でできており、これをマジックテープで締めこむことによって、腰部を固定する体幹装具である。耐用年数は一年半程度だが、かれこれ三年以上使用していたため、四本のマジックテープすべての付きが悪くなっていた。これをすべて外し、新規のものをコルセットに縫い付けていく。まずは一本目だ。武川はその縫い目に顔を寄せ、じっと見つめている。

ここは猫跨《ねこまたぎ》市内にある百々目《どどめ》義肢装具製作所だ。正社員や契約社員、パートなどあわせて三十人程度、そのうちの三分の一以上がなにかしらのハンディを持っていた。

武川も車椅子《くるまいす》に座っている。二分脊椎症《にぶんせきついしょう》といって背中の骨の形成不全で、脊髄の機能が障害を受けているために、両足が不自由なのだ。それでも近県の大学で義肢装具について学び、卒業後は地元に戻ってこの会社に入り、社歴は十五年のベテランだ。結婚もしており、七歳の子どもの母親でもあった。細身で童顔にもかかわらず、貫禄《かんろく》はじゅうぶんで仕事には厳しい。

ここでは車椅子のスタッフでも使えるよう、どの機器も座って作業できる位置にあった。武川は並行して三、四個の装具をつくっているため、ミシン掛けをしていたかと思えば、カービングマシンでトリミング作業をしたり、薄いプラスチック素材の装具にヒートガンで熱風を当てたり、グラインダーでインソールの形を整えたり、だれかにむかって「ネジ穴がずれているじゃないのっ」と叱《しか》ったり、営業と打ちあわせをしたりと、車椅子で作業場を縦横無尽に動き回り、つぎからつぎへと作業をこなしていた。

そんな武川はシブイクからの臨床実習生の指導係も務めている。ここに来る実習生は毎年ひとりかふたりで、今年はさえ子がマンツーマンで面倒を見てもらっていた。

こうしてミシンによる縫製のみならず、プラスチックの成形や金属曲げ、ネジ切りなど製作の各工程でチェックが入った。その度にさえ子は緊張を強いられ、いまも顔が強張っているのが、自分でもわかった。幸いにして叱られたことはないまでも、顔に似合わぬドスが利《き》いた声で「やり直し」と言われたことはある。そのときのダメージは計り知れない。

「いいんじゃない」

「ほんとですか」ほっと胸を撫で下ろしながらも、訊き返してしまう。

「あなたはやり直したほうがいいと思うの？」

「い、いえ。自信作です」

いくらなんでも言い過ぎた。でも武川は「自信を持って仕事をするのはいいことよ」と褒めてくれた。「残り三本もこの調子でやってちょうだい」

「はい」

早速、二本目のマジックテープに取りかかろうとしたが、武川はまだ話をつづけた。

「二階堂さん、営業先の受けがいいらしいじゃない。岡田《おかだ》くんが言ってたわ」

岡田透《とおる》は一応、営業担当だ。一応というのは義肢装具の製作もしているからだ。いまは営業で外回りをしている。さえ子も彼に連れられ、猫跨市を中心に県内の整形外科やリハビリテーション病院、障害者支援施設などといった営業先にでむくこともあれば、今日のように出勤するなり作業場に入る日もあった。

「ひとに対して気遣いを忘れない。患者さんやお年寄りが移動するときなんか、すぐに動いて手を貸すんだってね」

「当然のことをしているまでで」

「その当然がみんなできないんだってば」武川は不平を洩らすように言う。「いままでの実習生なんて、なにをするにも、いちいち指図しなきゃ動かなくて困ったもんだったわ」

　さえ子も十九、二十歳の頃はそんなものだった。社会人二年目で、いま思いだしても顔から火がでるような失敗を繰り返した。会社の損失に直結しかねないケースもいくらでもあった。その度に上司や先輩にフォローしてもらっていた。そう考えると、ココスペースは悪い会社ではなかった。

「そのくせ言うことだけはイッチョ前なのよ。ぼくはスポーツ義足をつくりたくて、義肢装具士の勉強をしているんだ、こんな地味な作業ばかりだと腕がナマるってほざいたヤツまでいたわ。ふざけるなっつうの。そういうのに限って陽性モデルひとつ満足に修正できないんだから。ウチの会社がスポーツ義足をさほど扱っていないのなんて、事前に調べておけばわかりそうなものじゃない？　アイツら夏だから涼しいところにしようって程度で、ウチを選んでいるのよ、ぜったい」

「すみません」

　さえ子は思わず詫びてしまう。自分もおなじ理由で猫跨市を選んだからだ。ところが臨床実習がはじまってからというもの、連日、猛暑がつづいていた。日によっては東京よりも暑い日もあるほどだった。

「二階堂さんが謝ることっちゃないでしょ。っていうか昔の話をあなたにグチる私がどうかしていたわよね。ごめんなさい。ささ、仕事、つづけましょ」

　歴代の実習生の気持ちも少しはわかる。今日は八月の第一月曜、臨床実習も始まって二週間以上経《た》つが、義手や義足を扱ったことはいまだにない。コルセットやサポーター、スプリント、インソール、靴型装具に短下肢装具、ＰＴＢ免荷装具などの装具が大半だ。一からつくるオーダーメイドもあれば、既製品を用いる場合もある。修理も多い。金属を叩いたり、革を切ったり、ミシンを掛けたりと地味な作業ばかりで、拍子抜けな感が否《いな》めないのはたしかだった。


「それならまだいいッスよ、さえ子さん」

　スマホの小さな画面の中で、真純が溜息《ためいき》まじりに言った。二日にいっぺんは彼女からＬＩＮＥのビデオ通話がかかってくる。たいがいは夜の十時から十一時のあいだで、今日は遅めのほうだった。

　画面に映る真純の髪はピンクではない。赤でも青でも黄色でも緑でも紫でもなく、黒かった。耳と鼻のピアスもない。臨床実習をおこなう直前、講師の緒方に説得された結果である。髪の毛は色素を落としているので、黒く染めねばならなかった。真純自身は不満たらたらだったが、さえ子は黒髪の彼女をかわいいと思っている。本人にそれを言ったところ、あたしにとってかわいいは褒め言葉じゃないッスよ、と叱られてしまった。ならばなにが褒め言葉なのか、いまでもよくわからない。

臨床実習のあいだ、さえ子は百々目義肢装具製作所から歩いて五分程度のマンスリーマンションに住むことになった。学校が準備してくれたその部屋はワンルームで、独立した洗面台がない。鏡はユニットバスの中なので、化粧その他は小さなテーブルを前に、あぐらをかいてやるしかなかった。

寝る前のスキンケアとして、小顔マッサージを兼ねて、保湿クリームを顔に塗っていたところに、真純から連絡があった。彼女ならば、すっぴんを見られてもかまわない。スマホは分厚くて重い学校の教科書に立てかけていた。

「そうは言っても学校で教わったことが活《い》かされているじゃないッスか。あたしなんか、ここんとこ日がな一日、オッパイつくってるんですから」

「あんた、まだエピテーゼの部署にいるの？」

真純がでむいた会社はまずまずの大手で、製作する義肢装具ごとに部署がわかれていた。実習生は真純を含めて四人、一週間から十日間、各部署でひとりずつ世話になるという。

エピテーゼとは事故や疾患、手術などで失われた身体《からだ》の一部をシリコンゴムで成形し、肌の色味にあわせて色を塗ったものだ。手足に頭、眼窩《がんか》、鼻、耳などあらゆる部位があり、とくに乳房の需要が多く、真純がつくっているオッパイとはこれのことだ。

シブイクでエピテーゼを教わるのは一年の後期に四コマだけ、体験というかお試し程度に過ぎず、真純が文句を言いたくなる気持ちもわからないでもない。

「そうなんスよ。今日は型取りの手伝いもしたんですけどね。じつを言うと手足がないよりもマシぐらいに思っていたんです。でも乳がんでオッパイを摘出した手術痕《こん》をはじめて目の当たりにしたときにはショックで、危うく泣くとこでした。自分はとんでもない思い違いをしていたって、大いに反省もしました。なんの罪も犯していないフツーのひとが乳がんになって、オッパイを片方、取る羽目になるなんてどういうことッスか？　神様、ヒドくありません？」

乳がんに限らず、なんの罪も犯していないフツーのひとが事故に遭い、あるいは病気を患《わずら》って、身体の一部を失う。生まれつきのひとだっている。

「でもあなた言ってたでしょ。あたし達は神様には負けられないんだって」

「そりゃそうですけどね。そう言えば戸樫から、なんか連絡ありました？」

「十日くらい前にLINEがきた話、したでしょ。あの一度きり」

ハジメさんの知りあいの銅版画家が個展を開く会場を探している、ついては二階堂さんのつくったカフェを紹介したいので店の名前を教えてほしいとのことだった。戸樫の誕生日会のとき、〈Come sta, Tokyo?〉〈真純もふくめて三人でいく約束をしたものの、実現しないままに臨床実習がはじまってしまった。

じつは先日、さえ子から戸樫に連絡したことも一度あった。会社で工具の使い方がわからず、困り果てていたのだが、その直前に武川が営業担当を叱りつけ、作業場はなんとも言えない空気に包まれ、彼女自身、ピリピリして声をかけるのも憚《はば》られる状態だった。やむなくさえ子はトイレに駆けこみ、イチかバチか戸樫にＬＩＮＥで助けを求めると、ものの一分もしないうちに動画付きで返答があった。このときは大いに感謝し、トイレの個室で手をあわせて拝んでしまった。

「さえ子さんは戸樫が実習先の会社と揉《も》めている話って、知っていますか」

「なに、それ？　知らない」揉めているとは穏やかではない。

戸樫の実習先は北関東にある会社だった。彼の他にふたりの実習生がおり、そのうちのひとりが、真純とおなじ会社の実習生に連絡してきた話だという。

「戸樫がいまいる会社、けっこうブラックらしいんス。低賃金で長時間労働、昇給は滅多になくて、有休は満足にとれない、そのすべてをやりがいの一言でごまかそうとしているのは、とんでもない話だ、いますぐ改善すべきだって戸樫が言っちゃったみたいで」

「だれに？」

「社長にです」

「なんで？」

「聞いた話だと社長の自宅が、会社とおなじ敷地内にあるそうなんスけどね。独身の一人暮らしなのに屋敷のような家で、そこに先週のなかば、実習生三人が招かれて食事会があったそうなんスよ。我が社について気づいたことがあれば聞かせてくれないか、これを機会に若いひとの意見を取り入れたいって、社長に言われて」

「だからってそんな言わなくてもいいことを」

「これだけじゃありません。患者さんを優先すべきなのに、病院のいいなりになっている、医師と看護師、理学療法士とはおなじ医療従事者として、タッグを組んで働くべきだと提案したとかで」

間違ってはいない。正論だ。でもそれを一介の実習生に言われたら、社長もカチンとくるだろう。

「しかも」

まだつづきがあるのか。

「翌日にはその話が社内に流れて、よくぞ言ってくれたと自分の許《もと》を訪れたひと達に、戸樫のヤツ、あなた方が社長にはっきり意見をしないから、会社がこんな状態になったんです、みなさんにも責任の一端があることをお忘れなきようにって言ったらしいんスよ」

「その会社からおっぽりだされたりしてない？」

「さすがにそこまではないにせよ、指導係にはさんざん嫌味を言われ、他の社員からもいやがらせされてるみたいなんです。だけど戸樫本人はまるで気にする様子もないって。とは言え心配じゃないですか。だからあたし、今日の昼間にその話を聞いたあと、アイツにＬＩＮＥを送ったんスよ。あれこれ詮索《せんさく》するのもなんなんで、〈なにか困ったことはない？〉とだけ。そしたらアイツから、なんて返事がきたと思います？〈いま住んでいるマンションのＷｉ－Ｆｉの電波が弱いのがこまる〉だって。こっちの気も知らないで、ふざけんなっつうの」

「戸樫くんはふざけてるわけじゃないでしょ」

「そりゃそうッスけどね。さえ子さん、気づいていました？　アイツ、五月のおわりくらいから、ちょっとおかしくありません？　ふだんはあいかわらず小動物みたいにビクビクしてますけど、突然スイッチが入って自分の意見をはっきり言うときがあるじゃないですか。実習の最中、もっと手際よくできるやり方はないんですかって緒方センセに訊ねたり、座学の授業中でも先生の間違いを指摘したり、それとそう、ハジメさんとこで装具をつくっているときに、ここはこういう加工にしませんかって言うのを見たこともありました。あたしが思うに祖師ヶ谷大蔵の中学校で、黒ずくめの怖いオネエサマに意見したときからのような気がするんスよ。あんとき、アイツの中でなにかが変わったんじゃないかなって」

言われてみればそうだった。

「悪いことではないじゃない」

「あたしもそう思いますよ。アイツの言うことはなにも間違っちゃいませんからね。でも今回は相手が悪い。まったくこんなにやきもきするんだったら、やっぱ、三人いっしょの会社で実習を受けるべきでした」

「だいじょうぶ。戸樫くんだったらウマいことやれるって」

さえ子はなだめるように言う。真純に対してではあるものの、自分に言い聞かせているところもあった。

さえ子の目の前にはいま、3Dプリンターがある。四万円程度で購入したものだという。さほど大きくはない。両腕で抱えられるくらいだが、十キロ以上あるそうなので、実際に運ぶとなると大変だ。

パイプに取り付けられた四角い箱が左右に動いていた。箱の下に付いたノズルから樹脂が吐きだされ、ガラスの台の上に層を重ねていき、徐々にカタチづくっていく仕組みだ。

「よしよし、いい感じだぞ」

さえ子の隣で営業兼製作の岡田が言った。スキンヘッドでずんぐりむっくりな体型のため、『鏡の国のアリス』にでてくるハンプティ・ダンプティにそっくりだった。三十九歳だが、大学を四留もしたとかで、社歴は武川よりも短く、彼女には、くん付けで呼ばれていた。

百々目義肢装具製作所では今年のアタマに、この3Dプリンターを購入し、岡田が担当していた。パソコンの類《たぐ》いは得意ではないものの、パソコン教室に通ってCAD《キャド》から学び、半年かけて使いこなせるようになったという。いや、使いこなせているかどうかは怪しいところだ。さえ子が実習に訪れて、かれこれ二週間以上経つが、そのあいだに岡田が作業場の片隅にあるパソコンの前で、頭を抱えているのを何度か目にしていた。

のちのちは義肢装具を製作する予定らしいが、いまのところは身体にハンディがあるひとが日常生活の動作を無理なくできるよう工夫を施した道具、いわゆる自助具が精一杯らしい。食事を摂《と》る際に使う箸《はし》やスプーン、皿などを使いやすいように補助するモノを、営業先のリハビリテーション病院や介護施設などから受注し、医者に理学療法士、作業療法士とも打ち合わせをして製作に取りかかる。

3Dプリンターで出力できる自助具のデータを公開する共有サイトはいくつもある。そのうちのひとつからダウンロードしたデータでいまできつつあるのは、握り玉式のドアノブに取り付ければレバー式として使用できる自助具だ。

手で握ることができる程度の大きさのモノではあるものの、完成まで想像以上に時間がかかった。なにしろ岡田は九時に出社してすぐに、この作業に取りかかっていたのだが、それから一時間半で、ようやく半分ほどカタチになってきたところだった。

さえ子はいましがた、作業着からスーツに着替えてきた。岡田とともに外回りをするためだ。その前に少しだけ、作動中の3Dプリンターを見せてもらうことにした。

「おっと、これはいかん」

岡田はピンセットを手にすると、まだ未完成の自助具に近づけ、なにやら取り除いた。

「どうしたんです？」

「樹脂の塊ができちゃっていたから除去したんだ。どんだけハイテクでも、ぜんぶ機械任せってわけにはなかなかいかないんだよねぇ」

そう言えば３Ｄプリンターでモノができたばかりだと、台にへばりついた状態なので、岡田がヘラで剝《は》がしているのを見たことがある。

「二階堂さん、知ってるかな。シブイクに３Ｄプリンターで義手をつくった男の子がいるって聞いたことあるんだけど」

「知ってますよ。私とおなじ学年の戸樫くんです」

戸樫が義手をつくったのは高校三年のときで、ひとりではなく学校の先生にまで協力をしてもらい完成にこぎつけた話を、さえ子は手短かに話した。

「大人に手伝ってもらったにしてもたいしたもんだよ。ぼくなんか自助具をつくるのがやっとだからなぁ。その子はだれのために義手をつくったの？」

「彼のお母さんです。渋谷で芸者をなさっている」

「渋谷に芸者がいるの？」

岡田が不思議そうに訊ねてきた。疑っているというよりも、お伽話《とぎばなし》でも聞かされているような顔つきだ。

「戸樫くんがつくった義手を塡《は》めて、お母さんが踊っている動画、撮っていますんで、よかったらご覧になりますか」

「あとにしよっかな。そろそろでかけないと。ごめん、ちょっといい？」岡田はそばにいた社員に声をかけた。「あと一時間くらいでできると思うんで、ときどき様子見てくんない？　よろしく」

「高校受験の大切な時期だって言うのに、腕相撲で骨折するなんて、ほんとにしょうがない子だよ、おまえは」

「でもお母さん。この装具ができれば、娘さんの左手もだいぶ動きますので心配なさらずに」

いきり立つ母親をなだめるように岡田は言った。ここは猫跨市内の整形外科だ。予《あらかじ》め岡田は院長と話をつけていたらしい。到着するなり、診察室の隣にある四畳半程度の小部屋で、左腕を骨折した患者の採寸をおこなった。名前は和泉《いずみ》美波《なみ》、中学三年生の女の子だ。測ったのはさえ子で、読み上げた数字を岡田はスマホに打ち込んでいた。そうすることで、患者のデータは百々目義肢装具製作所ぜんたいで共有できるシステムになっているのだという。

そのあと岡田に命じられ、さえ子は和泉美波の腕にラップを巻いていた。折った骨は上腕骨の骨幹部、いわゆる二の腕の真ん中あたりである。腕相撲で、お互いに相手をねじ伏せようとかけた相反する力が、ここに集中して折れてしまったらしい。珍しい事例ではないと、院長が教えてくれた。

怪我《けが》をしたのは夏休み前で、手術でも治せるところを和泉美波は嫌がって、今日までの三週間、左腕をギプスシーネで固定していた。ギプス包帯を何枚も重ねて添え木の代わりに使用するものだ。この場合、肩や肘《ひじ》が動かせず、関節が固まってしまい、血行障害や神経麻痺《まひ》などを引き起こしかねない。そこでギプスシーネの代わりに、ファンクショナルブレースという治療用装具を装着することになった。これを百々目義肢装具製作所がオーダーメイドでつくる。

「どう？　どっか痛かったり、きつかったりしない？」

ラップを巻きおわり、さえ子は和泉美波に訊ねた。

「だいじょうぶです」

すると岡田が、すでに水に浸したギプス包帯をさえ子に差しだしてきた。

「これも私が？」

「できるでしょ？」

「わかりました」

こうなればやるしかない。息を整えて慎重に、かといってゆっくりしているとギプス包帯が固まってしまうので、できるだけ手早く巻いていく。和泉美波の二の腕は筋肉質ではあるものの、とてもか細かった。

「彼女、東京からきた臨床実習生で、まだ学生ですが、腕はたしかなんですよ」

岡田が親子にむかって言う。母親はまるで興味を示さなかったが、娘が「東京？」と呟《つぶや》くのが微《かす》かに聞こえた。

「男の子と腕相撲したんだって？」

岡田が言うのを聞き、さえ子は妙に思った。腕相撲のことは院長に聞いたものの、相手が男の子とは言ってなかったからだ。

「それがおなじクラスで、野球部の主将だったんですよ」母親が言った。「抗議するつもりで学校に電話をしたら、この子のほうからやろうと言いだしたらしくて」

「うっさいなぁ」ついに堪えられなくなったらしい。和泉美波が吐き捨てるように言った。

「うるさいとはなにさ、うるさいとはっ」母親がいきり立つ。「あんたのために午前中、仕事を休んでいっしょにきているのよ」

「ひとりでいけるから、こなくていいって言ったじゃん。親切の押しつけは迷惑なんだよ」

「この子はっ」母親は娘の頭をうしろから引《ひ》っ叩《ぱた》いた。それも勢いよくだ。

「痛っ。なにすんのよっ」

「よくもそんな口がきけたわね。お母さん、どんだけおまえを」

「それが迷惑だって言うのっ」

「動かないでっ」さえ子は叫んだ。和泉美波は身体を動かさずにいたので、ギプス包帯を巻くのに支障はない。でもふたりの言い争いが堪えられなかった。「採型の最中ですよ。見てわからないんですかっ。親子喧嘩《げんか》をするなら、家でやってくださいっ」

母親はまだなにか言いたげな顔をしながらも、さえ子をひと睨《にら》みしてそっぽをむいた。ギプス包帯は巻きおわり、固まるまで五、六分ほど待たねばならない。すると岡田がおもむろに口を開いた。

「あなたは佐藤早紀《さとうさき》さんとおなじクラスなんでしょ？」

「あ、はい」和泉美波は一瞬訝《いぶか》しげな様子だったものの、すぐさまぱっと顔を明るくした。「早紀の背中を治す装具をつくってるひとってオジサンですか」

「うん、そう」岡田は満面の笑みだ。「彼女が小学四年のときからこの六年間、成長にあわせて、何度かつくりかえててね。早紀さんからあなたの話はよく聞いているよ。

トイレや体育のときに、装具の取り外しをいつも手伝ってくれる優しい子だって」

「優しいだなんて」和泉美波がはにかむ。愛らしい年相応の表情だ。「早紀とは小中学校ずっといっしょで、どういうわけか、いつもおなじクラスなんで、自然とまあ、やってあげるようになっただけです」

「装具に不具合があったときのために、早紀さんにはぼくのケータイを教えてあってね。昨日の夕方、電話がかかってきたんだよ。親友が明日、整形外科で型取りをするって聞いたんですけど、それって岡田さんですかって訊かれて、そうだよって答えたら、ぜひよろしくお願いしますって、お願いされちゃってさ。腕相撲の顛末《てんまつ》も聞いたんだ。野球部の主将が、早紀さんの背中のことで、ヒドいことを言ったんでしょ。早紀さんはシカトしたけど、いっしょにいたきみがブチ切れ、野球部の主将に謝れと迫った。ところがいっこうに謝ろうとしない彼に、腕相撲をして自分が勝ったら、謝るだけじゃなくてパンツ一丁で校庭三周しろとまで言った」

「おしゃべりだなぁ、早紀のヤツ」そう言いながらも和泉美波は笑っていた。「右腕だったら勝てたかもしれなかったのになぁ」

野球部の主将は左利きだったらしい。彼のほうから右腕でやってもいいぜと言ってきたのを、和泉美波は頭に血がのぼっていたせいで、おまえなんか左腕でじゅうぶんだと言い返したそうだ。無茶で無鉄砲だが、そんな彼女にさえ子は親近感を覚えた。自分と似たような性格だからだ。

「莫迦《ばか》言いなさい。それで右腕を折っていた日には勉強ができなくなっていたでしよ」

母親がまた叱《しか》りつけても、和泉美波はどこ吹く風で話をつづけた。

「でもいちばん焦《あせ》ってたのは野球部の主将でした。どういう理由にせよ、同級生の女子の骨を折ったんですから。内申書に響きかねないし、一時は野球部の活動自体も危ぶまれたくらいだったんです。いくらなんでもそれは可哀想《かわいそう》なんで、あたしが校長先生に直《じか》談判して、結局はお咎《とが》めなしでおさまって。そのあと主将はあたしと早紀んとこにきて、手をついて謝ったんで許してやりました」

「そんな話、お母さんにはしなかったじゃない」母親が不貞腐《ふてくさ》れているものの、もう怒ってはいないようだ。

「だって母さん、いつも仕事で忙しいから、言うタイミングがなかったんだ」

娘が呟くように言うのを聞き、母親は虚《きょ》を衝《つ》かれたような顔つきになった。

「今回、おつくりするファンクショナルブレースはですね」突然、岡田が装具について、説明をはじめた。「骨折部分をより安定した状態に保つために、プラスチック加工したものを腕の前後にがっちり塡めます。ギプスシーネと比べ、骨折部分以外はだいぶ自由で肘は曲がるし、肩も動かせるのですが、ひとりだと取り付けができません。お母さん、ぜひとも手伝ってあげてくださいね」

「もちろんです」母親は素直に答えた。

空気が一気に和み、しばらくしてからだ。

「東京のどこに住んでいるんですか」

和泉美波に訊《き》かれ、さえ子は地理的に東京都の真ん中の小さな市の名前を答えた。

「二十三区じゃないんですね」

悪かったわね、とは言えない。さえ子だって二十三区内は無理でもせめて吉祥寺《きちじょうじ》に住みたいと思ったのだが、それでも家賃が高額であきらめ、上京するまで名前さえ知らなかったいまのところに落ち着いたのである。

こうなれば仕方がない。

「でも学校は渋谷なのよ」

「渋谷のどこですか」

和泉美波の顔がぱっと明るくなった。食いつき方もまるでちがう。

「渋谷駅から十分もかからないわ。毎日、スクランブル交差点を渡って、イチマルキューを横目に見ながら、道玄坂をのぼっていくの」

人混みが苦手で、その道を通ることはほぼない。でもここはひとつ、和泉美波をよろこばせようと、さえ子は渋谷の名所を並べ立ててみた。

「ほんとですかっ。すごぉぉい」目論見《もくろみ》どおりだ。和泉美波は目をきらきらと輝かせている。「高校受験がおわったら、来年の春休み、東京へ遊びにいこうって、早紀と約束しているんです。そのとき渋谷を案内してくれますか」

「もちろん」二つ返事で答えたものの、さえ子は渋谷に詳しくない。真純に付き添ってもらえばいい。戸樫にもお願いしよう。

「ぜったいですよ。早紀もよろこぶだろうなぁ」

整形外科を裏手からでて、台車で運んできた荷物をハッチバックのトランクに積んだ。もちろん和泉美波の左腕を型取りした陰性モデルもだ。

「つぎは小太刀《こだち》町の療育センターね」

運転席に乗りこんだ岡田が、キーをさしこみ、エンジンをかけた。そのセンターでは心身障害児が長期・短期の入所をし、医療や日常生活訓練、機能訓練などをおこない、外来診療および療育相談も受け付けていた。装具の製作と修理に岡田は定期的に訪れており、さえ子はこれまで三回、お供していた。

さえ子も運転免許はある。就職が決まった直後、高校三年の秋から冬にかけて取得し、上京するまで父の車で街中を走る練習を重ね、ココスペースでは社用車を乗りまわしていた。運動オンチにもかかわらず、車の運転は得意で自信もあった。なんなら岡田の代わりにハンドルを握りたいくらいなのだが、学生は実習先での車の運転は禁じられていた。そういう取り決めなのだからやむを得ない。

しばらくして広い通りにでた。真ん中には路面電車が走っている。猫跨市民には重要な足だ。左に曲がって、駅にむかうその電車と横並びになった。さらに反対側には人力車があらわれた。これを引くマッチョなお兄さんのいでたちがイカしている。いわゆる車夫《しゃふ》の彼は笠《かさ》を被《かぶ》り、シャツに腹掛けを巻き、首に手拭《てぬぐ》いをかけ、半纏《はんてん》を羽織って、その上から腰の辺で帯をぎゅっと締め、下は紺色の股引《ももひき》に地下足袋だった。

猫跨は日本海沿いにある小さな市で、人口は約十五万人。戦災や震災を免れたおかげで、古い町並みが残っており、『北陸の小江戸』、あるいは『日本海の小京都』と呼ばれる知る人ぞ知る観光地らしい。ここを訪れるまで、さえ子はまるで知らなかった。日に何度も人力車を見かけるが、これはごく最近、今年のゴールデンウィークからだと、営業の岡田に聞いた。なんでも東京の大学をでたばかりの青年が在学中から準備を進めて、この四月に鷭屋《ばんや》という名前の人力車屋をオープンしたのだという。車夫の半纏の背中には、白抜きで〈鷭〉とでかでかと書いてある。

夏休み直前に昼のテレビ番組で、全国に紹介されたのが効き、観光客が例年より増えているそうだ。当初、人力車の数は三台だったが、いまは五台あり、車夫は青年社長を含め男女あわせて十人いるらしい。

「さっきはすみませんでした」

「ん？　なにが？」岡田が聞き返してくる。なんのことか、ほんとにわからないようだ。

「採型の最中に怒鳴っちゃって」

「あれにはビックリしたよぉ」ははと岡田は声をあげて笑った。「きみがあんな大きな声をだせるなんて思ってもなかった」

「ほんと、すみません」

「謝らなくていいって。ああでもしなきゃ、あの親子、さらにヒートアップして収拾がつかなかったかもしれないし。それよりきみの採型」

「なにか問題が？」

「いやいや」岡田は右手を振る。「ウマいもんだった。任せてよかった。前回、コルセットの型取りをしたときも、なかなかいい手つきだったんでね。いっちょ任してみようと思ったんだ。正解だった」

「ありがとうございます」

じつを言えば六月のアタマからハジメ義肢工房で週に二回、義肢装具をつくる練習をさせてもらっていた。真純もいっしょだ。もちろん戸樫の口利きである。製作実習ではＰＴＢソケットにつづき、ＴＳＢソケットに取りかかったのだが、ハジメ義肢工房で練習できたおかげで、スムーズにつくることができた。採型に関してだけは講師の緒方からお褒めの言葉をいただき、断端をギプス包帯で型取りした陰性モデルはＡマイナスの評価をもらった。

ただし完成した義足の出来は、ＰＴＢソケットよりも幾分かマシな程度に過ぎなかった。ＰＴＢのときにソケットを小さめにつくってしまったので、そうはならないよう注意したところ、ＴＳＢでは大きすぎて、穂高の断端にはゆるゆるだったのである。

「やっぱり患者が女性の場合、女性の義肢装具士が採寸や採型をしたほうがいいんだよねぇ」

それはそうかもしれない。自分が患者だとして、薄着で男性にギプス包帯を巻かれたうえに、擦《さす》られたりするのは、少し抵抗があるとは思う。

「でもさっきの子の友達は女の子ですよね。その子の装具はつくりつづけているって」

「早紀さんのね。話聞いててわかった？　早紀さんがなんの病気か」

「側彎症《そくわんしょう》ですか」

「そのとおり。でも新しい装具をつくることはもうないんだ。ずいぶんとよくなって年内か、遅くとも中学卒業前には装具をつけなくてもすむようになる」

「よかったですね」

「まったくだよ。いくら昔よりも軽くなったとはいえ、胸から腰にかけての装具をほぼ一日中、塡めていなければならないから、肉体的にも精神的にも辛《つら》いんだ。そんな彼女にむかって、ヒドい言葉を浴びせるなんて言語道断だ。親友の子が怒っても当然さ。側彎症に限らず、身体のどこかにハンディがあるひとは、それを補うための努力をしなきゃならないってことが、どうしてわからないんだか、ほんと信じられないよ。そう思わない？　二階堂さん」

「思います」

さえ子は即答する。他のひとが言えば薄っぺらな正義感にしか聞こえない言葉でも、義肢装具士としてのキャリアを積んできた彼が言うと重みがあり、納得ができたからだ。義肢装具をつくるうえでさまざまな患者と接触しているのでなおのことだった。

シブイクで習って頭でわかっていたことも、現場では肌で感じることができた。こんな自分が、バリアフリーのカフェを一軒つくって悦にいっていたかと思うと、恥ずかしくもあった。身体にハンディがあるひとのためにと言いながら、結局は自己満足でしかなかったのだとさえ思う。

「話は変わるけど出掛けに言ってた、二階堂さんの友達」

「戸樫くんですか」

「その子の実習先って」岡田は社名を言った。

「そうですが」

「そこの会社で社長にむかって、あんたの会社はブラックだって啖呵《たんか》を切った実習生がいるらしいんだけど、その子かな」

すでに噂《うわさ》が流れているようだ。ただし戸樫が啖呵を切ったとは思えない。だれかが尾ひれをつけたのだろう。しかしさえ子は「さぁ」と知らないふりをした。

「あそこの社長、三代目でね。五年前だったかな、親父《おやじ》さんが急死してすぐにあとを継いだんだけど、もとは信用金庫に勤めていたから金勘定は得意でも、義肢装具についてはさっぱりなんだ。そのくせ、もっと安い素材でつくれないのかとか、この器具を買い替える必要があるのかとか、残業していると効率よく仕事をしていないからだと言って残業代をださないだとか、やたら現場に口出しをしてね。腕のいい義肢装具士はつぎつぎとやめてっちゃって、売上げは落ちこむ一方らしい」

「ずいぶんお詳しいんですね」

「テツローさんに聞いたんだ」

テツローさんとは百々目義肢装具製作所の社員のひとりだ。無口だが腕はたしかな、四十代前半と思《おぼ》しき男性である。

「なんでテツローさんがそんなことを？」

「以前はきみの友達がいる会社で働いていたのさ。つまりいま話した腕のいい義肢装具士のひとりだよ」

「だけどずいぶん離れたところから転職してきたんですね」

「武川さんの大学の先輩なんだよ、テツローさんは。大学時代にも親交があって、前から会社のことを武川さんにメールとかでグチっていたらしい。社長が三代目になってからはそれがさらに増して、だったらウチの会社にきたらと武川さんが勧めたの。そしてテツローさんは奥さんと相談して、一年ほど前に猫跨市に引っ越してきたってわけ」

名字ではなく、テツローさんと名前で呼ばれているのは、大学時代の名残で武川がそう呼ぶのを、みんなが真似《まね》をしたかららしい。

「でもまあ、うちの会社だってブラックとは言わないが、ホワイトとは言い難いけどねぇ。毎年昇給はあるにしても微々たるものだし、ボーナスは給与の二ヶ月分にも満たないし、そもそも給与がたいした額じゃない。義肢装具はオーダーメイドとなると、製品の価格が作業時間と材料費にまるで見合っていないから、こういうことになっちゃう。これはウチの会社に限ったわけじゃない、この業界が抱える問題でもあって。あ、ごめん」岡田はハンドルを握ったままで頭を下げた。「これから義肢装具士を目指すきみに、ネガティブなことばかり言っちゃった。申し訳ない」

「率直な意見を聞かせてもらったほうが助かります」

「そう？　でも一応、ポジティブなことも言っておこうか」

ところがどうしたことか、しばらく岡田は口を閉じたままだった。

「岡田さん？」

「ごめん。ポジティブなことがいまいち思い浮かばなくて」

おいっ。

赤信号で車が止まると、目の前の横断歩道を人力車が横切っていった。その車夫を見て、さえ子は「あっ」と、小さくだが声をあげてしまった。若いお嬢さんふたりを乗せて引く彼は、さきほどのマッチョくんとはちがって、細身で身体が一回り小さい。だがなによりも目を引いたのは、その左足だった。

下腿《かたい》義足なのだ。

ソケットにはアルファベットの「J」に似たカタチをした長細い板が付いていた。パラバドミントンをおこなうときに、醐《ご》宮《みや》が着けていたのとおなじ、板バネというスポーツ用の足部に、地下足袋を履いて走っている。わざわざ股引を膝下でカットしているのは、ソケットから下を見せるためなのかもしれない。

「長宗我部《ちょうそかべ》くぅんっ」岡田が車の窓を開け、車夫にむかって手を振っている。「暑いのにご苦労様ぁ」

「ありがとうございまぁす」

車夫は軽快な足取りを少しだけ緩めつつ、顔をこちらにむけて微笑《ほほえ》んだ。思わずこちらも口角があがってしまう、とても親しげで爽《さわ》やかな笑顔だった。

「来週の月曜、よろしくお願いしまぁす」

「こちらこそぉ。あんまり無理するんじゃないよぉ」

「だいじょうぶでぇす。がんばりまぁす」

長宗我部が引く人力車が横断歩道を渡り切り、走り去っていく。

「あのひとって」信号が青になり、車を走らせる岡田にむかって、さえ子は訊《たず》ねた。

「長宗我部くん？　イケメンだよねぇ。ぼくもね、あんな顔に生まれたかったよ」

「顔の話じゃありません。足です、足。あのひと、左足が下腿義足でした。それも板バネの」

「二階堂さん、こっちにきて二週間以上経つのに、長宗我部くんを見たことないんだ。猫跨市内ではちょっとした有名人だよ」

「いまはじめて知りました。ずいぶんお若いようですが」

「二十五歳」

そうだったのか。小柄なせいもあって、さえ子には二十歳前後に見えた。

「二階堂さんはボクシングに興味ある？」

「いえ、あんまり」

「そっか。だろうなぁ」

「どういうことです？」

「長宗我部伸《しん》と言ったら、ちょっとは名の知れたプロボクサーだったからだよ。二十歳でデビューしてから無敗のまま、二十二歳で日本ライトフライ級王座を獲得して、将来を有望視されていてさ。つぎは世界に挑戦だって矢先に、交通事故に遭ったんだ。当時、彼は東京でひとり暮らしをしてて、移動手段が原付でさ、いつもどおり自宅からジムへむかう途中、自身の不注意による飛びだしで、四トントラックと衝突して、弾《はじ》き飛ばされたらしい。一命をとりとめたものの膝《ひざ》から下の左足を切断、かくして長宗我部は世界王座どころか、ボクサーを引退せざるを得なかったんだ」

三年前のことで、新聞やテレビ、ネットなどのニュースでも大きく取り上げられたというが、さえ子はまるで知らなかった。

「切断手術のあと、ひと月ほど東京の病院に入院してから、家族に面倒を見てもらうために、生まれ故郷の猫跨市にあるリハビリテーション病院に移ってさ。そして百々目義肢装具製作所が、彼の下腿義足をつくったわけ。武川さんが担当で、アシスト役としてぼくも手伝ったんだよ。最初は当然、日常遣いの義足をつくったんだけどね。その後、市内にある富田林《とんだばやし》ボクシングジムってとこでトレーナーをするために、滑らかな動きが可能な足部を使った義足をつくってあげたんだ」

小学三年から十年間、長宗我部はそのジムに通い、オーナーの富田林に鍛えてもらったらしい。高校を卒業後、東京のジムに移ったものの、足を失い、猫跨に戻って義足になった長宗我部に、古巣でトレーナーをやらないかと勧めたのも富田林だという。

「いまもジムで働いているんだけど、この春から車夫になると言いだして、それも専用の義足をつくることになって、板バネのにしたんだ」

「来週の月曜、よろしくお願いしますって、なにかあるんですか」

「ウェブマガジンの取材で、東京から記者さんがくるんだよ。長宗我部くんだけじゃなくて、彼の義足をつくったひとにも話を聞きたいって言われててね。よかったら、二階堂さんもどう？　いっしょにこない？　長宗我部くんを紹介するよ」

「紹介するって、私、べつにそんな気は」

「ウチでつくった義足を見てもらういい機会だしね」

なんだ、そういうことか。

紹介すると聞いて、自分と長宗我部のあいだを取り持とうとしているのかと思ってしまったのだ。よく考えればそんなはずがない。自らの早とちりに、さえ子はひとり、顔を赤らめた。

小太刀町の療育センターに着くと、処置室という小さな部屋で、四歳児の足の採寸および採型をはじめた。マサムネくんという子で、隣町からリハビリと療育相談のため、両親のどちらかと週に一度はここを訪れているという。今日はお父さんだった。ママはマサヒロとるすばん、とマサムネくんは言った。マサヒロは彼の三歳下の弟だとお父さんが教えてくれた。

「これはね、マサムネくん」岡田は縦長で網状の面にローラーでインクを塗りながら言った。しゃがんでいる姿は、いよいよもってハンプティ・ダンプティだ。「フットプリンターといって、きみの足の裏がどんなカタチをしているかを調べる道具なんだ」

カタチだけではない。どこに圧力が集中しているかもわかる。岡田の作業をマサムネくんはじっと見つめていた。彼の右隣にいるお父さんもだ。

マサムネくんはダウン症による四肢体幹機能不全で、歩くことがままならない。足の踵《かかと》が地面と垂直ではなく内側に倒れ、土踏まずがはっきりしない、外反扁平足《がいはんへんぺいそく》のためだった。そこで足部の形状と踵骨《しょうこつ》を支えるような靴底、いわゆるインソールの使用を担当の理学療法士に勧められ、今日は採寸と採型をおこなうことになった。

車中で岡田から聞いた話では、インソールを入手する場合、障害者手帳を持っていれば、補装具費の支給を市町村へ申請し、インソールの見積書も送らねばならない。

都道府県の更生相談所で判定を受け、通れば製作することができる。

　百々目義肢装具製作所の場合、インソールは一足四万円前後だが、所得などの要件に応じて、購入者の自己負担額は変わる。マサムネくんのお父さんは九割の補助が受けられるらしい。

「準備完了。それじゃあ、右足をこの上に載せてくれないかな。まずは座ったままで、そっとだよ。そぉぉぉおっと。よし、そうだ。そしたら今度はゆっくり立ち上がろうか。お父さん、手を貸してあげてもらえません？」

「はい」とお父さんがマサムネくんに手を貸す。反対側にいたさえ子もだ。

「オジサンが五つ数えるからそのあいだはじっとしているんだよ」岡田は細長いスティックをだし、その先でマサムネくんの右足の輪郭をなぞりながら数えはじめた。

「イチッ」

「イチッ」マサムネくんもいっしょに数えだす。

「ニィ」「ニィ」「サン」「サン」「シィイイッ」「シィイイッ」「ゴッ」「ゴッ」

「オッケーだ。椅子《いす》に座って、足をあげてくれる？」

　マサムネくんが言われたとおりにしてから、岡田は網状の面をあげた。下にあった紙には、小さな足型がキレイに付いていた。

「すごぉい」マサムネくんが手を叩《たた》く。

「ではつぎは左足ね」

岡田がふたたびしゃがみ、紙を取り替えようとしたときだ。マサムネくんが岡田のスキンヘッドをぺしぺし叩いた。ちょうどいい位置で、思わず手がでてしまったらしい。その感触が心地よく、発する音も面白かったようだ。マサムネくんはなおも叩きながら、無邪気に笑っている。

「こら、マサムネッ」

「いいんです、いいんです」

制するお父さんに岡田が言う。全然怒っていない。それどころか楽しそうだ。

つぎにマサムネくんには、トリッシャムというスポンジと発泡スチロールの中間くらいの柔らかい樹脂を踏んでもらう。これは上から押さえると潰《つぶ》れて、そのままの状態になるので、足跡を採るのに最適なのだ。なぜか岡田は左右の足二回ずつおこなった。予備に取っておくのかと思いきや、そうではなかった。

「二階堂さんにも、マサムネくんのインソール、つくってもらうよ」

採寸・採型の道具をしまいながら、岡田が言った。

「私にできるでしょうか」

「できないのどちらかと言えばできない。でもやってみて。できないことをやるのも大切だからさ。どうして自分にはできないのかって勉強にもなる」

要するにダメ元か。でも万が一にもじょうずにできて、マサムネくんによろこんでもらえるかもしれない。

「これでよかったですかね」

マサムネくんのお父さんが、岡田に靴を差しだした。無地で真っ白な子供用だが、靴底が厚くて、くるぶしの上まで覆《おお》う高さのある、いわゆるハイカットシューズだった。

「ああ、そうです、そうです。これだったらインソールが入りますからね。お預かりしていきます」

「『オバケデイズ』のがイイ」

「このあいだお話したろ」不満を洩《も》らすマサムネくんをなだめるように、お父さんが言った。「『オバケデイズ』の靴だとじょうずに歩けないって」

「どうしてですか」さえ子は岡田に小声で訊ねた。

「市販の子ども靴の大半は底が浅過ぎて、インソールが入らないんだよ。踵の強度が足りなくて、足首を支えることができない。そのために靴が歪《ゆが》んで、インソールが固定しなくなっちゃうんだ」

　さえ子に答えながら、岡田はスーツのポケットから、なにやら一杯に詰まった透明な袋を取りだした。

「マサムネくん、これはどうかな」

「わぁあぁぁあ」

　袋の中身はたくさんのワッペンだった。岡田はそれをテーブルの上にだして、広げていった。いずれも『オバケデイズ』のキャラクターだ。

「好きなのを選べば、それを靴に貼《は》り付けてあげるぞ」

「これとこれとこれと」

「マサムネ、そんなにたくさんは」

「いいんですよ、お父さん。それじゃあ、十個にしようか。できるだけ靴に貼って、残りはプレゼントしよう」

「すみません、なにからなにまで」お父さんが岡田に礼を言う。

「いやいや、他のお子さんにもしていますんでね。サービスですよ、サービス」

　そう言いながら、岡田は自分の頭をぺしぺしと叩いた。

8

「ネーチャン」

やけに馴《な》れ馴《な》れしい男性の声が、どこからか聞こえてきた。しかしさえ子は気にせず、竹箒《たけぼうき》を動かしつづけた。出社していちばんにすることが、百々目義肢装具製作所のまわりの掃除なのだ。朝の九時前なのに、強めの陽射《ひざ》しが肌にじりじり照りつけ、竹箒でゴミを集めるだけでも、じっとりと汗が滲《にじ》みでてきた。

「ネーチャンッ」

さきほどよりも強めの口調に、さえ子は手を止め、声のするほうに目をむけた。カンカン帽に派手なアロハシャツ、膝上がゆったりして股下《またした》が深く落ち下がった、いわゆるサルエルパンツ、そしてスリッポンといういでたちの男性が、ポケットに両手を入れて立っていた。帽子からでた髪には白髪が目立ち、顔には皺《しわ》が多く刻まれている。七十歳前後といったところだろうか。

「私のことでしょうか」

「ネーチャンの他に、ひとがいねぇだろうが」

言われてみればそうだ。しかしネーチャンだなんて呼ばれるのはひさしぶりだった。ココスペースに勤めていた頃は、現場にいると職人達がそう呼びかけてくることがちょくちょくあった。

「なにか用ですか」

「ネーチャン、百々目義肢の作業着を着てるけど、見かけない顔だよな。新しく入ったの？」

「いえ。七月のおわりから八月一杯、こちらでお世話になっている実習生です」

「学生さんにしちゃあ、ちと歳《とし》を食っちゃいねぇか」

余計なお世話だ、とさえ子は喉元《のどもと》まででかかる。

「社会人を経験してから、専門学校に通っていますので」

「そいつはえらいな」

そう言われ、さえ子はいささか驚いた。まさか褒められるとは思わなかったからだ。

「ありがとうございます」思わず礼を言ってしまう。

「人間、いくつになっても勉強しなくちゃいけねぇ」

すると男性は左手を額より上、右手は肩のあたりに掲げ、左足を前にだした。そして左足に重心を置いて、うしろの右足を半歩引き寄せる。腰を右にまわしつつ、両手を上下入れ替え、さえ子のほうをむくと、身体《からだ》を傾け、空を切るように右手を前へ差しだしてきた。とてもゆっくりとした動作で、すべてがおわるのに十秒近くかかった。

「これ。なんだかわかる？」

「いえ」なにかのジェスチャーだったのか。

「簡化二十四式太極拳《たいきょくけん》のひとつで、海底の針と書いてハイディーチェンというんだ」

そんなのわかるはずがない。

「俺もこの春から太極拳をはじめてね。百々目神社で朝七時半に十人くらい集まって、先生に指導してもらっているんだ。太極拳っていうのは一見、単純な動きだが、手足の爪先《つまさき》まで神経を行き届かせ、腰もきちんと入れないと駄目だから大変さ。片足がないと余計だよ」

「え？」

「俺、右足が下腿義足なんだ」

「全然、気づきませんでした」

「そいつはうれしいね」男性はほんとにうれしそうに笑い、鼻のアタマをこりこり掻《か》いた。

「その義足はこちらでおつくりに？」

「ああ、そうさ。一年半前に武川さんにつくってもらった」

「どうして」足を失った理由を訊きそうになり、さえ子は慌《あわ》てて言葉を飲みこんだ。いくらなんでも会ったばかりで、名前も知らない男性にむかって、不躾《ぶしつけ》だと思ったからだ。だが相手は、さえ子の内心を察したかのように答えた。

「糖尿病だ。最初は踵にひび割れができて、絆創膏《ばんそうこう》を貼ったり、軟膏を塗ったりして、そのうち治ると思っていたの。ところが傷口が次第に広がっていって、膿《うみ》がでているにもかかわらず我慢をしていたら、とうとう女房に見つかっちまってな。近所に住んでいる息子夫婦が車を飛ばしてきて、みんなで俺を無理矢理、車に乗せて病院に連れていったんだ。医者に診てもらったら、壊疽《えそ》が進行していて、すぐにでも足を切らなきゃ命の保証はないと宣告されてさ。そのときはこの世のおわりだと思ったよ。だれを恨むこともできない、すべては自業自得《じごうじとく》ってわけ。だけどこうして歩けるどころか、太極拳までできるようになったのは武川さんのおかげだよ。俺にとっちゃあ神様仏様武川様だ」

　そう言うと、男性はぱんぱんと叩いた手をあわせ、百々目義肢装具製作所を拝む。冗談とは思えぬ真剣な表情だ。

「今日は会社になにかご用ですか」

「義足の具合がちょっとね。でもその前にネーチャン、やってみないか」

「なにをです？」

「簡化二十四式太極拳のひとつで、海底の針と書いてハイディーチェン。教えてあげよう」

断るのもなにかなと思い、さえ子は竹箒をアスファルトの歩道に置いた。

「俺の横に並んで、おなじ動きをするだけでいい」

「はい」

両手を上下に構え、左足を前にだす。そして男性とおなじ動きをしているところに、会社の玄関口からスーツ姿の岡田がひょっこりあらわれた。

「あれ、イタガキさん？　二階堂さんとふたりで、なにやっているんですか」

男性の名前は板垣進助《いたがきしんすけ》といった。

「俺の生まれる前年に百円札が発行されて、その顔が板垣退助だったんだ。名字がおなじだけで親戚《しんせき》でもなんでもないけどな。親父《おやじ》は同姓同名にしようとしたらしいが、おふくろに反対されて進助にしたんだとよ」

さえ子に言ってから、板垣は自分で笑った。

「で？　義足の具合が悪いってお話ですけど」

武川が訊ねた。ここは作業場だ。始業時間の九時をまわり、他のスタッフはすでに各々《おのおの》の作業をはじめている。岡田はいない。あのまま社用車に乗って、外回りにでかけてしまった。

「それがね、武川さん。ちょっと窮屈だなぁと思うことがときどきあって」

「ときどきというのはいつです？」

「夕方から夜にかけて」

「痛みは？」

「なくはないけど我慢できないほどでは。でも膝の裏側が赤くなっていまして」

「二階堂さん、診てあげて」

「私がですか」

突然の指名にさえ子は聞き返した。しかし武川は板垣のほうに顔をむけていた。

「この子、今年の実習生でしてね」

「表で聞きました。社会人を経験してから専門学校に通っているってことも」

「未来の義肢装具士のためにご協力お願いします、板垣さん」と武川。

「こんな俺でも役に立つんだったらよろこんで」

「でも私、なにをすれば」

「痛みの原因をさぐるのよ」

マジですかとは思ったものの、嫌だとは言えない。

「では板垣さん、立っていただけますか」

「はいよ」

さえ子は作業着のポケットから布製のメジャーをだし、板垣の上前腸骨棘《じょうぜんちょうこつきょく》に当て、足元までの長さを測った。左右に差はなく、おなじ長さだ。つぎに紙を一枚借りて、靴の下に差し入れようとしても入らない。ソケットのまわりをたしかめたものの、目立った隙間《すきま》はなかった。

「すみません、義足をたしかめたいので、椅子に座って、脱いでもらえます？」

「お安い御用だ」

板垣は腰をおろし、サルエルパンツの右側をたくし上げた。義足はＴＳＢ式だった。これで板垣は上半身を屈《かが》め、ソケットのすぐ下にあるアダプター横のボタンを押す。これで義足は外れた。つぎに板垣は断端を包むライナーをくるくる巻いて脱いでいく。

「義足をお借りしますね」

「かまわんさ」

さえ子は彼の前に立て膝をついて座り、ソケットに支柱、足部と義足を点検していく。

「でも足を失った直後に落ちてた体重が戻ってきたんで、ソケットがあわなくなって、この春、武川さんに新調してもらったばかりだからさ」断端の汗を手拭いで丁寧に拭《ふ》きながら、板垣が言った。「義足には不備はないとは思うんだよね」

たしかにまだ真新しく、ソケットのどこかがひび割れていたり、アダプターのボルトが緩んでいたりといった不具合はまるで見当たらなかった。ライナーの先についたピンにも異常はない。差金を用いて、前額面（真ん前）と矢状面（真横）の基準線をたしかめたが、これまた問題はない。

痛みの原因は義足でないとすれば、断端になにかしらの変化が生じたと考えるべきだろう。

「断端に触ってもいいですか」

「どうぞ」

さえ子は板垣の断端に両手で触れ、しげしげと見つめる。さきほど本人が言ったとおり、膝の裏側が赤くなっていた。

「板垣さんの断端に関するデータってありますか」

「あるわ」

さえ子に答えてから、武川は車椅子の側面にかけてある収納ポケットから、タブレットを取りだす。

さえ子は板垣の断端の各部をメジャーで測り、その数字をデータと比べてみたが、義足を新調したときとほとんど変わらなかった。

さて困った。

さえ子は右手を握りしめ、コンコンと軽く自分の頭を叩く。元は真純のクセだが、いっしょにいるうちに、うつってしまった。

「あっ」

「なにか思いついたかい、ネーチャン」

板垣が興味深そうに訊ねてきた。

断端の太さは日によってどころか、一日のうちでも変化するからね。ソケットづくりがうまくいかなかったとき、穂高に言われたことを思いだしたのだ。

「痛みを感じるのは夕方から夜にかけてと、おっしゃっていましたよね」

「朝に太極拳をやっていても、どうってことない」

「痛みの原因は、断端の日内変動のせいではないでしょうか」武川にむかって、さえ子は言った。「夕方から夜にかけて断端の太さが変わってしまい、ソケットがあわなくなったために、痛みが生じたと思うのですが」

穂高が言っていたとおり、一日のうちでも断端が膨らんだり縮んだりと、周径が変わることがある。これが日内変動だ。たとえば朝はキツめだったソケットが、夕方には緩くなる現象は多いらしい。それだけ断端の容量が減少するのだ。緩くなると断端自体がソケット内に落ちこんだり、余計な動きを起こしたりと、痛みの原因になってしまう。

「いいとこ、ツイてくるじゃない」武川はにやりと笑った。「私もその可能性が高いと思うわ。ねぇ、板垣さん」

「なんですか」

「どれだけ日内変動が起きているのか知りたいので、まずは明日の朝、差しこんだソケットの上辺をライナーにペンで印を付けてください。おなじことを夕方にもお願いします。何日かその差をたしかめてから、この先を考えましょう」

「またソケットやライナーのつくり直しってことには」

板垣は眉間《みけん》に皺を寄せ、苦い顔になる。

「そこまでする必要はありませんって」さえ子は言った。「断端袋をもう一枚履くなりすれば調整できると思います」

ライナーを保護するため、その外側に履く靴下のようなものが断端袋だ。ソケットの適合調整にも使うことができる。

「それでもまだ違和感があったら、オーダーメイドでつくったパッドを、ソケットの中に貼ってクッション代わりにするというやり方もあります」

さえ子の助言に武川が付け足した。

「そいつを聞いて、ホッとしましたよ。このあいだみたいに、身体障害者更生相談所までいって、医者に判定してもらって、役所に書類を送ってなんて面倒なことはゴメンだもんな。ネーチャン、義足はもう履いていいかな」

「あ、すみません。どうぞ」

「それとネーチャン」

「彼女には二階堂という名前がありますよ、板垣さん」

「こりゃ失敬」板垣はライナーを履きつつ詫《わ》びてから言った。「二階堂さん、さっき教えた簡化二十四式太極拳のひとつ、ハイディーチェンをやってごらんなさい」

「いま、ここでですか」

「そうさ」

さえ子は武川をちらりと見る。助けを求めたつもりだが、彼女は「おもしろそうね。見せてちょうだい」と言った。

やむなく、さえ子はその場でやってみせた。

「一度だけしかやっていないのに、ちゃんと覚えているし、ウマいもんだ。筋がいいんだな、ネーチャン、いや、二階堂さんは」

「ありがとうございます」

「今度の金曜、百々目神社にいらっしゃい。いっしょに太極拳をやりましょうや。朝七時半から一時間程度だからじゅうぶん会社に間にあうだろ」

間にあうが、そのためには一時間早く起きねばならない。

「太極拳はね、インターナショナルが鍛えられて、体にいいんだ」

「それを言うならインナーマッスルでしょ」

「そう、それ」訂正した武川を指差し、板垣はカッカッカと笑った。「使い慣れない英語なんぞ使うとすぐにボロがでるな」

百々目義肢装具製作所には食堂はないものの、ランチは宅配弁当が配られた。実習生のさえ子にもだ。これを作業場の隣の休憩室で食べる。四人掛けのテーブルは十卓以上、車椅子でも通れるように動線の幅もけっこう広く取られていた。さらに天井が高く、開放感がある。

その日の昼休み、休憩室で武川とランチをしているところに、岡田があらわれた。外回りから戻ってきた彼は、友々家《ゆうゆうや》の袋を手に提げている。

昼は外で食べて、そのまま営業先にむかうはずだったが、昼前にキャンセルの連絡があったので戻ってきたのだという。宅配弁当は朝イチに総務部に注文しないとありつけないので、国道沿いにあるドライブスルーの友々家で弁当を買ってきたそうだ。

「なにしにきたの、板垣さんは」

椅子に座るなり、岡田が訊ねてきた。揚げ竹輪を頬張ったばかりで、さえ子が答えられずにいると、武川が代わりにこう言った。

「ナンパよ」

「はぁ？」岡田が素《す》っ頓狂《とんきょう》な声をだす。「どういうことですか」

さえ子もそう言いたいところだ。

「板垣さんって、百々目神社で太極拳を習っているでしょ」

「以前、きたときに話していましたね。たしか週に二、三回だとか。それがなにか」

「あのひとの住むマンションから、百々目神社へむかうには、必ずウチの前を通るじやない？」

「ですね」

「そのとき」武川はさえ子を箸《はし》で指した。「二階堂さんを見初《みそ》めたのよ」

さえ子は危うく、口の中の揚げ竹輪を吹きだしそうになった。

「例のクセがまたでたってわけですか」岡田は呆《あき》れ顔だ。「あのジイサン、若い娘には見境なしに声をかけますからね」

なんですと。

「義足の具合が悪いって言うんで、勉強のためと思って二階堂さんに診てもらったら、すっかりご満悦だった」

「夕方から夜にかけて痛むのは、日内変動のせいというのは」さえ子は思わず訊ねた。

「あれはほんと。二階堂さんの見立てに間違いはないわ。そのあといっしょに太極拳を習いましょうって、板垣さんに誘われたでしょ」

それがナンパということか。

「若い娘に見境なしって、前例があるわけですか」さえ子は訊ねた。

「リハビリテーション病院にいた頃には看護師によくちょっかいだしていたのよ。だれにも相手にされていなかったけど」

「百々目神社にはいくのかい？」

友々丼《どん》をかっこみながら、岡田が言った。

「どうしたらいいですかね」

「いってみたら？」武川が勧めてきた。声の響きから面白がっているのがわかった。「何事も経験だしね。だいじょうぶ。妙な真似はしないはずだから。若い娘とおしゃべりするだけで、板垣さんは満足なのよ。それにあなたは九月になったら東京に戻るわけだし。あっ、でもケータイの番号とかメアドとかＬＩＮＥの交換とかはしちゃ駄目よ。だいぶしつこく連絡してくるらしいから」

前例があるのだろう。

「板垣さんには糖尿病が悪化して、足を切る羽目になったってことも聞きました。だけどこうして歩けるどころか、太極拳までできるようになったのは武川さんのおかげだ、俺にとっては神様仏様武川様だとおっしゃって、柏手《かしわで》を打って、会社を拝んでもいました」

「調子いいこと」武川はクスクス笑った。「義足をつくる段階になって、リハビリテーション病院を訪ねたとき、初対面の私に板垣さん、こう言ったのよ。生まれつき両足が不自由で、歩いたことがないヤツが、義足をつくれるもんかって」

「ヒドいですね」

　臨床実習の初日から、作業場を縦横無尽に動き回り、つぎからつぎへと義肢装具をつくっていく武川を目《ま》の当たりにしていたので、そんなふうに考えたことは一度もなかった。

「板垣さんだけに限らないわ。これまでも似たようなことはいくらでも言われてきたもの。いちいち腹を立てていたら身が持たないし、仕事にもならない。でもね、そのときに板垣さん、ふつうの義肢装具士に変えてくれって、私の目の前で医師に言ったのよ。さすがにカチンときてね。なまじふつうの義肢装具士よりも、ずっと腕がイイと私は自負しておりますって言ってやったの」

「見た目でひとを判断しないでください、片足を失ったあなたも、世間にでたらおなじ目にあうから覚悟しておいたほうがいいですよとも言っていたでしょう」

　岡田が言った。すでに友々丼を食べおえ、空になった容器を袋に入れていた。

「あれは言い過ぎたと、いまでも反省しているわ。あの一言で、板垣さん、しょぼんとしちゃったもんね」

「岡田さんもその場にいたんですか」

「いたさ。武川さんは口が達者で相手を怒らすことがあるんでね。ぼくがフォローしなきゃならないんだ」

「あら、失礼しちゃうわ。口が達者なのは認めるけど、自分から喧嘩《けんか》をふっかけたりしないわ。私が言ったことで相手が怒ったら、同等の怒りで対応するけど」

「この調子だからね」岡田はさえ子に顔をむけ、苦笑いを浮かべた。「医者も理学療法士も、たいがいはやりこめられちゃう」

「人聞きの悪い言い方はよして」武川は涼しい顔で言う。「私の正論にみんなが納得するってだけでしょ」


その日、百々目義肢装具製作所を六時にあがった。コンビニに立ち寄り、マンスリーマンションに帰ってきて、部屋着に着替え、今日の実習内容を綴《つづ》るために、ノートパソコンを開いた途端、スマホが震えだした。

電話の着信だ。

真純と戸樫とはLINEでやりとりしているので、電話番号は教えていない。百々目義肢装具製作所のひと達にもだ。実家だったら面倒だなと思いつつ、画面を見たところ、予想外の名前がそこにはあった。

〈篠崎副部長〉

そういえばココスペースのひと達の大半は、さえ子のスマホの番号を知っていた。だが退職してからかけてきたのは、篠崎がはじめてだ。

なんだろ、いったい。

「もしもし」

「お、繋《つな》がった」篠崎の声にちがいなかった。「二階堂だよな」

「はい、そうですが」

「元気だったか」

「ええ」私が元気かどうか、たしかめるために電話をかけてきたわけではあるまい。

「なにか御用でしょうか」

「五月に井の頭線であったとき、〈Come sta, Tokyo?〉の話をしたの、覚えているか」

「それはまあ」

さえ子の返事は歯切れが悪くなった。篠崎から〈Come sta, Tokyo?〉の白井良美が自分を心配していると聞き、近いうちに顔をだそうと思いながら、気づけば三ヶ月近くが経《た》っていたからだ。そのことを言われるのかと思いきや、そうではなかった。

「友々家の社長を連れていったら、いたく気に入ってもらったって話は？」

「覚えています。そしたら社長さんが、ウチでもこういう店がつくりたいと言っていたんですよね」

「それが実現しそうなんだ」

「ほんとですか」

「井の頭線でもおんなじことを言ったな。いや、会社にいた頃からそうだった。そんなに俺のことが信じられないか」

はい、と危うく言いかけ、その言葉をさえ子はごくりと飲みこんだ。

「どうしてなんの関係もない私に、友々家の話を連絡してきたんです?」

「関係ないことないだろ。あそこはきみが手がけた店なんだからさ」

「でもココスペースの社員でもありませんし」

自分の口ぶりが、自然と嫌味ったらしくなっているのに、さえ子は気づいた。

「それがさ。バリアフリーの店のことで、友々家の社長が、きみに会って話を聞きたいって言っているんだ」

「私に会っても意味ないでしょう。とくにお話しすることもありませんし」

「意地の悪いこと言うなよ」べつにそんなつもりはない。さえ子としては本心を言ったまでだ。「社長さんは、俺といったあとも何度か社員を引き連れて〈Come sta,

Tokyo?〉に足を運んでてね。その度に店の女主人と話すなかで、幾度となく、きみの名前がでてきたそうだ。二階堂さんにはとてもお世話になった、この部分は二階堂さんのアイデアだ、ここも二階堂さんが考えてくれた、二階堂さんがいなければこの店はできていなかった、二階堂さんにはどれだけ感謝しても感謝しきれない、二階堂さんがココスペースをやめたという話を聞いたときは残念でならなかったって具合にね」篠崎が内心どう思っているかさだかではない。だがなんとなく不服そうに聞こえなくもなかった。「それでまあ、友々家の社長はきみに興味を持ったというわけさ。どうだろ、盆明けにでも会ってくれないか」

「無理ですよ。いま私、東京にいませんもん」

「そっか。ハネムーンか」

「なに言ってるんですか」篠崎のつまらない冗談にムッとしながら、さえ子は答えた。「専門学校の臨床実習で、北陸のほうにある義肢装具の会社にいるんです。東京に戻るのは九月です」

「そんなに長いこと、なにしてるんだ？」

「会社のひとといっしょに働いているんですよ」

「大変だな、そりゃあ」

「大変なんですよ」さえ子は思わず力んで言ってしまう。

「でもよく旦那《だんな》さんが許してくれたな。まだ新婚だろ」

「ふざけるのもたいがいにしてください」そうは言ったものの、篠崎の口ぶりはふざけているとは思えなかった。「私、結婚なんかしてません」

「だって厨房《ちゅうぼう》機器の会社のカレシが結婚したって」

「光太郎が結婚したんですか」

「このあいだ現場で会って、薬指に指輪していたんで、訊《き》いたら七夕の日に籍を入れたって。俺はてっきり二階堂と」

「彼とは去年のクリスマス前に別れました」

「だったらアイツはだれと結婚したんだ？」

「知りませんっ」さえ子は我慢しきれず、声を荒らげてしまった。

「す、すまん。とんでもない勘違いをしてたようだ。友々家の社長の件はまた連絡する。ほんとに悪かった。許してくれ。それじゃあな」

負けるものか、負けるものか、負けるものか。

さえ子はヤスリを黙々と動かしつづけた。マサムネくんの足裏の形状を探ったトリッシャムに石膏《せっこう》を流しこみ、固まった型を削っているところだ。ちょうど手におさまる程度の小さな足だった。

フットプリンターで採取した足型を参考にしながら削っていき、場所によっては石膏を盛った。ただし足のカタチどおりにつくるだけでは駄目で、足のアーチや傾きを支える機能を持たせなければならない。岡田にそう言われたものの、そのとおりできているのか、正直、自信がなかった。するとふと、真純が言った言葉を思いだした。

神様には負けられないッス。

そしていつの間にか、負けるものかと胸の内で繰り返していた。

世間一般は盆休みだ。ところが百々目義肢装具製作所はちがった。取引先の病院や公共施設はほとんど休みで、営業にでむく必要はない。しかしそういう取引先に限って、お盆明けに装具を持ってきてほしいとの要望が多いため、こうしてお盆に働かざるを得なかった。

さえ子はもうじきでかける。それも仕事のうちだった。岡田が話していたウェブマガジンの取材に同行するのだ。

岡田は猫跨駅に到着した〈東京の記者さん〉を迎えに、社用車ででていった。まずは人力車の鶴屋に寄って、車夫姿で人力車をひく長宗我部を写真に収めてくるそうだ。

それから一度会社に戻って、武川とさえ子をピックアップして、長宗我部がトレーナーを務める富田林ボクシングジムへむかう。長宗我部自身は自分の車で移動するらしい。

負けるものか、負けるものか、負けるものか。

五日前の夜、篠崎からの電話のあと、さえ子はココスペースで親しかった同僚数人に電話をかけた。光太郎がだれと結婚したのかを調べるためだ。知ったからといって、どうするわけでもない。でもどうしても知りたかった。昨年の十二月に別れて、たった七ヶ月後にべつのだれかと結婚するなんて、納得がいかなかったのである。もしかしたら、自分と同棲《どうせい》しているあいだに、その女性と二股をかけていたかもしれない。そう考えると、いてもたってもいられなかった。

電話をかけた最初のふたりは、光太郎が結婚した事実も知らなかった。三人目は知ってはいたものの、篠崎とおなじく、相手はさえ子だと思っていた。四人目もそうだった。しばらく考えた末に、さえ子は思い切って、ココスペースの社長、大屋《おおや》時枝《ときえ》に電話をかけた。十八歳で入社してから四十代で総務部統括室室長、五十代で総務部長と事務方一筋だった女性だ。さえ子が入社してすぐに前社長が体調を崩し、その座を退く際、後任として彼女を指名した。ココスペースの生き字引と呼ばれ、どこから仕入れてくるのか、取引先の内部事情についても詳しかった。いわゆる地獄耳で、もしかしたら光太郎のことも知っているかもと思ったのである。

ビンゴだった。

大屋社長は光太郎の披露宴に出席しないまでも、ココスペースの社長として祝電を送っていた。さえ子からの電話を待っていたかのように、彼女は光太郎の相手についてすらすら答えた。社内のおなじ部署の後輩で、去年入社した大卒の子だという。なんなら調べてあげましょうかと言われたものの、さえ子は丁重に断った。ただしさすがの大屋社長もいつからつきあっていたのかまでは知らなかった。

光太郎に未練など一ミリもない。だが悔しくて腹立たしいのはたしかだった。

負けるものか、負けるものか、負けるものか。

ばしゃりっ。

間近でカメラのシャッター音が聞こえた。何事かと手を休めて顔をあげると、穂高と目が合った。構えた一眼レフのレンズはさえ子にむけられている。

「え？」

どうしてここに穂高さんが？　これは夢か。そんなはずはない。まぎれもない現実だった。

「申し訳ない。驚かしちゃった？」

「いえ、あの、はい」

「撮りますって断ったほうがよかったね。でもひたむきに作業をするあなたが、あまりにいい表情だったものだから、ついシャッターを押しちゃったんだ。申し訳ない」

別れた男について腹を立てながら、マサムネくんの足型をヤスリで削っていたのだ。ひたむきとは言い難い。

いや、そんなことより、どうしてここにいるのか、さえ子が訊《たず》ねようとしたときだ。

「どんなふうに撮れたの？　私に見せてちょうだいな」

武川が話しかけてきたので、穂高は腰を屈め、車椅子《くるまいす》に座る彼女に一眼レフのモニターを見せた。

「ちょっとやだぁ。これ、ほんとに二階堂さん？　なんか加工してない？」

「そんなはずないでしょ」岡田が口を挟んできた。「いま撮ったばかりで、加工なんかできませんって」

「でもほら、ごらんなさいな。信じられないくらい美人に撮れているから」

そう言われ、岡田も一眼レフのモニターを覗《のぞ》きこむ。そして間髪容《い》れずに「ほんとだ」と言った。

「でしょう？」

「記者さんなのに、カメラもおじょうずなんですね」

「じつはぼく、カメラが本職でして」岡田に言われ、穂高が答えた。「でもこれは被写体がいいからこそですよ」

記者さんと聞いて、さえ子はようやく気づいた。

「今日の取材って穂高さんが？」

「なんで二階堂さん、このひとの名前を知っているの？」岡田が不思議そうに言う。

「そのへんの話は車ん中で訊きましょ」そう言ったのは武川だ。「二階堂さんはスーツに着替えてきなさい」

「あ、はい」

「駄目だ駄目だぁ。どうした、伸っ。もっとガツンとこんかい、おらぁ」

男性の野太い声に、自分が怒られたわけでもないのに、さえ子はびくりと身体を震わせてしまった。

「そんなもんじゃないだろ、おまえのパンチはよぉ。本気だせ、本気を」

声の主は五十絡《がら》みのオジサンで、このジムのオーナー、富田林だ。彼が両手に塡《は》めたミットにむけて、長宗我部がパンチを放つ。パンパンパンパンパンパァンとミットの音が聞こえてくる。目の当たりにしていながらも、何発パンチを打ったのか、さえ子にはまるでわからなかった。それだけ速かったのだ。

四時半過ぎに百々目義肢装具製作所をでた。岡田と外回りにいくときのとはちがう、武川が車椅子のまま乗車できる社用車で、富田林ボクシングジムにむかった。その道中で穂高がシブイクに製作実習のモデルとして訪れた話をすると、武川と岡田は予想以上に驚いた。というのも穂高はそれまで、自分が義足だと話しておらず、ふたりともまるで気づいていなかったのである。

カラオケボックスにパチンコ屋、レンタルビデオ屋、ファミリーレストラン、ファーストフード、タイヤショップ、紳士服量販店などが密集した国道沿いの一角に、富田林ボクシングジムはあった。もとはコンビニだったという二階建ての建物の中に入ると、オーナーの富田林が待ち構えていた。そして練習生をコーチしていた長宗我部を呼びつけると、挨拶《あいさつ》もそこそこに、いきなりこう切りだした。

折角なんで、伸のパンチを見てもらいましょうか。

こちらの返事を聞くこともなく、長宗我部がグローブ、富田林がミットを塡めて、リングにあがった。まずは三分間、ミット打ちをおこない、これでおわりかと思いきや、一分間の休憩を挟み、ふたたびはじまってしまった。いまがその真っ最中なのだ。

「まだまだパワーだせるだろう」

富田林の野太い声がするなり、ふたたびミットの音がした。これまた何発打ったか、見当もつかなかった。しかし驚くべきはパンチの速さだけではない。富田林がリングの上を動き回るのを、長宗我部はいともたやすく追っていくことができるのだ。左の下腿《かたい》義足をむきだしにしているにもかかわらず、彼が義足だとはとても信じられない。

そんな長宗我部に、穂高は一眼レフをむけていた。リングのまわりをあちこち移動し、何度となくシャッターを切っている。彼もまた下腿義足とは思えない軽やかな動きだった。

ジムには練習生が数人いて、それぞれトレーニング中だったのが、いつしかリングの上の長宗我部をじっと見つめていた。武川もそうだ。岡田は自らのスマホをむけていた。動画で撮影しているにちがいない。

ボクシングなんて一度も見たことがないさえ子も、長宗我部から目が離せなくなった。岡田の言うとおり、イケメンではある。ただし人力車を引く彼は親しげで爽《さわ》やかな笑顔だったが、いまはちがう。えらく険しい顔つきで、とくに目つきが鋭く、怖いくらいだ。殺気立っていると言ってもいい。

グローブを塡める前にTシャツを脱ぎ、上半身は裸だった。無駄な脂肪がなく、小柄でスリムでありながら、胸板や二の腕、腹筋、太腿《ふともも》といった肝心な場所には、しっかりと筋肉がついている。

さえ子の視線は顔から身体、そして足にむけられていった。ボクシングジムでトレーナーをするために、滑らかな動きが可能な足部を使った義足をつくってあげたと、岡田から聞いてはいた。しかしここまで敏捷《びんしょう》に動けるのは、長宗我部本人の努力の賜《たま》物《もの》にちがいない。

「超超超っ長宗我部っ、超超超超っ長宗我部っ」

突然、隣にいた武川が叫んだ。モーニング娘。の『恋愛レボリューション21』のサビのもじりだ。連呼する武川とともに周囲のひと達も声をあげはじめた。

「超超超っ長宗我部っ、超超超超っ長宗我部っ」

「超超超っ長宗我部っ、超超超超っ長宗我部っ」

この声援が功を奏したのか、さえ子のような素人目《しろうとめ》にも、長宗我部のパンチ力が増していくのがわかった。

「まだまだぁ」

富田林がさらに怒鳴る。ただしいままでより迫力がなく、息も上がっていた。いまや彼のほうが押され気味で、怒鳴ったのは強がりのようにさえ見えた。

タイマーのブザーが鳴り響く。だれもが手を叩《たた》いている。さえ子もだ。

「長宗我部くん、サイコーッ」

両手を口に当て、武川が叫んだ。その目にはうっすらと涙が浮かんでいる。長宗我部は気恥ずかしそうに両手をあげ、声援に応《こた》えた。拍手がさらに大きくなる。

「あ、あと一本っ」

パンパンとミットを鳴らしながら言ったものの、富田林はぜいぜいと肩で息をしている。すっかりスタミナが切れているようにしか見えない。

「今日はこのへんにしておきましょうよ、オーナー。東京から記者さんもきてますし、武川さんや岡田さんをこれ以上、待たせるのも申し訳ないですって」

「そ、そっか。そうだな。うん。おまえの言うとおりかもしれん」

そこでまたブザーが鳴り、練習生達は我に返ったかのように、それぞれのトレーニングをはじめた。

「驚いちゃったわ、私。だって現役の頃となんの遜色《そんしょく》もないパンチだったんだもの。もしかしたらスピードもパワーも増しているかもしれないわ。ほんと凄《すご》かった」

こんなにはしゃいだ武川は見たことがない。まるで好きなアイドルに偶然、出会《でくわ》した十代の女の子みたいだ。実際についさきほど、さえ子にスマホを渡し、リングをおりたばかりの長宗我部とのツーショットを撮らせたのだが、それはもう満面の笑みだった。

長宗我部の取材は一階の事務室でおこなうことになった。部屋の隅に、ふたり掛けの応接用ソファがむかい合せに置いてあり、片方に長宗我部と岡田、もう片方に穂高とさえ子、車椅子の武川はいわゆるお誕生日席の位置に陣取った。

「ありがとうございます」

長宗我部が頭を下げる。リングの上ではあれだけ殺気立っていたのに、いまは穏やかな表情だ。やはり実年齢よりも五、六歳は下に見える。黒のTシャツを着て、ソファの前のほうにちょこんと座る姿が、さらにそう思わせた。

「思わず長宗我部コールを叫んじゃったもんなぁ」

武川がなおも言う。

「ひさしぶりにあのコールが聞けて、うれしかったです」

「ほんとに？　もしかしたら邪魔しちゃったかと思っていたのよ」

「そんなことないですよ。おかげで身体《からだ》の内側からパワーが湧《わ》いてきました。ありがとうございます」

「だったらよかったわぁ」

「武川さんは、長宗我部さんの試合をよくご覧になっていたんですか」

「プロデビューから毎試合、東京の会場まで見にいってたんです」穂高の問いに、興奮冷めやらぬまま、武川は答えた。「もともと格闘技全般が好きで、地元の子がプロボクサーになったとあれば、それはもう応援しなくちゃいけないと思って、長宗我部くんの後援会にも入りましてね。応援のために猫跨市から東京まで最初はマイクロバス一台だったのが、王座決定戦のときなんか、大型バス二十台でしたよ。長宗我部くんの顔をプリントしたウチワを二千枚つくって、自分達ばかりか、会場のひと達にも配ったりして。懐《なつ》かしいわぁ。あれから三年以上が経つなんてねぇ」

「すみません」長宗我部は深々と頭を下げた。「みなさんが応援してくださったのに、自分の不注意で片足を失うことになってしまって、申し訳なく思っています」

「なに謝っているのよ。長宗我部くんが悪いわけじゃないのに」

「長宗我部さんのファンだから、武川さんが彼の義足をつくることに？」

「いえいえ、そんな」穂高が訊くと、武川は首を横に振った。「病院からの依頼で偶々《たまたま》です」

「俺の担当医が推薦してくれたんです。百々目義肢装具製作所ならば間違いないって。でもはじめて会ったときには驚きました。いつも応援にきてくれていた車椅子の女性が、義肢装具士だなんて思いも寄らなかったんで」

「私もこんなカタチで長宗我部くんの役に立てる日がくるとは思っていなかったわ」

そう言いながら武川の表情が少し陰るのを、さえ子は見逃さなかった。応援していた長宗我部の力になれるのはうれしいだろう。だがその反面、足を失った彼の気持ちを思えば、よろこんでばかりはいられなかったにちがいない。

「つくってくれた義足をはじめて履いたときの驚きはいまでも忘れません。だって、ないはずの左足の裏に地面を感じたんですよ。あれにはマジでびっくりした」

「いま装着している義足はボクシング用ですか」

「ええ」

「面倒でなければ、靴を脱いで足部を見せていただけますか」

「かまいませんよ」

長宗我部は靴を脱いだ。足の形を模した足部でもなければ、スポーツ用の板バネともちがう。見た目はその中間だ。ソケットに繋いだパイプが、足裏を象《かたど》った平べったい板の踵《かかと》に付いている。そのパイプの足首のあたりから足裏の板の爪先《つまさき》にかけて、健常者の足ならば足の甲の役割をする、滑らかな板が曲線を描いて取り付けられていた。

「これも武川さんと相談のうえで決めました。ないはずの足の裏に地面を感じたって、さっきは言いましたけど、この足部は自分にアキレス腱《けん》があるんじゃないかって思えるくらいです。前後だけじゃなくて、左右の動きにも安定感があって」

「ボクシングに適しているわけですね」

「そうです」

「ラッキーだな」

穂高がつぶやくのが聞こえた。胸中の思いが、うっかり洩《も》れたような口ぶりに、みんなの視線が彼に集まる。

「いや、あの、すみません」

「穂高さんも義足ですよね」

長宗我部が言った。穂高は彼にも伝えていなかったらしい。

「あ、はい。隠すつもりはなかったんですが、長宗我部さんとは反対の右足が下腿義足でして」

「どうしてわかったの？」不思議そうに武川が訊ねた。

「穂高さんの腰にあるキーチェーンに六角レンチが付いているんで、そうじゃないかと」

「これですね」

長宗我部に指摘されると穂高はそのチェーンを腰から外し、みんなが見える高さに掲げた。たしかに鍵《かぎ》にまじって六角レンチがあった。

「ほんとだ」さえ子はつい口にだしてしまった。「学校で何度もお会いしてたのに、いままでそれに気づきませんでした」

「授業中は外していましたからね」穂高はフォローするように言いながら、キーチェーンを腰に戻した。

「ラッキーだなとおっしゃったのは義足のことですか」

「ええ。でもぼく個人の話なので」

「かまいません。よろしければお聞かせください」

長宗我部に重ねて言われたうえに、真正面から見据えられ、穂高は観念したらしい。

「ラッキーと言ったのは、長宗我部さんが最初から腕がいい義肢装具士に出逢《であ》えたことです」

「あら、私のことかしら？」

武川が胸に手を当て、茶目っ気たっぷりに言った。

「そのとおりです」穂高が答えた。笑ってはいるが、目は真剣だった。「ぼくは二十歳のときに足を失って、義足を使うことになったのですが、どうにも履き心地というか塡め心地がよくなくて、歩くことはできても、常にどこかしらが痛くてたまらなかったんですよ。そのうち自分でも義足について勉強したうえで、ネットで情報を集めて、満足できる義足をつくってくれる義肢装具士に辿《たど》り着くまでに五年以上かかったものですから」

「五年は長いですね」長宗我部がしんみりと言う。

「長かったです」穂高は溜息《ためいき》混じりに言った。「足を失ったときはもちろんショックでしたが、その五年は辛《つら》くて精神的なダメージを受けました。どうして自分だけがこんな目にあわなければならないのだと、世の中すべてのことが恨めしく、身近で大切なひとに不満をぶつけ、自ら縁を切ってしまったこともありました。いまだに後悔しています」

さえ子は〈身近で大切なひと〉が引っかかった。だがいまここで訊くわけにもいかない。

しばらく沈黙が流れたものの、壁一枚隔てたジムからブザーの音が聞こえると、それが合図のように、長宗我部が口を開いた。

「たしかに俺はラッキーでした。義足のことだけじゃありません。ボクシングを引退せざるを得なくなったあと、大勢のひとが励ましてくれました。なにせ猫跨市に帰ってきたとき、ホテルの会場を借りて、長宗我部伸を励ます会なんていうのまで開いてくれましたからね。少なくとも、ひとりで思い悩まずにすみました。富田林さんは俺をトレーナーとして雇ってくれて、それだけじゃ稼ぎが足りないと思っていたら、人力車の会社で社員として働くこともできていますし」

「車夫になった経緯を教えていただけますか」

「コネですよ、コネ」長宗我部は笑った。その愛らしい笑顔が、よりいっそう彼を幼く見せた。「あの会社の社長が俺の高校の後輩でしてね。屋号の〈鸛屋〉の鸛は高校の名前から取ったんです」

「後輩って、長宗我部さんは二十五歳ですよね。それより年下となると」

「二年後輩の二十三歳です。浅間《あさま》という、もともと高校で人力車部の部員だった男で」

「高校に人力車部なんてあるんですか」と穂高。

「猫跨市では有名なんですよ、鸛高の人力車部」武川が口を挟む。「百々目神社で結婚式を挙げるときに人力車部の部員が新郎新婦を人力車に乗せて、街中を走るんです。

他にも市のイベントや海水浴場への送迎なんかもやってて」

「高校時代の活動を活《い》かして、浅間は人力車の会社をつくったんです。大学在学中に起業の準備を進めて、四年のときに設立して、今年の春に卒業したあと、本格的に始動して」

「その後輩に誘われて車夫になった？」

「車夫募集のポスターを貼《は》ってほしいって、今年のアタマに浅間がこのジムを訪れましてね。富田林さんが不在だったので俺が応対して、高校の後輩で人力車部の部員だとすぐに気づきました。元日本チャンピオンが車夫ならば注目度がアップします、ぜひよろしくお願いしますと浅間に言われて、その場で採用になったんです」

「言い方はなんだけど、いまや長宗我部くんは鷭屋の広告塔だもんね」そう言ってから、武川は穂高のほうをむいて訊ねた。「先月のご覧になりました？　長宗我部くんがＮＨＫの夕方のニュースで紹介されたの」

「ええ。それがきっかけで、こうして取材にきたんです。猫跨市の観光ＰＲ動画にも出演なさっていましたよね。人力車に市のキャラクターを乗せて、走っていらっしゃった」

「浅間の親父《おやじ》さんが、役所の観光課なんです。それでまあ、でることになって」

「人力車をひくときは、板バネの義足をお使いになっていますよね」

「車夫をやると決まってから、武川さんに相談して、あれこれ試してみて、ここはひとつスポーツ用の義足でいこうってことになったんです」

「義足のマラソンランナーが使用している板バネなんですよ」と武川が言い添えた。

「どうして板バネにこだわったんです？」穂高がつづけて訊ねる。

「こだわりだなんて大仰なことはありません。武川さんがおっしゃったとおり、俺は鶺屋の広告塔ですからね。あの車夫さん義足だわって、観光客がすぐに気づいたほうがいい、ならば板バネのほうがよりいっそう目を引くと思ったんです」そこまで言ってから、長宗我部は照れた表情になった。「ただ単に俺が目立ちたがり屋というのもあります」

「だけど長宗我部くん、どちらもじゅうぶん効果を発揮して、その証拠に鶺屋は繁盛《はんじょう》しているじゃないか」岡田が励ますように言った。「秋には人力車を二台増やすって聞いたぜ」

「それは浅間の元からの計画です。ああ見えて、人使いが荒いんだ、アイツ。二年先輩で元日本王者で下腿義足の俺でも、他の車夫とおなじようにコキ使うんだから、イヤんなっちゃう」

口ではそう言いながらも、長宗我部は少しも嫌そうではなく、それどころかうれしそうに笑っている。

「でもスポーツ用の義肢装具となると、公的制度を利用できずに全額自己負担でしょう？」

「百々目義肢さんにはだいぶ勉強していただきました。車夫用の板バネのほうは浅間に頼んで会社からもだしてもらって、あとは親に借金して、毎月少しずつ返済中です」

インタビューに答えているうちに、長宗我部は次第に口調がくずれ、ざっくばらんにしゃべるようになった。それだけ穂高に気を許したのだろう。義足のことだけではなく、車夫の苦労話や失敗談を披露し、インタビューというより気のあう友達同士か仲のいい兄弟の会話みたいだった。

「最後の質問です。今後、挑戦したいことはなにかありますか」

「挑戦かぁ。いまのところは目の前のことをこなしていくだけで精一杯だからなぁ」

長宗我部は両手を頭のうしろにつけ、両腕で頭を挟みこむと、宙を見つめてしばらく考えこんだ。そのあいだ、ジムから練習生がトレーニングをするさまざまな音が聞こえてきた。「しっかりせんかぁい」と富田林の声もする。

「やっぱ、ボクシングかな。許されるものなら、もう一度、世界王座を目指して戦いたいんですけどね。現状では叶《かな》いそうにもありませんし」

「そんな」さえ子は思わず言ってしまった。長宗我部があまりに憂《うれ》いに満ちた哀《かな》しげな表情だったからだ。「私はあの、ボクシングのことって、全然わからないんですけど、それでもさっきリングの上で繰りだしていたパンチは圧巻でした。武川さんも言ってたじゃないですか。現役の頃となんの遜色もないパンチだった、スピードもパワーも増しているかもって。ぜったい復帰して戦って」

そこでさえ子は言葉を切った。長宗我部がよりいっそう顔を暗くしていたからだ。しかも武川と岡田がえらい形相で、さえ子を睨《にら》んでもいる。どうやら自分はとんでもない失態を犯したらしい。でもそれがなにかがわからない。長宗我部を励まして、なにが悪いというのだろう。

「二階堂さん」穂高が口を開いた。彼もまた眉間《みけん》に皺《しわ》を寄せていた。「ご存じないのなら仕方ありませんが」

「な、なんでしょう?」

「日本では義足ユーザーはプロボクサーになれないんですよ。そういう規定なんです」

9

「ほんとにさきほどは申し訳ありませんでした」

さえ子は額がテーブルの上につくくらいに、頭をさげた。

「車ん中でも散々、謝ったじゃない。何度謝れば気が済むの。頭あげなさいな」と武川の声がする。

「そうだよ、二階堂さん。長宗我部くんだって怒っていなかっただろ」岡田の言うとおり怒ってはいなかった。しかし別れ際《ぎわ》まで暗い顔のままだった。「きみがボクシングに興味がないとわかっていたんだから、ぼくもきちんと説明しておくべきだった」

「いえ、そんな。勉強不足の私がいけなかったんです。すみませんでした」

「念のために言っておくけど、パラリンピックもボクシングはないからね」

「あ、はい」武川に言われ、さえ子は慌《あわ》てて頷《うなず》いた。

「義足でもプロボクサーになった日本人はいるんです」そう言ったのは穂高だった。

「アマチュアの大会で実績があって、プロに転向しようとしたものの、やはり国内では認められず、フィリピンでプロデビューを果たしました」

「長宗我部さんも、その線でいけば、プロとして復帰できる可能性がなくはないんでしょうか」

だれにともなく、さえ子は訊ねた。

「富田林さんとは、そのへんの話をしているらしいけどね」と武川。「実現するかどうかは本人次第じゃないかしら」

「まだ二十五歳だからなぁ」そう言いながら、岡田が溜息をついた。「あれだけのパンチが放てるのに、地方のジムのトレーナーで人生おわらせちゃあ、もったいないよ。だからって、ぼくらにはなんにもできないんだが」

「そんなことありませんよ」穂高が少しムキになった口ぶりで言った。「長宗我部くんのあれだけの動きを可能にしているのは、百々目義肢装具製作所さんがおつくりになった義足のおかげでしょう。だからこそいまでも彼はボクシングをあきらめずにがんばっている。素晴らしいことですよ」

「そう言っていただけると、義肢装具士冥利《みょうり》につきます。あ、でも彼の義足をつくったのは武川さんですけどね。あくまでもぼくは手伝いをしただけで。はは」

富田林ボクシングジムをでたあとだ。そのまま穂高を猫跨駅へ送る予定だったが、武川が彼を夕食に誘った。

変わった店があるんですよ。記事のネタになると思いますので、よろしければぜひ。

穂高は県庁所在地までで、そこから深夜バスに乗って、東京に帰るという。だとしたら猫跨駅に午後十時前後にいけばじゅうぶん間に合った。

そして訪れたのが、いまいる居酒屋だ。猫跨駅前の繁華街から少し外れたところにあり、外観はモダンなつくりだが、入口には暖簾《のれん》がかかっていた。公道と店舗の段差には簡易スロープがあって、自動ドアは幅が広く、車椅子の武川でもストレスなく入ることができた。店内はカウンターが八席、テーブルが四卓で十六席と、さほど広くはないが、どの席も車椅子のままで入ることができる余裕があった。バリアフリーのつくりであることは間違いない。武川以外にも車椅子の客が三、四人いた。

席についてから武川と穂高はビールを、車の運転もあるが、もとから呑《の》めない岡田はジンジャーエールを頼んだ。さえ子も冷たいビールで喉《のど》を湿らせたいところだったが、長宗我部に対する失言があったので、ノンアルコールビールで我慢した。そして乾杯をしてから、その件について詫《わ》びたのだ。

「今回、取材にきたのは、ＮＨＫの放送で長宗我部さんを見たからというのもありますけどね。彼の義足をつくった百々目義肢装具製作所は優秀でユニークな人材が多いから取材すべきだと言われたものですから」

「だれにです？」と岡田。

「ぼくの義足をつくった義肢装具士です」

「五年かけて辿り着いた？」今度は武川だ。

「そうです。世田谷区の用賀にあるハジメ義肢工房のハジメさんって方で」

「元って書いてハジメの。ですよね」さらに武川がたしかめるように言う。

「そうです。ハジメさんをご存じですか」

「この業界は狭いでしょ。腕のいい義肢装具士の名前はすぐに知れ渡るんです。それに知り合いの義肢装具士と組んで、『義肢装具について学ぼう』っていうイベントを学校や地域で定期的に開いているのも有名ですし」

「それ、五月にぼくもいきました」穂高は祖師ヶ谷大蔵の中学校での課外授業について簡単に説明をした。自分が写真館の息子で、その中学の行事写真を請け負っていることもだ。さらには「二階堂さんも学校の友達と参加したんです」とも言った。

「あなたもハジメさんと知り合いってこと？」

武川が言った。なんでいままで内緒にしていたのかと言わんばかりの迫力に、気圧《けお》されながらもさえ子は答えた。

「あ、はい。ハジメさんのとこでバイトをしている学校の友達に、課外授業の手伝いをしないかと誘われたんです。そのあと私ともうひとりべつの友達で、週に二回くらい、ハジメさんの作業場の片隅を借りて、義肢装具をつくる練習もさせてもらっています」

「それはイイことだわ。技術の向上は練習を重ねるのがいちばんだけど、学校では一通り学ぶだけでおわってしまうことが多いもの。結局は義肢装具士の資格を取って、会社に入ってから場数を踏むしかなくてさ。私もずいぶん苦労して、最初の二年くらいは失敗の連続で、給料をもらうのが申し訳なかったくらい」

「武川さんは二年ですか。ぼくなんか五年くらいはそう思っていましたよ」岡田が苦笑まじりで言う。

「そう言えば」と穂高はさえ子に視線をむけた。「このあいだハジメさんに聞いて驚いたんだけど、バイトをしている彼が、高校生のとき母親のために3Dプリンターで電動義手をつくったんでしょう？」

そうですと答えようとしたところだ。

「それって、このあいだ話にでた戸樫くんのこと？」岡田が被《かぶ》せるように訊ねてきた。

「お母さんが渋谷で芸者をしているという」

「はい」

「その子がつくった義手を塡めて、芸者のお母さんが踊っている動画って、まだ見せてもらってなかったね」

「いまご覧になりますか」

「ちょっと待って」と武川がストップをかけた。「３Ｄプリンターの義手とか、渋谷の芸者とか、踊っている動画とか情報量が一気に増えたせいで、話が見えなくなっちゃったわ。わかるように説明してちょうだい」

そこでさえ子が戸樫について、順序立てて説明してから、スマホを取りだし、はち仔さんの動画をみんなに見てもらうことにした。

「思った以上に動くんだなぁ、この義手。これを高校生がつくったとはね。いやぁ、もっと勉強してがんばらなくちゃいけないなぁ」

岡田は画面を見ながら、少し興奮気味に言った。

「えらくキレイなお母さんねぇ。おいくつなのかしら」

「四十三歳だそうです」

「やだ、私よりも年上ってこと？　信じられない。っていうか、なんで渋谷に芸者がいるの？」

「渋谷の円山町周辺には、大正から昭和にかけて四百人もの芸者がいたそうです」とさえ子は答えた。はち仔さんから聞いた受け売りである。「いまでは置屋もありませんし、ほんの数える程度になってしまいましたけど」

「いいなぁ。私、スポーツ観戦は好きだけど、やりたい気には全然ならないの。でもこんなふうに踊れたらいいなって思うのよ。羨《うらや》ましくなっちゃう」

武川は羨ましいというよりも少し悔しそうな顔で、はち仔さんの踊りを眺めていた。彼女にしては珍しい発言だ。自分の身体に関して愚痴るようなことは、少なくともさえ子は一度も聞いたことがなく、とても意外だった。お酒のせいかもしれない。まだビールを二杯程度だが、その頬はすでに赤く染まっていた。

「お待たせしましたぁ」

店のひとが料理を運んできた。上品で見栄《みば》えのいい皿に、彩《いろど》り豊かで華やかな料理がキレイに盛りつけられている。

「超バエるでしょ、これ。あ、まだ箸《はし》をつけないでちょうだい。インスタにアップするんだから」

そう言いながら、武川はスマホを構えた。百々目義肢装具製作所のインスタグラムは彼女が担当なのだ。

「長宗我部くんとのツーショットもアップしておかなくちゃ」

「もう食べていいんですか」

写真を撮りおえ、スマホをいじくっている武川に、岡田が訊ねた。

「どうぞ。でもまずは穂高さんに食べていただきたいわ」

「では遠慮なく」穂高は刺身を箸で取る。

「上に乗っかっている茶色いのは、ジュレ状にした醤油《しょうゆ》なんで、そのまま食べてくださいな」

武川に言われたとおり、穂高は刺身を口に入れたが、すぐさま妙な顔つきになった。

「お口にあいません？」

武川が訊ねた。イタズラが成功した子どものように、ニヤついている。

「いえ、おいしいです。おいしいけど、刺身だと思ったらたたきだったものですから」

「たたいた刺身をもとのカタチに成形したんですよ」と武川。

なんでわざわざそんなことを、とさえ子は思ったものの、穂高はなにやら気づいたらしい。はっとした表情になってから、武川のほうを見た。

「これってもしかしてエンゲチョーセーショクですか」

「よくご存じで」武川が感心した口ぶりで言う。

「なんですか、それって」聞き慣れない言葉に、さえ子は思わず訊ねる。

「飲みこんだり、嚙《か》み砕いたりするのがままならないひとでも食べられるように調理した料理のことですよ」

そう言ってから穂高は「こう書きます」と取材で使っていたメモ帳に〈嚥下《えんげ》調整食〉と書いて、さえ子に見せてくれた。

「この刺身だけじゃないわ、他のもみんなそう」穂高を引き継ぐように、武川が説明をはじめた。「切り方や大きさだけでなく、柔らかく調理したり、すりつぶしてペースト状にしたりしているの。食材の持ち味を保ちつつ、なおかつ見た目も食欲を誘うように心がけながらね。もちろんここではふつうの食事も提供していて、それと見た目がほとんど変わらない食事を家族や友人とともに楽しめるってわけ。この店は創業五十年以上なんだけどね。一昨年、バリアフリー仕様にリニューアルするからと、二代目になる主人が我が社に相談にきて、スタッフみんなで、あれこれ意見をだしたんだ。嚥下調整食をだしてみたらどうかというのも、ウチのスタッフからなの」

「その節はお世話になりましたっ」カウンターのむこうから、作務衣《さむえ》っぽい白い調理服を着た、恰幅《かっぷく》のいい男性が、こちらのテーブルにむかって言った。「おかげさまで繁盛しております。百々目義肢装具製作所さんには、足をむけて眠れません」

冗談めかしているが、その言葉に嘘《うそ》はなさそうだ。

「どう致しまして。お役に立てて光栄です」武川が応じ、「あのひとがここの主人」と付け加えた。

「それで思いだした」穂高が唐突に言い、さえ子に顔をむけた。「二階堂さんに会ったら、お伝えしなくてはいけないことがあったんだ。危うく忘れるところだった」

「私に？」

「先日、あなたがおつくりになったバリアフリーのカフェにいってきまして」

「〈Come sta, Tokyo?〉のことですか」

さえ子は驚きに声が裏返ってしまう。

「なにそれ、どういうこと？」すかさず武川が訊ねてきた。

「そうか。二階堂さんって、内装工事の会社にいたんだもんね」

これは岡田だ。ココスペースに勤めていたことは、外回りの車中で話したことがあった。

「その話も私、知らないわ」と武川に軽く睨まれた。

「内緒にしていたわけではありません。言う機会がなかっただけで。そこの会社で現場監督をしていて、二年前の春にバリアフリーのカフェを担当したんです。それがあの、〈Come sta, Tokyo?〉という店でして」

「渋谷区の中でも新宿寄りの初台《はつだい》というところにありまして」戸惑うさえ子をよそに、穂高は勝手に説明をはじめた。「オーナーの自宅の一階を改装したお店なんですよ。三十席くらいはとれる広さのところを、二十席に抑えてあって、ギャラリーもあるんです。ぜんたいに無垢材《むくざい》が多く使われていて、木の香りが微《かす》かにしているのがよかったな。以前、二階堂さんが話してたリラックスできる場所というのは、もしかしたらあのカフェ？」

「そうですけど」頷きながらも、さえ子は混乱するばかりだった。「でもあの、どうして」

「二階堂さんは祖師ヶ谷大蔵の中学校で会った、凹組の醐宮さんを覚えている？」

「ええ」

あんな強烈なキャラの女性を忘れるはずがない。フルフェイスのヘルメットを被り、黒ずくめの格好で、ときどき夢にでてくるくらいだ。まるでダース・ベイダーみたいだが、それでも醐宮だとわかった。

「彼女とおなじ凹組で、営業と経理を担当しているイワイダさんという方が銅版画をつくっててね。アマチュアなんだけど一昨年からインスタで公開したらけっこうな人気で、この秋に〈Come sta, Tokyo?〉で個展を開くことになって」

「ハジメさんの知りあいの銅版画家が個展の会場を探しているんで、〈Come sta, Tokyo?〉を紹介したいって、戸樫くんからＬＩＮＥをもらったんですが」

「まさにそれだよ。醐宮さんは凹組のメンバーで呑んでいると、ハジメさんやぼくに誘いの電話をかけてくるんだ。その酒席で知りあいになったってわけ。でね。ちょっと興味があったんで、先週の月曜にイワイダさんが〈Come sta, Tokyo?〉に打ちあわせにいくときに、ついていったんだ。そこでオーナーさんにぼくがシブイクで製作実習のモデルにいったことを披露したら」

「白井さんですよね」

「そうそう。白井さんの口から二階堂さんの名前がでてきたんで驚いたよ。以前内装会社に勤めてて、この店をつくった子がシブイクに通っているはずなんだけど、ご存じですかって」

「つくっただなんて、私はただの現場監督で」

「でも内装のデザインに取りかかる前から打ちあわせに参加して、バリアフリーにしたいと言う白井さんに、ぜひそうしましょうと、いの一番で賛同したんだよね。しかも白井さんの要望に応えるため、資料をかき集めただけに留まらず、都内で評判が高いバリアフリーの店をめぐり、名古屋や大阪まで足を延ばした。それもぜんぶ自腹で」

名古屋や大阪へはひとりではなく、光太郎とふたりでいった。半分観光気分だったので、会社に旅費などを請求しづらかっただけに過ぎない。

「店をつくるに当たって、あれこれアイデアもだしてくれた、二階堂さんがいなければこの店はできなかった、いくら感謝しても感謝し切れないって、白井さん、言ってたよ。取材先で会うかもしれないと言ったら、ぜひまた店にきてほしいと伝えてくれと頼まれたんだ」

「すごいな」岡田が身を乗りだしてきた。「二階堂さんはそういうお店をいくつもつくったの？」

「いえ、結局はその一店舗だけでした」

「あらま、どうして？」武川が興味深そうに訊《たず》ねてくる。

「どうしてと言われましても」さえ子は口ごもってしまう。

「なにかワケありみたいね」

「ワケありというか、それが会社をやめた理由でもあり、義肢装具士を目指すきっかけでもあるので」

「いよいよもって意味深じゃないの」武川はグラスに残っていたビールを空にして、さらにこう言った。「よかったら聞かせてもらえないかしら」

武川の言葉はどこか挑発的だった。さえ子にはそう聞こえただけかもしれない。

「長い話になりますが、かまいませんか」

「どうぞ」

そう言ってから武川はカウンターの中にいる主人に「日本酒、冷やでいただけますかぁ」と頼んだ。

「お猪口《ちょこ》はおいくつで？」主人が聞き返してくる。

「穂高さん、お呑みになりますか」

「いえ」

「私、いただいていいですか」

さえ子の問いに答えないまま、武川は「お猪口ふたつでお願いしまぁす」と言った。

「初台にできたカフェは、おおむね好評でした。オーナーの白井さんにはよろこんでいただきましたし、狙《ねら》いどおりの客層だけじゃなくて、子ども連れの若いお母さんや大学生で、平日の昼間でも満席のことは珍しくなく、ギャラリーの展示物を鑑賞しながら席が空くまで待つお客さんもいて、次第に常連さんもできてきました。私が担当した中でも、いちばん繁盛した店にちがいありません。内装の専門雑誌にも掲載されましてね。それを見てココスペースに、あ、これって私の勤めていた内装会社の名前なんですけど、そこに依頼してきたひとがいたんです。目黒川沿いにピザの店をオープンするので、初台のあのカフェとおなじように、ぜひバリアフリー仕様でとのことで、ならばと私が担当することになりました」

　そのクライアントは脱サラをした五十歳前後の男性だった。人当たりがいいものの、調子がよすぎて、どこか信用ならないところがあった。

「私は初台のカフェをつくったときに培《つちか》った知識を活かし、さらにまた、そのピザ屋さんのオーナーを連れてバリアフリーの店をいくつか巡って、その方の意見も取り入れ、社内のデザイナーに叩き台となる図面を描いてもらい、工事費を見積もったのですが、予算の一・三倍にもなってしまいました。でもこれはある程度、予想できていたことではあったので、壁や床の素材を変えるなり、厨房《ちゅうぼう》機器を新品ではなく中古にするなりと、予算を抑える提案をいくつもだしました。ところがピザ屋のオーナーは難色を示し、遂《つい》にはこう言ったんです。バリアフリーをぜんぶ外せば、ピッタリ予算内ですよねって」

「バリアフリー仕様を希望したのは、そのひとだったんでしょ」武川が言った。「それがどうして予算オーバーだからカットしてくれと言ったの？」

「内装の打ちあわせと並行して、飲食店開業のコンサルティング会社にも相談にいっていたらしいんです。そちらのほうから、バリアフリーだからといって集客効果があるとは思えないし、売上げがアップすることはまずない、金の無駄だからやめておきなさいと忠告されたそうで」

「金の無駄はヒドいわ」武川の声がさらに大きくなる。彼女自身、それに驚いたようだ。周囲を見回してから、ぐっとボリュームを下げて、言葉をつづけた。「だってカフェのほうは繁盛していたのよね。その話もきちんとしたの」

「しましたよ。でもピザ屋とカフェは客の回転率やメニューの単価も全然ちがう、だいたいウチみたいな個人経営の小さな店は、マイノリティを相手に商売するのは無理だったんだ、社会貢献より自分の利益を考えないとやっていけないとも言われて。要するに彼は売りになると思ってバリアフリー仕様にするつもりだったのが、さほど効果がないと言われて、さっさとあきらめてしまったというわけです」

「なんてヤツ」武川が悔しそうに言う。「で？　あなたはそれをおとなしく受け入れたの？」

「必死に食い下がりましたよ。でも私が熱心になればなるほど、クライアントは頑《かたく》なになって、しまいには、そんなにバリアフリーを勧めるのは、その類《たぐ》いの商品を扱う業者からキックバックでももらっているのかと疑われ、内装会社を変えてもいいんだぞとまで言われました。さすがに私もそれ以上はなにも言えません。するといっしょにいた上司が、図面を広げて、バリアフリー仕様の部分に、赤ペンでつぎつぎと×をしていったのです」

そのときの光景は鮮明に覚えている。いっしょにいた上司は施工《せこう》管理部の篠崎副部長だ。クライアントの意向に従ったのだから、彼のしたことは正しい。それでも少しは私の味方をしてくれてもいいではないか、といまでも恨めしく思っている。

「後日、その話を親しい友達に話したら、バリアフリーが必要なひと達は、よその店にいけばいいだけのことだ、あなたは気に病む必要がないと言われたんです。友達は私を慰めるつもりだったかもしれません。でもよその店にいけばいいではなく、一軒でもバリアフリーの店が増えたほうがいいはずなのに、それがわかってもらえなかったのが、私にはショックでした」

親しい友達とは、まだ同棲《どうせい》していた頃の光太郎である。慰めるつもりだったかどうかは怪しかった。なにしろ彼はスマホでゲームをしながらだった。しかもその口ぶりたるや、とても面倒臭そうだった。いまにして思えば、その頃すでに破局の予兆はあったのだろう。

「初台のカフェをつくるため、バリアフリーについて勉強していくと、ふつうのことがふつうではないひと達が大勢いたのだと遅まきながら気づいたんです。いまからでも遅くない、せめてそういうひと達が気兼ねなく楽しめる店をつくりたい、たったそれだけのことが、自分にはできないのかと悔しくてたまりませんでした」

当時を思いだし、こみあげてくるものがあった。目頭が熱くもなる。だがここで泣くわけにもいかず、さえ子はぐっと堪《こら》え、お猪口に口をつけようとしたが空だった。話しているうちに呑んでしまったらしい。そこに穂高がお銚子を差しだしてきたので、注いでもらった。

「それがきっかけで会社をやめたのかい」岡田が訊ねてきた。

「いえ、まだ少しつづきがあります」

さえ子はお猪口の酒で口を湿らしてから、ふたたび話しはじめた。

「私はあきらめきれず、事ある毎《ごと》にというか隙《すき》あらばバリアフリー仕様にしてみてはいかがですかと、クライアントに勧めていました。だけど残念ながら、私の話に耳を貸してくれるクライアントはほとんどいませんでした。あなたがおっしゃることはもっともだ、できればそうしたいと賛同してくれるものの、車椅子《くるまいす》用の簡易スロープや手すりを取り付けるのがやっとで、それも目黒川沿いのピザ屋と同様、予算の都合上、削られていきました。だったらその分、ワンランク上のインテリアにしようとか、厨房設備を充実させようとか言われてオシマイです。そんな日々がつづき、いい加減クサっていたところに、例の雑誌を見て連絡をしてきたクライアントがあらわれました。東京の東の端っこの、埼玉にも千葉にも車で十分でいける商店街にある美容室の店長さんで、店内をバリアフリー仕様にリニューアルしたいという依頼でした」

　いよいよ二階堂の出番だぞ。

　篠崎はそう言ってくれた。基本的に悪いひとではないし、いい上司だった。なにせ、さえ子がクライアントにバリアフリー仕様を勧めるときも注意するどころか、いっしょに推してくれもしたのである。そこが心底、憎めないところだった。

「個人営業で、ごく限られた予算でしたが、それにあわせたリニューアルプランを作成して、現地にむかいました」さえ子と同期の大卒の女性社員が営業部の担当になり、彼女と篠崎が同行することになった。「美容室の中を見せていただいてから、店長さんの案内で、近所の喫茶店で打ちあわせをすることになりました」

古めかしいつくりの喫茶店で、カウンターにはコーヒーサイフォンが数台並び、十五坪ほどの店内にはクラシック音楽が流れていた。客席の半分は埋まっていながら、ひとの声はまるでしなかった。客はたいがい、ひとりだったからだ。おかげでひどく緊張したのを、さえ子は昨日のことのように思いだした。

美容室の店長は四十代なかばと思《おぼ》しき女性だった。目尻《めじり》や口のまわりに小さな皺が目立つものの、まだじゅうぶんに色香を漂わせていた。篠崎などは、終始にやついていた。

「店長さんにリニューアルプランの説明をはじめて、しばらくすると、強い視線を感じました。ただの気のせいだと思いましたが、店長さんの肩越しに、私を見ている男性がいるのがわかりました。たぶん七十代なかばから後半くらいだったでしょう。一瞬、目があってしまい、私は慌ててそらしました。気持ちが落ち着かないまま、プランの説明をせざるを得ませんでした。それでも店長さんにはとても気に入ってもらい、多少は予算を上乗せしても、バリアフリーを充実させたいとまで言っていただきました。自分がしてきたことが無駄ではなかったと、ほっと胸を撫《な》で下ろしていたら、さきほどの男性が腰をあげ、私達のテーブルに近づいてきました。彼は右手に杖《つえ》を持ち、ぎこちない歩き方でした。左足を少し引きずっていたのです。店長さんは気配に気づいたらしく、ふりむいて、あら、鈴木さんじゃないの、と挨拶《あいさつ》しました。鈴木さんは店長さんに応じず、私にむかって、そんなに俺がかわいそうで気の毒かと、突っかかるように言ってきたんです」

「どういう意味ですか」と穂高が訊ねてきた。

「私もなんのことかわからず、きょとんとしてしまいました。同席しただれもがです。するとつぎに鈴木さんは、十五回だ、と言いました。かわいそうなひと達のために、気の毒だと思いませんか、かわいそうなので手すりは多めに、トイレを広めにつくってあげないと気の毒と、あんたはやたらに、かわいそうと気の毒を連発していたんだ、俺が数えただけでもかわいそうを九回、気の毒を六回、合わせて十五回も口にしていた。障害者をかわいそうで気の毒だからと憐《あわ》れんで、施しをするためにバリアフリーにするのか、ふざけるな、そんなのは自己満足に過ぎん、イイことをしている自分に酔っているだけだ、おまえに障害者のなにがわかるんだ、と、しまいには激昂《げっこう》して、この偽善者めと杖を振りあげ、私を叩《たた》こうとしたんです。そこに喫茶店の主人が駆けつけて、止めに入ってくれました。そして鈴木さんをどうにか宥《なだ》めて、店員のひとりに、彼を家まで送るよう命じました」

「その鈴木さんとやらは障害者だったのかしら」

「喫茶店の主人の話では、若いころに事故に遭い、左足が義足だということでした」

武川の問いに、さえ子は答えた。どこの部位から義足なのかまではわからないままだった。当時はそうした知識がなかったからだ。

営んでいた布団《ふとん》屋を平成のなかばに畳み、数年前には奥さんを亡《な》くして一人暮らしなのよと、美容室の店長さんが教えてくれた。三人の子どもはいずれも独立して、滅多に帰ってこなくなり、ここ最近は年のせいか、すっかり怒りっぽくなって、週に二、三度は商店街でだれかしらが犠牲になっているということもだ。

「喫茶店の主人と美容室の店長さんには気にすることはないと慰められました。だけど私がかわいそう、気の毒という言葉を連発したのは紛れもない事実です。私は家族や親族、友人などに障害者がいませんし、実際に接したことはほとんどありません。義肢装具についてもまるで知らなかった。そんな自分がバリアフリーの必要性を説いていたなんて、とんだお笑い種《ぐさ》だということに気づかされました。同時にひどく落ちこんで、美容室のリニューアル工事は会社として引き受けたものの、上司には私を外してほしいとお願いしたくらいです。いまさらそうはいくかと却下されましたが、ならば仕事をしながらでも障害者について勉強しようと、通信教育や夜間で通える専門学校をネットで探していたら、渋谷医療福祉専門学校を見つけたんです。オープンキャンパスにも参加して、義手や義足を製作するのを目《ま》の当たりにしたら、バリアフリーの店をつくるのもいいけれど、より直接的に、ひとの役に立つことをすべきなのではないかと考えが変わっていきました。だけどみなさんご存じのとおり、義肢装具士になるためには、通信教育もないですし、夜間に通うような専門学校もありません。ひと月以上悩んだ末に、仕事をやめて、シブイクに通うことにしたんです」

会社総出で引き止められた。退職してどうするのかと訊《き》かれ、義肢装具士の学校に通うと正直に答えると愕然《がくぜん》とされた。正気を疑うひとまでいた。篠崎などは義肢装具士の年収をわざわざネットで調べ、いまの給料と比較し、生涯年収まで割りだし、専門学校へ通って転職したら、これだけ損をするんだぞと脅すように言った。その額を聞き、わずかに心は揺らいだものの、さえ子はココスペースをやめた。

「すみません、自分の話を延々としてしまって」

「いいのよ。話せって言ったのは私だし」武川は小さく笑った。「これまでも毎年、実習生には義肢装具士になるきっかけを話してもらっていたのよ。いろんな子がいたけど、二階堂さんの話がダントツで聞きごたえがあったわ。それだけあなたが本気なんだと思う」

「本気もなにも七年間働いて貯《た》めたお金を、三年間のシブイクの学費にぶちこんでいますからね。引き返すことはできないんです。前へ進むしかありませんので」

「でも義肢装具士になった暁には、その知識をバリアフリーの店をつくるのに活《い》かすことができるんじゃありませんか」穂高が言った。「事実、百々目義肢装具製作所のひと達は、この店をつくるにあたって協力したわけですし」

「それで思いだしました。いま話した中にでてきた上司が」

「赤ペンで図面に×をした？」岡田が確認するように言う。

「ええ。じつは先日、彼から電話があったんです。ココスペースでは友々家の内装工事をしていて、そこの社長が初台のカフェをお気に召して、オーナーの白井さんから私の話を聞いたらしいんです。そしたらその社長が私に会ってみたいと言いだしたとかで。でも私が臨床実習で東京にはいないからと、保留になっているんですが」

篠崎の話をしているうちに、さえ子は少し気分が滅入《めい》った。光太郎のことを思いだしたからだ。

私と別れて七ヶ月で結婚するなんて。ふざけんじゃねぇよ、まったく。

お猪口に残った酒をくいっと呑む。

「いいじゃない」

「なにがいいんですかっ」

武川の言葉に、さえ子はうっかり嚙みつくように言ってしまった。そんなはずがないのに、自分の内心を読まれたのかと勘違いしたからだ。

「友々家のようなチェーン店がバリアフリー仕様の店をつくっていくことがよ」

「あ、はい」さえ子は慌ててコクコクと頷く。「私もいいと思います」

「できればそうした店で、障害者が働けるようにもつくってもらえないもんかしら。私は大学をでて、地元の会社に就職できたのは超ラッキーだったけどさ。おなじような境遇で、仕事につけないひとは多いのよ。社会進出したいのに、受け入れてくれる場所がないのが実情でね。いくらバリアフリーの店ができてもお金がなきゃ入れないじゃない？」

目からウロコだった。

バリアフリーの店と言えば、客のことばかり考えていたが、しかし働く側のひとびとが障害者であることも想定して、店づくりをしてもいいはずだ。

どうして私はいままで気づかなかったのだろう。

「武川さん」

「なぁに？」

「私の代わりに、友々家の社長に会ってくれませんか。そしていまの話をしてください。上司には私から伝えておきますので」

「会うったって私はこの身体《からだ》だし、仕事もあるから、おいそれとは東京にいけないわよ」

「むこうからきてもらえばいいだけの話です」

「こんな私で役に立つんだったら、なんでもするけど」

「よろしくお願いします」

嘸下調整食を提供する居酒屋をでたのは、八時半過ぎだった。そのあと酔い覚ましに、猫跨駅前にあるコーヒーショップに四人で入った。スターバックスによく似たつくりだが、店名はスカイバードと言い、地元民はスカバと略して呼んでいるのだと、岡田が教えてくれた。店のロゴもスターバックスにそっくりなのだが、輪っかの中にいるのは人魚ではなく、鷲《わし》あるいは鷹《たか》が羽ばたいている姿だった。

三十分ほどしてから、武川を旦那《だんな》さんが車で迎えにあらわれた。彼女を見送ったあと、岡田は社用車で会社に戻った。そこで自家用車に乗り換え、自宅へ帰るのだ。

さえ子はマンスリーマンションまで徒歩で帰ることができる。だがその前に穂高を見送るため、彼とともに猫跨駅へむかった。県庁所在地行きの上り電車がくるまで二十分近くあったので、さえ子もホームに入ってベンチに並んで座り、待つことにした。

ホームにはふたり以外、だれもいなかった。

「すみません、ちょっと失礼」

そう言うと穂高は屈《かが》みこみ、義足を外した。そして膝《ひざ》に載せると、腰からキーチェーンを外し、六角レンチをパイプと足部を繋《つな》ぐアダプターのボルトに差しこんで、くいくい回した。

「ご自分で調整できるんですか」

「ええ。でもちゃんとできるようになったのはここ数年で。こんなもんかな」

穂高はふたたび義足を装着し、立ちあがるなり、その場で足踏みをした。

「よしよし。いい具合だ」

大変ですねと言いかけ、さえ子はその言葉を飲みこんだ。穂高にすれば日常であることを大変の一言で済ますのは失礼に思えたからだ。

「二階堂さんのさきほどの話。義肢装具士を目指すきっかけになったという」ふたたび座り、キーチェーンを元に戻してから穂高が言った。「あれ、ぼくも似たような経験があったんだ。ぼくがおじいさん側だったけど」

「どういうことです？」

「つまりその、おまえに障害者のなにがわかるんだと、ひとにむかって怒鳴りつけたわけで」

「ほんとですか」

「足を失ったばかりの頃ね。ぼくはいちばん身近で大切なひとにむかって言ってしまった」

「それって、長宗我部さんのインタビューのときにおっしゃっていた」

「うん。当時、つきあっていたカノジョでさ。高校からつきあいはじめて、大学は別々だったけど、ぼくがこの身体になってからも、だれよりも励ましてくれたし、いっしょに将来のことを悩んでもくれ、リハビリセンターや病院などの付き添いは両親より多かったほどなんだ。ぼくは大学を中退、家業の手伝いをせざるを得なかったけど、カノジョは希望だった出版社に就職して、仕事で忙しくなってからも、ぼくの家を三日にあげず訪れては、会社の出来事を楽しげに話してくれたんだ。でも活き活きとしたカノジョを見るのが辛《つら》くてたまらず、憎むようにもなってね。そしてとうとう、きみにはぼくの気持ちがわからないと怒鳴りつけてしまったんだ。それだけじゃない、これ以上いっしょにいるのは無理だ、いつかきみに暴力を振るってしまうかもしれない、そうならないうちに別れようとまで言って」

穂高はそこで言葉を切った。いつもの朗《ほが》らかさは微塵《みじん》もない、険しくも苦しそうな表情だった。

「そのあともカノジョは家に何度もきてくれたんだけど、いつも追い返していた。あんなイイ子はいない、おまえはどうかしている、おまえこそカノジョの気持ちがわかっていないと、親にはさんざん詰《なじ》られたよ。まったくそのとおりで、カノジョにかぎらず、他人の気持ちをわかったことなど一度もなかったのではないか、そもそも他人の気持ちがわかるなんて無理なのかもしれないとさえ思えてきてさ。ならばわからないまでも感じ取りたいと、積極的に表へでて、仕事以外にも大勢のひとを撮るようになったんだ」

「それ、わかります」

「え？」

「穂高さんの写真って、レンズをむけたひと達の気持ちをできるだけ多く掬《すく》い取ろうとしているなって思っていました。ほんとのバリアフリーの世界ってこういうことかもって。それとそう、私、つらかったり悲しかったり無性に腹が立ったり、ヤラかして落ちこんだりした日の夜はスマホで見るんです。なんだか写真の中のひと達が、あなたはひとりじゃない、私達がいるって励ましてくれてる気がして。あ、あの、す、すみません、なんかわけのわからないこと言って」

「とんでもない。いままで聞いた中で、最高の褒め言葉だ。書き留めるのでもう一度言ってくれる？」

「レンズをむけたひと達の気持ちを」

「あ、ほんとに言わなくていいよ。冗談だよ、冗談」穂高は笑った。「でもうれしいのはほんと。ありがとう」

「〈Come sta, Tokyo?〉で個展をしたらどうですか」

　さえ子の突然の提案に、穂高は驚きを隠しきれずにいたが、それでも「考えておくよ」と静かに答えた。「とりあえず二階堂さんは白井さんに会いにいってあげてね」

「臨床実習がおわったら必ず」

　さえ子が答えると、穂高のむこうに電車の灯りが見えた。ホームにアナウンスが流れる。

「今度、穂高さんの義足をつくらせてもらえませんか」

　なにを言っているんだ、私は。

「どうしてぼくの義足を？」

「それはあの、長宗我部さんのインタビューのとき、ハジメさんに出逢《であ》うまで、何人もの義肢装具士を訪ねなければならなかったって、穂高さん、おっしゃっていたじゃないですか。そういうひとをひとりでも減らすために、私自身がいまのうちに技を磨いておくべきだと思ったんです。私、シブイクを卒業するときには二十八歳なので、人一倍がんばらないと間に合わないので」

咄嗟《とっさ》に思いついたことではあるが、話しているうちに、さえ子はこれこそほんとの理由に思えてきた。しかし歳《とし》のことは余計だったかもしれない。

「わかった。そういうことであれば、お引き受けしよう」穂高はにっこり笑った。

「神様には負けられないものね」

10

「左足と左手を前にだしてください。左手は肩の高さで、掌《てのひら》を内側にむけて。はい、そうです。みなさん、できていますねぇ。では腰を左に回していきましょう。このとき左手をこうして下にむけまぁす」

太極拳《たいきょくけん》の先生は女性だった。彼女の溌剌《はつらつ》とした声が百々目《どどめ》神社の境内に広がっていく。その指示どおりに、さえ子は身体を動かす。板垣進助をはじめ、他の生徒達もだ。格好はさまざまで、さえ子は長袖《ながそで》Tシャツに、膝丈のカーゴパンツといういでたちだった。これがおわったら出社するのだが、スーツも作業着も更衣室に置きっ放しなので、会社で着替えればいい。

お盆が明けて八月も後半、臨床実習は残り十日となった。相変わらず暑さはつづいているものの、さすがに朝の七時半はそれほどでもない。百々目神社の境内は青々と生い茂った木々が陽射《ひざ》しを遮っているおかげで、涼しいくらいだ。

　太極拳は水金土の週三回で、さえ子は今日で四回目だ。早朝から身体を動かすのは気持ちがよかった。思ったよりも体力を使うので、仕事の最中にくたびれやしないかと心配したものの、むしろその反対だった。だるさや倦怠感《けんたいかん》が消え、身体は軽く、頭の回転も早くなったような気がした。最近では就寝前に教わった型を一通りやるのが、習慣になっていた。そうするとぐっすり眠ることができるからだ。

　しかも太極拳の先生は板垣とほぼ同い年にもかかわらずスタイルがよかった。なんでも四十代後半から太極拳をはじめ、当時と比べて十五キロも体重が落ちたという。お通じもよくなり、肌もツヤツヤしてきたらしい。その話を聞いて、さえ子は東京に戻ってもつづけようと思った。

「後ろ足を半歩引き寄せ、今度は腰を右に回しながら、両手を合わせます。そしたら後ろ足に重心を乗せてくださぁい」

あのひとはだれだろう。

生徒は十人前後で、日によって増えたり減ったりする。だから新しいひとがいても不思議ではない。ではあるものの、その女性はひと際《きわ》目立っていた。スーツ姿なのだ。脱いだ上着を脇《わき》に置いたキャリーバッグの上に載せ、シャツの袖を捲《まく》っている。膝下までのスカートから伸びる脚は細くて長い。整った顔立ちで、歳はさえ子よりも少し上のようだが、はたしてどうだろう。

さえ子より先に神社にいて、板垣と親しげに話していた。近づいて声をかけようとしたのだが、先生の指導がはじまってしまい、そうはいかなかった。

「ここまでいいですかぁ。ではみんなで、最初からやってみましょう。今度は言葉で説明しませんので、私の動きをよぉく見てやってくださいねぇ。考えずにぃ感じてくださぁい」

「渋谷医療福祉専門学校の二階堂さんですよね」

「あ、はい」

「いまは百々目義肢装具製作所で臨床実習をなさっていらっしゃる」

「そうですけど」

「以前はココスペースにお勤めだった」

「え、ええ。え？」

「私、友々家フランチャイズ事業部の霧賀《きりが》といいます」

太極拳の教室がおわったあとだ。スーツの女性がさえ子の許《もと》を訪れ、いきなり話しかけてきた。彼女の差しだす名刺を受け取りながらも、さえ子は戸惑うというか、混乱するばかりだった。

「どうして私のことを」

「ココスペースの篠崎さんから伺いました」

先日、武川に友々家の社長に会ってほしいとお願いして、翌日にはその旨《むね》を篠崎に電話で連絡した。彼は了解し、先方へ伝えておくとは言っていたものの、それから音沙汰《おとさた》がなかった。

「我が社の店舗もバリアフリー仕様を導入したほうがいいと社長に提案したのは、私なんです。そのあとココスペースの篠崎さんに〈Come sta, Tokyo?〉へ社長とともに連れていっていただきました。私自身、とても気に入って、プライベートでちょくちょくいっていましてね。あの店、二階堂さんがおつくりになったんでしょう？」

「私が担当して、オーナーの方の意見をカタチにしただけで」

「そのオーナーである白井さんは、二階堂さんがいなければ店はできなかったって、おっしゃっていました」

そこまで話を聞いて、さえ子ははたと気づいた。

「もしかして社長さんの代わりにいらした？」

「そうです。百々目義肢装具製作所の武川さんに、会いにきたんです。武川さんから聞いていません？　昨日の夕方にアポを取らせていただいたのですが」

「すみません、ちょっと」

聞いていなかった。だがやむを得ない。さえ子は昨日一日、岡田と外回りで、会社に戻ったのは八時過ぎ、そのときには武川は帰宅していたからだ。

「そうですか。じつは釘抜《くぎぬき》海岸のほうにウチの店舗をだすことになりまして」釘抜海岸は猫跨市内にあり、市街地からだと十キロほどだった。「その打ちあわせが昨日あって、駅近のビジネスホテルで一泊して、今朝いちばんに百々目義肢装具製作所に伺うことになったんです」

そこまではわかった。しかしだ。

「どうしてこの教室に参加しているんですか」

「猫跨駅の近くに友々家があるの、おわかりになりますか」

「あ、はい」

「昨日の夜、そこで夕飯を食べることにして、テーブル席に座ってメニューを頼んだあと、首を横に曲げたら、ばきばきばきって、関節が大きな音を立てたんです。それはもう自分でも驚くくらいに。すると隣のテーブルから、お疲れですなって、あの方が話しかけてきて」

霧賀の視線の先には板垣がいた。彼はいま、太極拳の先生に今日、教わった型の確認をしている。いつものことだ。ただ単に先生と話をしたいだけにちがいない。

「無視するのもどうかと思って、会社にこき使われてヘトヘトですと答えたんですよ。だったら太極拳をおやりなさい、俺はこの春からはじめたが、すこぶる体調がいいと言ったかと思うと、立ち上がって前にでて、簡化二十四式太極拳のひとつ、ナントカカントカといって、その場ではじめたんです」

「店の中でですか」

「ええ。すぐさま店のスタッフに注意されていました」

それはそうだろう。

「席に戻ってから、明日の朝七時半に百々目神社にくれば先生に本格的な指導を受けることができるとおっしゃるので」

　要するにこのひとも板垣にナンパされたわけだ。

「それでいらした？」

「いえ。断るつもりでしたよ。だけど百々目というのを聞いて、その神社は百々目義肢装具製作所と近いんですかと訊ねたんです。そしたら、ならばちょうどいい、その会社で臨死体験中の学生さんも太極拳を習いにきているよと」

「臨死体験？」私は死んではおらんぞ。

「臨床実習の間違いではありませんかと言ったら、そうだそれそれと私を指差して笑っていました。念のため、その学生さんは東京からきているんですかと訊ねたら、そうだけど学生にしては」そこで霧賀は言葉を一旦《いったん》止めてから「しっかりしていると」

と言った。

　ちがうな。学生にしては歳を食っていると、板垣は言ったのだろう。

「聞けば社会人を経験してから、専門学校に通っているというエラいネーチャンだと言うので、二階堂さんに間違いないと確信して、こうしてきてみました」

「つまり私に会うために？」

「ええ」

「だけど会社にいけば会えたわけですし、わざわざこんな朝早くから」

「それはそうですけどね。篠崎さんからあなたの話をあれこれ聞いて」

「あれこれってどんなことです？」

「現場監督として、九割以上が男性の職人達と渡りあい、現場をきちんと切り盛りして、クライアントや業者からも信用が厚かった。セクハラやパワハラに屈せず、自分よりもべつのだれかが被害にあったときのほうが、加害者にむかって怒りを露《あらわ》にする。ときには手がでるほど喧嘩《けんか》っ早い。上司や先輩にも手加減しない。正直扱いにくかったが、いなくなったいまは寂しいとまでいかずとも、物足りないのはたしかだって」

しゃべり過ぎだぜ、篠崎さん。

霧賀にむかって、嬉々《きき》として話す篠崎の姿が容易に想像できた。美人に弱いのだ。

「会社をやめた理由も聞きました。知らないジイサンの言ったことなんて真に受けなければいいのにとは思ったが、それだけ二階堂さんは真剣だったんだと、篠崎さん、おっしゃっていましたよ」

いまさら気づくなよ。

「あなたの話を聞いているうちに、とても他人には思えなくて、いち早く会いたかったんです」

シャツの袖を直して上着を着た霧賀は、堂々としてかっこよかった。全身に自信が漲《みなぎ》っているからだろう。それでいて嫌味なところはなく、どんな仕事を任せてもだいじょうぶだと思わせる貫禄《かんろく》さえあった。こんなひとと自分がおなじのはずがない、とさえ子は思ってしまう。

「すみませんけど、会社まで案内してくれません?」

「もちろんです。あ、でもちょっと待ってください」霧賀にそう言ってから、さえ子は「板垣さぁん」と声をかける。まだ太極拳の先生に個人授業を受けていた。

「足の調子、いかがですかぁ」

板垣は武川に命じられたとおり、断端の太さを調べるために、朝夕、ソケットの上辺をライナーにペンで印をつけ、ふたたび百々目義肢装具製作所を訪れた。結果はやはり断端の容量の減少で、断端袋を二枚履きすれば、じゅうぶん補える差だった。

「ノートルダムだよ」

なにを言っているのだと思ったが、さえ子はすぐに気づいた。ノープロブレムだ。そして板垣は右足のパンツの裾《すそ》をあげ、義足を見せた。

「えっ」さえ子の隣で霧賀が小さく叫ぶ。「板垣さんって、義足だったんですね。全然気づきませんでした」

「言ってなかったっけ。カッカッカ」板垣は楽しそうに笑った。「武川さんによろしくな」


「あそこですね」

神社をでてしばらく歩いてから、霧賀が百々目義肢装具製作所の袖看板を指差した。

「はい」とさえ子が返事をしたときには、歩く速度を速めていた。武川だけでなく大半の社員が出社するまで、まだ十分以上はある。しかし急がなくてもいいですよとは言えず、さえ子も早足になった。

すると玄関前に、女の子がふたりいるのが見えてきた。だれだろうと思っていると、ひとりがさえ子達にむかって手を振った。

「二階堂さぁん」

和泉美波だとさえ子は気づいた。野球部の主将と腕相撲をして、左腕の骨を折った中学三年の女の子だ。一昨日《おととい》、さえ子が採型して岡田がつくったファンクショナルブレースを整形外科で装着しおえたあとだ。お願いがあるのですが、と切りだしてから、彼女はこう言った。

百々目義肢装具製作所を見学して、夏休みの自由研究としてレポートを書きたいんです。

彼女の願いを岡田は二つ返事で了解した。その見学の日が今日だったのである。

「今日はよろしくお願いします」

さえ子達が玄関前まで辿《たど》り着くと、和泉美波は丁寧にお辞儀をした。その左腕を包む半透明のプラスチックが、ファンクショナルブレースだ。

「よろしくお願いします」もうひとりの子も頭を下げる。

「佐藤早紀です」

側彎症《そくわんしょう》の子か。身体に装具を塡《は》めているはずだが、まるでわからなかった。和泉美波が彼女のために野球部の主将に勝負を挑んだ話から、色白でひ弱な深窓の令嬢を想像していたのだが、まるでちがった。和泉美波よりも背が高く、活発そうな女の子だ。

「百々目義肢装具製作所の社員の方ですか」

和泉美波が霧賀に訊《たず》ねる。

「私は友々家本社の社員でしてね。今日はこちらに仕事の話をしにきたんです」

「友々家本社って、もしかして東京から？」と佐藤早紀。

「ええ」

「東京の女性って感じしますもんねぇ」そう言ってから、和泉美波はさえ子を横目で見た。「もちろん二階堂さんもですよ」

取ってつけたように言わなくていい。

「だれもまだ出社していないんで、裏口から入りましょう。私、会社のまわりを掃き掃除するんで、そのあいだ、みなさんは応接室で待っていていただけます？」

「だったらあたし達も掃除、手伝いますよ。ねぇ、早紀？」

「うん。ぜひ手伝わせてください」

「私も手伝います」と霧賀も言った。

車椅子で応接室にあらわれた武川を見て、霧賀は板垣が義足だとわかったときとおなじように驚いていた。声にはださなかったものの、武川にはそれがわかったらしい。挨拶もそこそこに、自分が二分脊椎症《にぶんせきついしょう》で生まれつき両足が不自由なことを話した。結婚をして、子どももいることもである。

「お子さんがいらっしゃるんですか」

信じられないとばかりに霧賀が言った。そんな彼女に嫌な顔ひとつせず、武川は答えた。

「この秋で八歳になります」

「旦那さんはどんな方なんです？　つまりその」

「健常者ですよ」武川はさらりと答える。「大学時代のおなじ演劇サークルの後輩でしてね。社会人になってから一度別れたのが、そのあとOB会で再会して、またつきあうことになって。焼け木杭《ぼっくい》に火がついたってヤツですよ。はは」

「演劇サークルって、武川さん、お芝居をなさっていたんですか」霧賀は遠慮なく訊ねた。

「ええ。私が『ロミオとジュリエット』のジュリエットを演じたときには、地元紙の記事にもなったんですよ。そのときのロミオがいまの旦那なんです。実際、私達が結婚するとなったときは、両家がいがみあってはいないものの、いずれからも猛反対されて。ただしロミオとジュリエットみたいにお互い命を落とすことなく、一年以上かけて、どちらの両親も必死に説得しました」

「お子さんを出産するときに、心配はなかったのですか」

さらに踏みこんだ質問をする霧賀に、さえ子はハラハラしてしまう。だがとうの武川は顔色ひとつ変えずに答えていた。

「そりゃあ心配でした。産むか産まないか自分の中でもだいぶ葛藤《かっとう》はありましたもん。

中絶を勧めてくるひともいましてね。全然悪気はなくて、むしろ親切心からなんですけど、まるで子どもを産むのが私のわがままのような言い方をしてきて。あれには参りました。産婦人科のお医者さんも私の扱いに困っていて、あなたみたいなひとの出産に立ち会ったことがないので、自信がありませんって言われたときには、先生ならだいじょうぶです、がんばってくださいって私が励ましたくらい。なによりも心配だったのは、子どもに自分の障害や飲んでいる薬の影響がでたらどうしようってこと。でも幸い、それは取り越し苦労におわりました。私なんか歩くこともできないのに、息子は学年でいちばん足が速いんです」

そうだったのか。

さえ子にとって、はじめて聞く話ばかりだった。失礼にあたるかと、身体《からだ》について訊ねるのを控えていたのである。これだけきちんと答えてくれるのであれば、もっと前に自分から訊けばよかったとも思う。

「他になにか訊きたいことはありますか？」

「あ、いえ」霧賀は首を横に振った。「すみません、いきなりプライベートなことを訊いてしまって」

「いいんですよ。変に気を遣われるよりも、訊いていただいたほうが助かります」

自分のことを言われたのではないかと、さえ子はどきりとする。

「私のほうから質問をしてもよくて？」

「もちろんです。どうぞ」

「昨日の電話でもおっしゃっていましたけど、友々家の店舗でバリアフリー仕様を導入しようと社長に提案なさったのは、霧賀さんなんですよね」

「はい」

「どうしてそうお考えになったのかしら」

「きっかけはごく個人的なことです。八十八歳の父方の祖母が、認知症にもならずに、足腰もしっかりして元気だったんです。ところが一昨年《おととし》の暮れに歩道の僅《わず》かな段差につまずき、すっ転んで大怪我《おおけが》をしてしまい、いまはどこへ移動するのにも車椅子なんですよ。定年退職をした父が祖母の面倒を見ているんですけどね。実家に戻ったときに、祖母を買い物に連れていくにしても、店にスロープがなかったり、動線が狭かったりするから大変なんだと父がこぼすのを聞いたんです。そのあと車椅子のひとだけでなく、杖をついたり、足元がおぼつかなかったりするお年寄りを見る度に、祖母と父のことを思いだすようになりました。それだけではありません。これからの日本は、こういうひと達が、さらに増えていく。私だって、いつかは足腰が弱くなって、階段を上り下りすることも、ままならなくなるときがくる。そう考えるようになって、ならばいまのうちに手を打たなければならない。まずは自分の会社の店舗を、そうしたひと達にも通いやすいようにつくり変えておこうと。それでバリアフリー仕様の店舗をつくりたいと社長に提案をして」霧賀がさえ子に顔をむける。「ココスペースの方に、二階堂さんがおつくりになった店を紹介してもらい、足を運んだんです」

「初台のカフェね」武川がたしかめるように言った。

「そうです。お年寄りばかりではなくて、ハンディがあるひと達も常連客として訪れていました。近所のママ友や学生のカップルもいる。さほど広くない空間を、ごく当たり前にさまざまなひとが共有できているのが、これぞバリアフリーだと思ったんです。こうした店舗を我が社でもつくりたい。さらに武川さんからご提案いただいたように、障害者も働ける店舗にすれば、まさに理想郷になるのではないかと」

そこで霧賀は言葉を切り、顔を朱色に染める。

「いくらなんでも理想郷は言い過ぎでした。お恥ずかしい」

「志は高く持つべきだわ」武川は静かに言った。「理想郷、大いにけっこうです」

さえ子は枠のある台の上に陽性モデルを置いた。マサムネくんの足型をヤスリで磨きに磨いてすべすべにしたものだ。そしていましがた電気炉で加熱し、柔らかくなったEVA樹脂をモデルの形にあわせていった。

「ぜんたいに載せていって」右隣から岡田が言った。「そしたら蓋《ふた》を閉じて」

岡田に命じられたとおり、さえ子は透明なゴムが張られた蓋を閉じた。

霧賀はもういない。三十分ほど前に、社長自らが社用車をだし、武川とともにバリアフリー仕様の居酒屋へむかった。それにはさえ子は同行せず、作業場で働くことにしたのである。

「二階堂さんは、なにをしていらっしゃるんですか」

岡田とは反対側から唐突に話しかけられ、さえ子は驚きにびくりと体を震わせてしまった。

「すみません、驚かしちゃったみたいで」

和泉美波が詫《わ》びた。その隣には佐藤早紀もいた。

「だいじょうぶよ」オトナの余裕を見せんがために、にこりと微笑《ほほえ》む。なにしろ相手は中学三年生の女の子だ。

「インソールっていう靴の中敷きをつくっているんだ」答えたのは岡田だ。「二階堂さんが使っている機械はバキュームプレスといってね。枠内の台に繋いである真空ポ

「そうやって準備した素材を電気炉で温めては石膏の型の上に置いて、バキュームプンプで空気を吸引していき、内部の材料に圧力を加えることができる。いまがまさにその状態。こうすることで、素材が石膏《せっこう》でつくった足型のカタチどおりになるの」

「素材はなんですか」

和泉美波が訊ねた。彼女は岡田の話を手元にあるメモ帳にメモっている。これまでも武川をはじめ、さまざまなスタッフから、話を聞きだしていた。見学というよりも、しっかりした取材だ。

「EVA樹脂といってね。軽くて柔軟、弾力性にも富んでて、水をよく弾《はじ》き、じょうぶでちぎれにくい性質なので、インソールに適してる。ウチではこれ以外にシリコンゴムやカーボン繊維なども加えているんだ」

「どうしていろんな素材を使うんですか」

「いい質問だね」和泉美波に訊かれ、岡田はうれしそうに言った。「使うひとの足の状態から、ぜんたいに柔らかめがいいかなぁとか、踵《かかと》は硬くしたほうが歩きやすいだろうなぁとか考えて、それに適した素材を選んで、場所と分量を決めるの」

「すごいですね」和泉美波は感心した面持ちで言う。

さえ子にはそこまでできないので、岡田に教えてもらった。

レスで接着する作業を繰り返しおこなってね」岡田が説明をつづけた。「それがぜんぶ済んだら石膏の型から剥《は》がして、余分な部分を切り取り、靴に入れられるよう、研磨機で磨いてカタチを整えればできあがりだ」

「ケンマキってなんです？」すかさず和泉美波が質問する。

「ぼくもインソールをつくっていて、ちょうどいまから研磨機を使うところなんだ。こっちにいらっしゃい。二階堂さん、素材の接着がおわったら教えてね」

「はいっ」

岡田のつくるインソールも、マサムネくんのだ。明日、彼のところへ持っていき、どちらが履き心地がいいか試してもらう。百々目義肢装具製作所に入社以来、十年以上もインソールをつくりつづけてきた岡田に、勝てるはずがない。それでもさえ子はマサムネくんのためを思いながら、作業を進めた。

「専門学校に三年間通えば、義肢装具士になれるんですか」

「通ったうえに国家試験を受けて、合格しなくちゃ駄目なのよ。それと私は三年制の専門学校に通っているけど、四年制の大学もあるわ。ただし義肢装具士について学べる指定校は専門学校と大学をあわせても全国に十校ちょっとで、東京都内には専門学校しかないの」

「専門学校と大学はどうちがうんです？」和泉美波が重ねて訊ねてきた。

「専門学校は義肢装具士としての職業訓練に特化した授業のみだけど、大学はそれに加えて一般教養が学べて、おなじ学内に医療職を目指す学科があれば、そこの学生と交流することもできるみたいよ」

「二階堂さんはどうして専門学校をお選びになったんですか」

「選ぶもなにもなかったわ。受験をしなくてよくて一年少なくて学費も安いもの。私の場合、高校をでて七年間社会人やってて、そのときの貯金で通っているんで、専門学校のほうが助かるのよ」

「高校をでて七年間社会人ってことは、二階堂さんはいくつです？」

和泉美波の隣から、佐藤早紀が訊ねてきた。

「二十六歳よ」

「嘘《うそ》っ。二十歳くらいだと思ってたぁ。だよね、美波」

「うん。すっごくお若いです」

「ありがと」

その口ぶりから、彼女達がお世辞を言っているのではないとわかる。さえ子は頬が緩んだ。

中三女子ふたりは丸一日、百々目義肢装具製作所をうろついていた。作業場のみならず事務室などにも入り、社長にまでインタビューしたらしい。作業場の後片付けと掃除にも参加していた。

そのあと作業着から普段着に着替え、さえ子が更衣室からでると、和泉美波と佐藤早紀が待ち構えていた。専門学校について教えてほしいと言う。少し残った仕事があり、マンスリーマンションに持ち帰ってするつもりだった。しかし中三女子の願いを無下《むげ》にしてはかわいそうなので、一時間くらいならばと答えた。

会社の休憩室でもよかったのだが、猫跨駅まで足を延ばし、スカイバードに入り、ドリンクとケーキを奢《おご》ってあげることにした。彼女達の熱心さを労《ねぎら》ってあげたいと思ったのである。ふたりには予想以上によろこんでもらい、さえ子は悪い気はしなかった。スカバはスタバとちがい、フードのメニューが充実しており、さえ子は夕食にナポリタンを食べた。

「でも義肢装具士の学校って、全国に十校ちょっとしかないんですね。どうしようかなぁ」

佐藤早紀がぼやくように言った。

「どうしようって、早紀さんはもしかして義肢装具士になりたいの？」

「はい」

「岡田さんに装具をつくってもらったから？」

「っていうのももちろんあるんですけど、小六のとき、浜島敦子さんっていうひとのドキュメンタリーを見たのがいちばんの理由で」

「浜島さんって、アフリカに義肢製作所をつくったひとでしょ。早紀、そのひとのクラウドファンディングに寄付していたよね」

「私もしたわ」さえ子は佐藤早紀にむかって言った。

「だけどあたし、尊敬しているひとが困っているのに、一万円しか寄付できなかったんです」

私は三千円よ、気にすることはないわ、とは言いづらかった。

「昨日の朝も浜島さん、NHKにでていらっしゃったんですけど、二階堂さん、ご覧になりました？」

「ごめん、見てないな。日本に戻ってきているの？」

「いえ、現地からの中継でした。ほんの五分くらいでしたけどね。でもよかったなぁ。あの方、見てるだけでやる気が湧《わ》いてくるんですよね」

「私が通っている専門学校は、浜島さんの母校なのよ」さえ子はちょっと自慢げに言う。

「やっぱりそうだったんだ」佐藤早紀は鼻息を荒くする。「渋谷にある学校だって美波から聞いて、そうじゃないかと思っていたんです。毎年一回は浜島さんの講演があるんですよね」

「去年の秋のは聴いたわ」

「いいなぁ。あたし、できれば将来、浜島さんのＮＧＯに入って、アフリカの子ども達を救いたいんですよね」

「私の友達にも、ひとりそういう子がいるわ」もちろん真純のことである。

「義肢装具士になるために、いまのうちにしておくべきことってありますか」

　私はまだなっていないよと言いかけたが、佐藤早紀の真剣なまなざしに、少しでもアドバイスになることを言うべきだろうと思い直した。

「義肢装具をつくるためには、ひとの身体のつくりを知っておくのが大切なの。どこにどんな力が加わって、どう動くかも計算しなければならないんで、理科と数学は勉強しておくべきね。患者さんとのコミュニケーション能力も大切だから国語も大事だわ。義肢装具を使用するにあたっての給付制度など、世の中の仕組みがわかっておいたほうがいいから社会もね。海外の装具を扱うこともあるから英語はしっかり学んでおいたほうがいい。それとそう、金属やプラスチックを切ったり削ったり曲げたり、石膏をヤスリにかけたり砕いたり、革を裁断したりミシンにかけたりするんで、技術家庭を怠っては駄目よ。体力勝負のところもあるから体育もちゃんとやっておかなきゃ。つまりいま学校で学んでいることはすべて義肢装具士に役立つってこと」

「あたし、理科と数学苦手なんですけど」

「私もそうだった。だからいますごく苦労している。あなたならまだじゅうぶん間に合うわ。がんばって」

「はい、がんばります」そう答えてから「あ、そっか」と、佐藤早紀はなにか閃《ひらめ》いたかのように言った。「浜島さんが昨日、テレビでおっしゃっていたのって、こういうことなんだな、きっと」

「浜島さんはなんて？」

「ＮＧＯを立ち上げて十数年、たくさんのボランティア志望者を見てきて、熱意だけは人一倍あるけど、それしかないひとがいちばんこまる、そういうひとに限って、現実を目《ま》の当たりにするとなにもできない、足手まといになるだけだ、熱意も必要だけど肝心なのは知識で、知識に勝るものはないって。私の講演に足繁《しげ》く通ってくるのはありがたいけど、出待ちまでして、いっしょに写真を撮ってよろこんでいるひとなんかはその典型だとも」

さえ子は危うく啜《すす》っていたコーヒーを吹きだしそうになった。

それって真純のことではないか。

「あたしも浜島さんの母校にいきたいなぁ。東京のひとり暮らしを、親が許してくれるかどうかがネックだよなぁ」

「だったらあたしもいってあげる」

「美波も義肢装具士になるの？」

「ちがうよ。東京にってこと。あたし、東京の大学にいくつもりだからさ。ふたりで暮らせばいいじゃない」

「そっか。美波となら、ウチの親も許してくれるだろうし」

自分達の未来について語り合うふたりは、まさに青春そのものだ。

「そう言えば高校受験がおわったら、ふたりで東京へ遊びにくるんでしょ」

「いきます、いきます」と和泉美波。

「二階堂さんが渋谷を案内してくれるんですよね。美波から聞きました」と佐藤早紀。

「よかったらウチの学校も見学する？」

「いいんですか。お願いします。あ、でも美波は？」

「つきあってあげるって。きみとあたしの仲ではないか」

「なにそれ」

そしてふたりは声をだして笑った。

私にもこんな頃があったんだよな。

十年以上も昔だ。ついこのあいだの気もするし、遠い昔のようでもあった。いずれにせよ、もうそのときには戻れないことだけはたしかだ。

「こんなもんかな」

思わず声がでてしまった。そんなさえ子を『オバケデイズ』のキャラクター達が見つめている。いいと思いますよというヤツもいれば、こんなもんじゃないのとニヤついているヤツもいた。

マサムネくんのハイカットシューズに、ワッペンを付ける役目を、さえ子は岡田から仰《おお》せつかった。マンスリーマンションに持ち帰ってきた仕事とはこれだった。服や鞄《かばん》などの布製のものならば、アイロンを押し当てて付けられるが、靴だとそうはいかない。そこで強力な瞬間接着剤で貼《は》り付けることにした。

ワッペンは十個あったが、ぜんぶは無理だったので、左右三個ずつ貼った。念のためにスマホで調べ、右が主人公のエンリョーくん、その仲間のデビゾーとオニノスケ、左が仇役《かたき》のドクター・ラヴクラフト、その配下のミゴちゃんとクトルフにしておいた。配置などを考えているうちに時間が過ぎていき、結局のところ二時間ほどかかってしまい、すでに十時になろうとしている。風呂《ふろ》の準備をしようかと腰をあげようとしたとき、スマホがテーブルの上で震えた。珍しいことに、戸樫からのビデオ通話だった。そして彼の顔が小さな画面にでた途端だ。

「なにがあったの？」

挨拶《あいさつ》抜きで、さえ子は言った。戸樫は左目の下にどでかい絆創膏《ばんそうこう》を貼っていたのである。去年、さえ子が模擬義足で転んだときとまるでおなじだ。

「殴られました」

「だれに？」

「いまいるところの社長です」

信用金庫を辞めた三代目社長にちがいない。

「ヒドい」さえ子は呻《うめ》くように言った。戸樫くんだったらウマいことやれるってと真純に言ったものの、そうはいかなかったわけだ。「でもなんで」

「ぼくの指導係が嘘を書いた領収書を患者に渡したんです」

「嘘って、どんな嘘？」

「患者さんに売ったのはインソールを入れただけの市販品の靴二足なのに、オーダーメイドの靴を一足と書いたんです。金額はオーダーメイドの靴一足分の十万円でした。インソール入りの既製品二足分だったら四万円程度だって言うのに」

「それって患者さんは気づいてないわけ？　値段はこんなもんかなと思っても、二足が一足って書いてあったら首を傾《かし》げるわよね」

「指導係が一足はサービスですと言ったら、患者さんは鵜呑《うの》みにして、ありがとうございますと感謝していたくらいです。そのあと指導係にどうしてあんなことをしたのか訊ねても、実習生がとやかく言うなの一点張りでした。どうやらいままでもやってきたみたいなんです。だけどたとえ指導係がそうしたところで、彼個人の懐《ふところ》にお金が入ってくるはずがない。とすれば会社ぐるみでやっているとしか思えません」

ココスペースに勤めていた頃にも、似た話をときどき耳にした。よその会社で、領収書や請求書の工事内容や数字を書き換えて業者からキックバックをもらったり、架空取引で会社からお金をだまし取ったりしたことが発覚して、クビになったひともいれば、それこそ会社ぐるみでおこなっていた会社もあった。どんな業界にも不逞《ふてい》の輩《やから》はいるものだ。

「だからぼく、そのことを社長に訊ねたんです」

「え？」

「ぼくのいる会社、食堂があって、社長は外出したとき以外は、必ずそこで食べるんですよ。今日の昼間にもいたので、社長の許へいって領収書の話をしたんですけど、最後まで聞かずに、突然立ち上がって殴りかかってきたんです。そしてうしろに倒れたぼくにむかって、二度とその話をするなと怒鳴りつけました」

戸樫は視線を外し、さえ子を見ていなかった。その表情に怒りはなく、自分の不甲《ふが》斐《い》なさを悔やんでいるかのようだった。

「二階堂さん。ぼくは間違っているでしょうか」

「間違っていないよ」

「ですよね」

戸樫の顔が綻《ほころ》ぶ。だが左頬の絆創膏のせいで、とても痛々しかった。

「だけどだれもぼくを助けてくれませんでした。それどころか指導係とその上司に会社の裏に呼びだされ、ぼくを助けてくれませんでした。それどころか指導係とその上司に会社の裏に呼びだされ、とんでもないことをしてくれたものだとか、きみはまだ世の中の厳しさを知らないとか、若いからってなんでも許されるわけじゃないとか、正義感を振りかざすのもたいがいにしろとか、きみの不用意な発言でどれだけのひとが迷惑を被《こうむ》るかわかっているかとか、ネチネチと文句を並べ立てられました。そのうち昼休みがおわるチャイムが鳴ったので、仕事に戻らなくていいのですかと言ったら、ふざけるな、俺達を舐《な》めているのか、だいたいおまえは生意気なんだよと小突かれて。さらには社長室に引っ張っていかれて、社長に土下座しろと」

「したの？」

「はい」

さえ子は身体《からだ》が熱くなっていくのを感じた。怒りだ。沸々《ふつふつ》と沸《わ》き起こる怒りが、身体を熱くさせている。

「ぼくがいじめられているのに、自分の悪いところを直せばいじめられずにすむと先生に言われた、あのときとまるでおんなじです」

「そんなことはないよ。いまの戸樫くんには私や真純がいるじゃない。いくらでも相談に乗るわ」

返事がない。身動きひとつせず、さえ子をじっと見つめていた。マンションのＷｉ－Ｆｉが弱いのがこまると、戸樫が真純にＬＩＮＥを送った話を思いだし、フリーズしたのかと思いきや、そうではなかった。

「あ、ありがとうございます」戸樫が言った。フリーズしていたのは彼だった。「でもいまはまだ、だいじょうぶです。小学校から高校まで、伊達《だて》にボッチだったわけではないので、ひとりでなんとかします。でもひとつお願いが」

「なに？」

「これ」戸樫は絆創膏に触れた。「腫《は》れが引いても、東京に戻る頃にはまだ痣《あざ》になって残っていると思うんです。そしたら母さんが、二階堂さんと永井さんに、なにがあったのか、ＬＩＮＥで訊ねてくるはずです。ぼくは階段で転んだんだと言うので、口裏をあわせてもらえませんか」

「はち仔さんを心配させないためね」

さえ子が訊ねると、戸樫はこくりと頷《うなず》いた。

いいヤツだな。

なに不自由なく育ったのに、家族と揉《も》めてばかりいた自分とは大違いだと、さえ子は思った。こんな息子を持てて、はち仔さんも幸せにちがいない。

「真純には連絡したの？」

「これからです。リーダーから先にと思ったので」

だからリーダーになった覚えはないよと言い返そうとしたが、戸樫が真顔なのでやめておいた。

やっぱ駄目だったか。

さえ子はがっくりと肩を落とした。和泉美波と佐藤早紀が百々目義肢装具製作所を訪れたつぎの日、岡田とともに朝から外回りだった。

午後イチには小太刀町の療育センターを訪れ、前とおなじ部屋で、岡田とさえ子各々《おのおの》がつくったインソールをマサムネくんに試してもらった。選ぶ選ばない以前に、さえ子がつくったインソールでは立つことができても満足に歩けないという、お粗末な結果だった。

マサムネくんは上機嫌だ。『オバケデイズ』の靴を履いた彼は、歌を唄《うた》いながら足踏みをしており、いまにも踊りだしそうだった。

仕方がない。よろこぶマサムネくんを見ていると、いつか自分がつくったインソールでよろこんでもらおうと、前向きな気持ちになることができた。

「ありがとう、おねえさん」

「私はなにも」

マサムネくんに礼を言われ、さえ子は戸惑ってしまう。

「靴にワッペンを付けたのは、お姉さんだよって、教えたんだ」と岡田が言った。

「じょうずに歩けるようになったのは、うれしいにちがいないんですが、それ以上に『オバケデイズ』の靴が気に入ったらしくて」マサムネくんの父親が、さえ子に頭を下げた。「ありがとうございます」

「どれがいい？」マサムネくんは小さな手を左右並べて差しだしてきた。その上には『オバケデイズ』のワッペンが四つあった。靴に貼らなかったぶんだ。「ひとつ、あげる」

「いいのよ、べつに」

「もらってやってください。マサムネはあなたにお礼がしたいんです」

「だったら遠慮なく」

さえ子は狸《たぬき》なのにライオンのようにたてがみがあって、お腹《なか》に袋があるワッペンを選んだ。エンリョーくんの仲間のリトウだ。昨日、ネットで調べて知ったのである。

残りのワッペンをポケットにしまうと、マサムネくんはさえ子の右手を両手で摑《つか》んだ。

「いこっ」

「マサムネ。お姉さんはいかないよ」

「なにかあるんですか」さえ子は父親に訊ねた。

「一階のプレイルームで、いまからダンス教室がありまして」

「だったら我々も参加しよう」岡田が言った。「日頃の運動不足が解消できる」

マサムネくんに引っ張られるがままに、さえ子は歩きだす。その手の温《ぬく》もりから、彼の気持ちが伝わってくるようだった。

♪オバケでオッケー、オバッケー、
オバケもオッケー、オバッケケッケー♪

プレイルームでは、CDラジカセから流れる歌にあわせ、老若男女《ろうにゃくなんにょ》三十人ほどが踊っていた。ダンス教室とはいってもダンスを教わるのではなく、つぎつぎとかかる曲にあわせて、自由に踊ればいいだけだった。

いま流れているのは『オバケデイズ』の歌だ。マサムネくんはぴょんぴょんとひっきりなしに飛び跳ねている。その姿を隣で見ているさえ子も楽しくなり、人一倍張り切って踊った。そうやって身体を動かしているうちに、心も弾んできた。なによりもマサムネくんの笑顔がうれしい。

「たのしいね、おねえさんっ」なおも飛び跳ねながら、マサムネくんが言った。「たのしいね、おねえさん、とってもとってもたのしいね」

「殴られたとなると穏やかじゃないな」

「それだけじゃないんです。指導係とその上司に会社の裏で説教を受けて、さらに社長室で社長に土下座させられたって」

「マジで？」

「マジです。どうにかなりませんか」

「うぅん」岡田はハンドルから放した左手で、スキンヘッドをぱしぱし叩《たた》いた。

昨夜は戸樫のあとに、真純からもビデオ通話がかかってきた。すでに戸樫から話を聞いており、あそこの社長、ぶん殴りにいってやると息巻く彼女を、さえ子は宥《なだ》めることしかできなかった。

戸樫の件を岡田に話すつもりで、今日は朝から頃合いを見計らっていたものの、なかなかできずにいた。そして小太刀町の療育センターをでてから、百々目義肢装具製作所へ帰る車の中で、いましかないと、さえ子は一気に捲《まく》し立てた。

「実習生にまでパワハラするなんて」

「パワハラどころではありませんよ」と言ってから、さえ子ははたと気づいた。「〈実習生にまで〉って、いま言いましたよね。どういう意味ですか」

さえ子はつい詰問《きつもん》口調になってしまう。

「テツローさんが、その会社からウチに転職してきたって話はしただろ。あのひとがそこをやめた理由がまさにそれなの。きみがいま話したように、テツローさんも患者さんにはインソールを入れただけの市販品の靴二足を売ったとしても、領収書にはオーダーメイドの靴を一足と書けと上司に命じられたんだ。そんな真似《まね》はできないと拒むと、上司のみならず社長にも執拗《しつよう》に責められたらしい。だから武川さんの勧めで、もとの会社から遠く離れた猫跨市に引っ越してきたってわけ」

「それじゃあ、武川さんや岡田さんは、あの会社が不正を働いていたことをご存じだったんですね」昨夜とおなじように、さえ子の身体は怒りで熱くなっていった。「だったら告発すればいいじゃないですか」

「それはだって、よその会社のことだし」

ばんっ。

怒りのやり場がなく、自分でも気づかぬうちに、さえ子は左手で車のドアを力任せに殴っていた。岡田がぎょっとした顔になるのがわかったが、さえ子は自らを抑えられなかったのだ。

「そのせいで、私の大事な友達がヒドい目に遭ったんですよっ」

「わ、わかったよ。わかった。お、落ち着きなさい。隣で大声をだされると、うっかりハンドルを切り損ねかねないからさ。こんな中年親父《おやじ》と心中するのは嫌でしょ」

それは嫌だ。

さえ子は息を整えてから言った。

「どうにかなりませんか」

「会社に帰ってから、武川さんやテツローさん、それにウチの社長とも相談して、なんらかの手を打とう」

「なんらかの手ってどんな手ですか」

「こうして領収書を偽造することで、患者さんだけでなく、健康保険組合にも不正請求をしている。となればそっちのほうに働きかければ、動いてくれるかもしれない」

「わかっているのに、なんでいままでしなかったんです？」

また身体が熱くなり、さえ子は声を荒らげてしまった。

「そ、それはあの、健康保険組合によっては、還付請求の際、患者さんに装具の写真の添付を求めるところもある。だから遅かれ早かれバレると思っていたんだよ」

市街地に入り、やがて路面電車が走るのが見えてきた。さらに人力車と何台か出会《でくわ》す。そのうちの一台は、長宗我部が引いていた。すれ違っただけなので、声はかけられなかったが、彼がこちらを見て、会釈《えしゃく》をしたのはわかった。その姿を見て、さえ子は思いだしたことがあった。

「以前、戸樫くんはこう言っていました。ぼくはこの世界を変えたい。いや、変えなくちゃいけないんだ、ほんとのバリアフリーの世界に。ある日突然には無理だけど、毎日ほんの少しずつならば変えることができるはずだって」

こみあげてくる涙を堪《こら》えながら、さえ子は言った。

「すまなかった。心から詫びるよ」岡田が謝罪した。その場凌《しの》ぎではないのは、彼の真剣な表情からわかった。「不正を知っていて黙っていたら、それは共犯者とおなじだもんな。大いに反省する」

「よろしくお願いします」

重い。

スーパーマーケットで買ってきたばかりの西瓜《すいか》だ。できるだけ大振りのを選び、多少は重いものの、駅までくらいだったら運べるだろうと思ったのだが、だんだんと重さが増していった。いや、そんなはずはない。さえ子がくたびれて、重く感じるようになってきたのだ。

やっぱお菓子にすればよかったかな。

しかしいまさらどうしようもない。

八月も今日でオシマイだ。昨日の金曜で、臨床実習をおえ、夜にはバリアフリー仕様の居酒屋を貸し切り、百々目義肢装具製作所のスタッフ全員で、さえ子の送別会をおこなってくれた。大いに盛り上がり、あらゆるひとの酌を受け、さえ子はへべれけに酔っ払った。

それでも今朝は七時には起きて、百々目神社の太極拳《たいきょくけん》教室に参加し、先生や板垣進助とお別れしてきた。板垣にはＬＩＮＥの交換を迫られたものの、カレシが嫉妬《しっと》深くて、どんな男性にも連絡先は教えないようにしているのですと、嘘をついて断った。

それからマンスリーマンションに戻り、帰る準備をした。荷物はリュックサックと段ボール箱一箱になった。段ボール箱のほうは近所のコンビニに運び、明後日《あさって》着で自宅に届くよう手配した。そのあとベッドで二時間ほど眠り、部屋をでた。鍵《かぎ》は入口の郵便受けに入れておいた。そうするように学校から指示があったのだ。

表にでてから路面電車で駅にむかった。歩いても十五分程度で着くが、これまで路面電車を使ったことがないので、一度は乗ってみるかと思ったのである。

するとその車窓から、人力車が走っていくのが何台か見えた。ただし長宗我部はいなかった。さえ子はふと思いつき、猫跨駅のひとつ手前で下りた。

長宗我部に会いに、鷭屋《ばんや》へいくことにしたのである。自分の失言を改めて詫びるとともに、教えてもらいたいことがひとつあった。それにはなにか手土産を買っていこうと、駅近くのスーパーマーケットにむかった。長宗我部ひとりにではなく、鷭屋のみなさんで、というモノがいいのだが、どれくらいの人数がいるのか見当もつかない。その点、西瓜ならばどうにでも切り分けられる。我ながらいいチョイスだと思った。

それにしても重い。ついには両手で抱えていくと、だれも乗っていない人力車が数台、並んでいるのが見えた。そのむこうに鷭屋の看板が見える。和風な外装は老舗《しにせ》の蕎麦屋《そばや》か和菓子屋みたいだった。さらに近づくと、人力車のあいだに、車夫がいるのが見えた。人力車の座席を粘着クリーナーでコロコロと掃除している。こちらに背をむけていたが、さえ子の気配に気づいたらしく振りむいた。

「二階堂さんですよね」長宗我部だった。

「そ、そうです。先日はどうも」

「いえ、こちらこそ」

「じつは私、昨日で百々目義肢装具製作所の臨床実習をおえまして、今日、東京に帰るんです。それであの」

「人力車を乗りにきていただいた？」

いえ、と言いかけたが、折角なので「はい」と答えた。

「ちょうどよかった。いまから乗りません？　十一時半に予約のお客さんが、ついさっき電話をしてきて、ドタキャンされちゃって、俺、一時間ほどヒマなんです」

「でも、これ」と西瓜を少し持ち上げた。

「荷物は店に預けておけます」

「私のではなく、鶴屋のみなさんに食べていただこうと思いまして」

「ほんとですか？　だけどどうして？」

「先日のお詫びに」

「お詫び？」長宗我部は訝《いぶか》しげな顔になる。

「つまりその、ボクサーとして復帰したらどうかと、知らないこととはいえ」

「やだな。そんなの全然気にしてなんかいなかったのに。あ、でもそしたらその西瓜、もらえなくなるんですか」

「い、いえ、そんな」

「はは。だったらありがたくちょうだいします。それにしてもおっきくて立派な西瓜だなぁ。ここまで運ぶのに大変だったでしょう。俺、みんなんとこに持っていきますんで、しばらくここでお待ちください」

人力車は想像以上に速かった。乗り心地も悪くない。車よりも高い位置にいるだけで、この一ヶ月以上見慣れた猫跨市街が、少しちがって見えるのもよかった。

「いかがでした？　猫跨市は？」

赤信号で人力車を止め、長宗我部が訊《たず》ねてきた。

「そうですねぇ」

さえ子は答えに窮してしまう。百々目義肢装具製作所で日がな一日作業をしているか、岡田とふたりで営業先を巡っているか、いずれかの日々だった。土日は休みだったので、近場にある海や温泉にでもいくつもりだったが、そんな余裕はなかった。実習でおこなった作業について教科書やノートで復習したり、ネットで改めて調べたりする必要があったからだ。あとはくたびれて寝てばかりいた。つまりは猫跨市を堪能《たんのう》することはついぞなかったのである。

「住みやすい、いい町でした。みなさん、親切でいいひとばかりでしたし」

まるで旅番組の最後に、出演者が言う〆《しめ》のしょぼいコメントだ。長宗我部からの返事がない。呆《あき》れたのだろうか。青信号になり、彼は走りだしていた。

「俺、この町が嫌いだったんです」しばらくしてから長宗我部が言った。「嫌いでたまらず、だから十八のときに東京にでました。でも結局、戻ってくることになって、人力車をひいて、嫌いだった町を走って、嫌いだった町を案内しています」

「いまはどうなんですか」突然の告白にギョッとしながらも、さえ子は訊ねた。「好きになりましたか」

「好きとは言い難いですね。武川さんにはいろんな義足をつくっていただけるし、富《とん》田林《だばやし》のおやっさんにもとてもお世話になっています。後輩の浅間に、こうして車夫の仕事をさせてもらっているのも感謝してます。猫跨市に帰ってきたからこそで、あのまま東京にいたら、こうはなっていなかったでしょう。それは重々承知です。でもそこに甘えてはいけないという自分もいるんです。俺にはボクシングだけなんです。試合ができないいまは、だれか他人の人生を生きているようにしか思えなくて」

そこでまた赤信号になり、長宗我部が人力車を止める。

どうしてそんな話を私にするのだろう。訝しく思っていると、長宗我部は言葉をつづけた。

「あなたはおっしゃいましたよね。ぜったい復帰して戦ってと」

「ですからそれは規定を知らなくて」

「あなたのあの一言で、俺、やってみようと思ったんです。海外ならば義足でも試合ができる国はありますからね。そこで再チャレンジするつもりです。いますぐには難しいですが、俺も二十五歳なので、できれば三年以内にはどうにかしたい」

できるのだろうか。

そう思ったものの、さえ子は口にはしなかった。他人の夢にケチをつけるような真似はしたくない。

「あなたがさっき、あらわれたとき、これは天の思《おぼ》し召《め》しだと思いました」

「え？」

「最近、このことばかりが頭を巡ってて、ひとに話したのははじめてです。おかげで決意が固まりました。これで迷わずに突き進むことができます」

信号が青に変わり、長宗我部は走りだす。

「お願いです。俺が世界王座に就くまで見守ってもらえませんか」

「あ、はい」でもどうやって。

「俺、インスタグラムやっているんで、フォローしてください」

ならばお安い御用だ。

「がんばってくださいね」

「二階堂さんも義肢装具士になれるよう、がんばってください」

「わかりました」

そう答えてから、さえ子は長宗我部に教えてもらいたいことがひとつあったのを思いだす。でもそれは人力車をおりてからにしよう。

路面電車とすれ違う。車内から子どもがこちらにむかって手を振っている。さえ子はにっこり微笑《ほほえ》み、手を振り返す。それだけでとても幸せな気分になれた。

11

「いやっだ、うっそでしょ」

〈Come sta, Tokyo?〉に入った途端だ。レジカウンターの中にいた白井良美が、さえ子を見るなり叫んだ。さすがにまずいと思ったらしい。

「ごめんあそばせ」と店内にいた客やスタッフにぺこぺこ頭を下げる。こういうところも昔とまったく変わっておらず、さえ子は懐《なつ》かしさのあまりに目頭が熱くなった。

「ご無沙汰《ぶさた》しています」

「ほんとよぉ。前にきたのはいつ？」

「専門学校へ通う直前でしたから、去年の三月です」

「ほんとに？　なんだか四、五年会ってないように思っていたわ」

「そんなはずありませんよ。この店はオープンして二年半でしょう？」

「そっか。はは」

臨床実習のために休んでいたボウリング場のバイトに多めに入ったり、ハジメ義肢工房にも通ったりしていたため、なかなか時間がつくれず、〈Come sta, Tokyo?〉を訪れたのは九月の第四月曜だった。秋分の日で、午後イチにきたのだが、夕方四時まではハジメ義肢工房にいかねばならない用事があった。穂高の義足をつくるというか、つくらせてもらう。今日は採寸と採型をおこなう予定だ。〈Come sta, Tokyo?〉に真純と戸樫も誘ってはみたものの、どちらにも断られてしまった。

真純は江古田にあるエピテーゼ専門の製作所へ、勉強を兼ねて手伝いにいっていた。臨床実習先の会社で一週間、作業に加わったエピテーゼに興味を持ち、ハジメに紹介してもらったのである。彼女がつくった胸や耳、指などはハジメがほめるほど、なかなかの出来だった。彼女自身気づいていなかった才能が開花したと言ってもいい。江古田の製作所には、真純とおなじくエピテーゼを学びにきている学生が数人いた。休日はそうした学生達に作業場が開放され、各自が好きなものをつくってもいいとのことで、真純も朝からいって、作業をしているはずだ。

戸樫はハジメ義肢工房でバイトだった。不定期だったのが、ここ最近はほぼ毎日通っている。ハジメとともに義足ユーザーの許《もと》へ出向くことが多いらしい。ちなみに臨床実習先の社長に殴られた頬は、ひと月近く経ったいまでも少し痣が残っている。領収書偽造の件は、百々目義肢装具製作所の岡田が動いてくれたらしいが、いまだ世にはでていない。

「でも二階堂さんの話はいろんなひとから聞いているのよ。ココスペースの篠崎さんでしょ。あと、友々家の霧賀さんって方からもよ。あなたに会いに、この夏、北陸の小江戸だか日本海の小京都だかまでいったって」

「私に会いにきたわけじゃないですよ。私が臨床実習していた会社にいらしたんです。だけどその話を聞いたってことは、霧賀さん、最近いらしたんですか」

「昨日よ。日曜だっていうのに、休みじゃなくて仕事の途中で立ち寄ったって言ってたわ。あのひと、いつもそうなのよ。そんなんで身体悪くしないのって言ったら、太極拳をはじめたって」

百々目神社で習ってから、やみつきになったのだろうか。さえ子自身は、やろうと決意しながらも、東京に戻ってから一度もやっていなかった。

「凹組の醐宮《ごみや》さんはご存知？」

「はい」

「おなじ凹組の磐井田《いわいだ》さんがいま、ウチで個展を開いていてね」

それも知っていた。九月からも、さえ子はハジメ義肢装具をつくる練習に通っており、ハジメから今回の個展のチラシをもらっていた。

「醐宮さんはその個展を見にきたんですね」

「そうなの。そのとき、二階堂さんと会った話をなさって」

「祖師ヶ谷大蔵の中学の課外授業のことをですか」

「ええ。あの方が生徒相手にパラバドミントンをしていた最中に、勢いあまってコートから転がりでて、隣で模擬義足体験の指導をしていた二階堂さんに衝突したんですってね。自分は平気だったけど、彼女はどこか痛めたらしく湿布を貼っていて、申し訳ないことをしたって。それと」

「まだなにか？」

「結婚まで考えていた男に捨てられたそうなので、だれかイイひとがいれば、彼女に紹介してあげてほしいとも言われたの。それってほんと？」

　余計なことを。

「ほんとです。でも自分でなんとかしますので」

「そうよねぇ。二階堂さんなんて、カワイイし若いんだから、紹介するまでもなく引く手数多《あまた》よねぇ」

はいと返事をしたら嘘《うそ》になるし、だからといっていいえと否定するのも大人気ない。やむなくさえ子は曖昧《あいまい》に笑うだけにしておいた。そのとき白井良美の肩越しに、壁に飾ったドライフラワーが見えた。開店祝いに、さえ子が贈った桃の花にちがいない。

「穂高さんっていうカメラマンさんもいらしてね。ここで個展を開きたいって」

「するんですか、個展？」

「十二月にね。あなた、知らないの？　穂高さんは二階堂さんに勧められたからすることにしたっておっしゃってたけど。あら、やだ、私ったら、長々と立ち話しちゃって。でもいま満席なのよねぇ。よかったらギャラリーのほうで待っててくださる？」

東京スカイツリーや雷門、新宿の高層ビル街、歌舞伎町のゴジラ、竹下通り、そして渋谷のスクランブル交差点など、いわゆる東京の観光名所で見慣れた風景が、緻密《ちみつ》で写実的に描かれていながらも、どこかよその国というよりもちがう世界のようだった。見れば見るほど、その思いは募っていくのだから不思議だ。たしかにどれも味のある作品と言えた。

一枚だけ、どことも知れぬ街並があった。二階建てのアパートが中央に据えられ、その前にひとが三人立っている。真ん中のひとりが小さくて、左右はおなじくらいの背丈だった。こちらに背をむけており、性別もよくわからない。ただそのカタチは凹の文字のようだった。

「それって、ウチの事務所なんですよ」

突然、背後から話しかけられた。振りむくと、自分と同世代と思《おぼ》しき女性がいた。

「ウチの事務所って」

「凹組です。九品仏《くほんぶつ》にあるそのおんぼろアパートに三部屋借りています」

「凹組の方なんですか」

「はい。山田《やまだ》と言います。さきほど店のオーナーさんとお話しされているのを聞きまして。二階堂さえ子さんですよね」

「そうですけど」

「私、凹組の先輩ときていましてね。四人席にふたりで座っているので、よろしければ、ごいっしょしませんか」

山田は山田香《か》な子《こ》、そして凹組の先輩は浦原《うらはら》凪《な》海《み》というやはり女性だった。フルネームがわかったのは、名刺をもらったからである。どちらも肩書きは〈デザイナー〉だった。

「この度はウチの醐宮がご迷惑をおかけしまして申し訳ありません」

さえ子がオーダーしたハーブティーがきてからだ。いきなり浦原が詫《わ》びて、山田と揃《そろ》って頭を下げた。この度といっても、四ヶ月も前のことである。

「いえ、べつに、そんな」

「湿布などの薬代は我が社がお支払いしますので」浦原がなおも言う。

「だいじょうぶですよ。どうぞお気になさらないでください」

「ほんとですか」それでも浦原は心配そうに訊ねてくる。「他にもなにか醐宮にされたことはありません？」

義肢装具士にむいていないと、醐宮に面罵《めんば》されたことを、さえ子は言わずにおいた。醐宮のためではない。それを言うことで、浦原がさらに大仰に詫びると思ったからだ。

「とくにはなにも」

「だったらいいんですけど」

そこで浦原は大きく溜息《ためいき》をついた。たぶん三十代なかばくらいだろう。でも大人としての落ち着きがまるでない。むしろ山田のほうがどっしりと構えている。

「ウチの社長、腕利《き》きで人脈も広いんですが、そのぶん敵も多くて」その山田が冷めた口調で言う。「でもひとに好かれようとはしません。敵が多いほうが燃えるタイプだといつも言うんですよ」

「どうかしてますよね」浦原は悲愴《ひそう》な顔になった。「そんなだから、私や磐井田さんが、あちこち詫びたりフォローしたりしなくちゃいけなくて」

「磐井田さんって、いま個展をなさっている方ですよね」

ギャラリーにプロフィールが貼ってあるのを見たら、四十七歳と、思った以上にオジサンだった。

「そうです」浦原が答えた。「どうでしたか、銅版画のほうは」

「よかったです」ハーブティーを一口啜《すす》ってから、さえ子は答えた。「当たり前の風景なのに、とても幻想的に見えるところが私は好きです」

「気に入っていただいてよかったです」我が事のようにうれしそうに言ったのは山田

だった。「私が勧めて、一昨年からインスタで銅版画を公開していましてね。フォロワーも日毎《ごと》に増えて評判が高いんです。銅版画自体、ネット販売したら売行きもよくて」

「個展はずっと昔からしているんですよ。それを醐宮ときたら、たいして金にもならないことを延々つづけていくなんて信じられないと本人に面と向かって言ったことがあって。ひとのやる気を削《そ》ぐようなことを平気で言うんだから、あのひとは。最悪でしょう？」

浦原の話を聞き、私も言われましたよとさえ子は喉《のど》まででかかったのを、ハーブティーといっしょに飲みこんだ。

「だけど醐宮さんがイノシシと事故ったとき、警察や病院、それに保険会社とかを相手にあれこれ交渉や手続きをしたのって、磐井田さんでしたよね。たしか身体障害者手帳の交付や義足の補装具費支給申請も」

「そりゃあ、しょうがないわよ。醐宮さんには家族がいないし、友達もいないんだから。凹組でそういう事務方のことができるのは磐井田さんだけなんだしさ」

「すみません。いまあの、イノシシと事故ったって、おっしゃいましたよね」

さえ子は山田にむかって言った。たしかめずにはいられなかったのだ。

「醐宮から聞いてませんか、その話？」と浦原。

「そういう話をする時間はなかったので」

「五年ほど前、醐宮は地方で養殖ドジョウのＰＲ活動の仕事を請け負って、東京とむこうをミニクーパーでちょくちょく行き来していましてね。そんなある日の深夜、東京に戻る途中で、車道に飛びだしてきたイノシシとぶつかったばかりか、その勢いで車ごと谷に落ちてしまい、発見されたのは事故から五時間後だったんです。警察から凹組に連絡があったのはその日の夕方で、病院に駆けつけたときには、醐宮は集中治療室で生死の境をさまよっている状態でした」

そう話す浦原の口調は、しんみりとしたものになっていた。

「あのときオータキさんとクロカワさんはいかなかったんですよね」山田が付け足すように言う。

「いまおっしゃったふたりも凹組の方？」

「そうです」さえ子の問いに、浦原が答えた。「醐宮とその男性ふたりが凹組の創立メンバーなんです。醐宮が抜けていた時期もあったんですが」

「さっき二階堂さんがご覧になってた銅版画」と山田。「凹組の入っているアパートの前に、ひとが三人立っていましたよね。両側がオータキさんとクロカワさんで、真ん中が醐宮さんなんです」

「どうしてそのふたりは、病院へ駆けつけなかったんですか」

「醐宮が俺達よりも先に死ぬはずがない、ぜったい無事だ、もしここで仕事を投げだそうものなら、醐宮が戻ってきたときに叱《しか》られちまうからと」浦原は苦笑まじりに言った。「醐宮が死ぬかもしれないことが、ふたりは怖かったんですよ。だから仕事をつづけたままで、正気を保っていたんです」

現実を突きつけられるのが耐えられなかったにちがいありません。病院にいって、

「ナミさんだって、ひとのこと言えませんよ。病院に駆けつけたはいいけど、待合室でわんわん泣くだけで、まるで使い物にならなかったじゃないですか。かく言う私もオロオロするだけで、さっきも話したとおり、磐井田さんにぜんぶやっていただいたわけですが」

「だけどほら、手術が成功したあとは凹組総出で、代わりばんこに看護して、リハビリに付き添って、私はもうオシマイだ、この先なにもできないんだって、醐宮さんが泣き叫ぶのを、みんなで宥《なだ》めたり励ましたりしてあげたじゃない。なのに仕事に復帰したら、そんなことすっかり忘れたかのように、以前と変わらず、ひとをアゴで使うんだから、あのひと。ほんと腹立つ」

「だけどナミさん。醐宮さんに手を握られて、涙ながらにありがとうなんて言われてもこまるだけでしょ」

「事故ったせいで、どうかしたのかと思うよ」

「事故前と変わらずに、ガンガン仕事を取ってきているのが、醐宮さんの感謝の表し方なんです」

さえ子は黙ってハーブティーを飲みながら、ふたりの話に耳を傾けていた。要するに醐宮は厄介で面倒な性格だが、ひとを引きつける魅力を発揮し、心の底からは憎めない人物なのだろう。そうでなければ、おなじ会社の人間が交替で看護やリハビリの付き添いをするはずがない。

あなたはいい仲間を持っているのね。大切になさい。

醐宮がそう言っていたのを思いだす。あれは自分のことでもあったのだ。

シブイクを卒業してからも、真純と戸樫のふたりと、言いたいことを言いあって、やりたいことをいっしょにやっていけたら、どれだけ楽しいだろう。

「それが感謝であれば、もうじゅうぶんだよ。これ以上、仕事を増やされても」

ダーダァダダァダァダダァダァダダァ。浦原の愚痴を遮るように、どこからか不穏な曲が流れてきた。『スター・ウォーズ』のダース・ベイダーのテーマだ。

「ふぎゃ」浦原は妙な声を発し、椅子《いす》の背もたれにかけていたトートバッグから、スマホを取りだすと、画面をタップして耳に当てた。「なんですか、醐宮さん。今日は休みでしょ。だからそれは昨日、お話ししたとおり進行してますって」浦原は腰をあげ、山田に目で合図をすると、醐宮相手に話をしながら店の外へでていった。

「ナミさんって醐宮さんからの電話だけ、あの着メロにしているんです」山田が言った。「とっておきの秘密を語るように、声を潜めてだ。「しかもいまみたいにナミさんが醐宮さんの悪口を言うと、かなり高い確率で、あんなふうに醐宮さんから電話がかかってくるんです」

　まさかと思ったが、醐宮ならばあり得る気がした。

ハジメ義肢工房にはショーウインドーがあり、義足や義手、それと各種装具が飾ってあった。戸樫の話では、以前は洋品店だったそうで、外観は看板を変えただけらしい。〈Come sta, Tokyo?〉をでたのは午後三時、私鉄や地下鉄を乗り継いできたため、思ったよりも時間がかかり、辿《たど》り着くのに五十分近くかかった。ショーウインドーから中が覗《のぞ》けるのだが、すでに穂高がいるのが見えた。ハジメと戸樫が作業をしている傍らで、作業台脇《わき》の椅子に座り、手元のタブレットに目を落としている。俯《うつむ》き加減だが、少し険しい表情なのがわかった。

ドアを開いて中に入り、挨拶《あいさつ》もそこそこに「すみません」と詫びながら、さえ子は穂高に近づいていった。「お待たせしました」

「ぼくもいまきたばかりだよ」穂高の顔から険しさは消えている。「それにまだ約束の時間ではないし」

「はい、あ、でも準備してすぐはじめます」

さえ子はリュックサックを作業台の上に置いた。

「どこでするのかな」

「そこでいいよ」

穂高に答えたのはハジメだ。彼はなにかの装具の一部であろう薄くて細長い金属を万力で固定し、曲げているところだった。その背後で、戸樫はカービングマシンで、陽性モデルを磨いている。

「ぼくらは邪魔にならないように作業するからさ」

「邪魔だなんてそんな」冗談だとわかっていても、さえ子は恐縮してしまう。

「今日は採寸と採型だよね。わからないことがあれば、遠慮なく訊《き》いて。わからないことをわからないままつづけても、あとで面倒なことになるだけで意味ないからさ。いいかい？」

「はいっ」

ハジメにハキハキとした話し方で言われ、さえ子も自然とハキハキと答えた。

今回、製作するのは断端の〈表面ぜんたい〉で、体重を〈支持〉できるTSBソケットだ。穂高自身、ふだんから使用しており、もっともポピュラーなソケットだ。

採寸をおえて採型にとりかかる。まずは筒型の細長い白いストッキネットを、穂高の断端から膝上《ひざうえ》まで通し、マーキングをおこなう。膝蓋骨《しつがいこつ》、脛骨粗面《けいこつそめん》、膝蓋靭帯《じんたい》中点、腓《ひ》骨頭《こっとう》、脛骨稜《りょう》、脛骨内側縁《ないそくえん》、と胸の内で呟《つぶや》きながら、ペンで印をつけていった。

つぎにギプス包帯を作業台で七枚重ね、水に浸してきれいに伸ばす。長細い長方形の厚紙みたいになったこれを、膝上から断端までの前面に被《かぶ》せた。そして骨のカタチを浮かびあがらせるように両手で擦《こす》る。これが固まったら、さらにぜんたいを水に浸《つ》けたギプス包帯で巻いていく。

「製作実習のときよりも、断然早くなっているね」

「ありがとうございます」穂高に褒められ、さえ子は思わずにやついてしまう。「五、六分もあれば固まりますんで、しばらくお待ちください」

「了解。あ、そうだ。だれよりも先に、二階堂さんに伝えようと思っていたことがあるんだ」

「なんでしょう？」

「十二月に〈Come sta, Tokyo?〉で個展を開くことになってね」

「ああ」

「あれ？　反応がイマイチ薄いな。ぼくにあの店で個展を開いたらどうかって勧めたの、忘れちゃった？　それとも酔っていたから言った覚えもない？」

「そんなことありませんよ」白井から聞いてきたばかりだとは言いづらくなった。

「よかったです。楽しみにしています」

「チワァァッス」そこに真純があらわれた。

臨床実習のあいだは黒髪だったのが、いまは真っ白だった。眉《まゆ》もである。耳と鼻のピアスも元通りだ。太腿《ふともも》まである大きめのボーダーシャツにネイビージャケット、グレーのレギンスと彼女にしてはふつうのいでたちだと思ったが、レギンスの膝にドクロがプリントされていた。

「戸樫っ、よかったな」

開口一番、真純は言った。しかしとうの戸樫は気づいていない。入口に背をむけたまま、カービングマシンで陽性モデルを磨きつづけている。そんな彼のほうに真純はむかっていく。

「戸樫っ。戸樫ったら」

さすがに気づいたらしく、戸樫はマシンのスイッチをオフにしてふりむいた。

「あ、ああ、永井さん。なに？　江古田にいってるんじゃなかったの？」

「朝からいってきて、指一本つくってきたよ。それよりも戸樫、朗報だ」

「『オバケデイズ』の食玩《しょくがん》の新作なら買ったよ」

「ちがうって。おまえを殴った社長の会社、例の件が明るみにでたんだ」

「え？」と声をだしたのは戸樫だけではない。さえ子もだ。

「例の件って、領収書を偽造してたことかい？」

ハジメも作業の手を止めて訊ねた。戸樫から話を聞いて知っていたのだろう。

「他になにがあるって言うんスか」

「だれからその話を？」とさえ子。

「江古田の製作所の友達ッス。そいつ、実家が戸樫の臨床実習先の会社とおなじ県にありましてね。地元の新聞の電子版を購読してて、その会社が治療用装具の領収書を偽造して、医療保険の不正請求してたっていう記事が今朝、アップされているって教えてくれたんスよ」

「その記事、ぼくもいま読んでた」作業台に置いてあったタブレットを手に取り、穂高が言った。「義肢装具に関する情報は検索して毎日、読むようにしているんでね。会社の名前を見たとき、戸樫くんが臨床実習をしてた会社じゃないかと思ったんだけど、やっぱりそうだったか。でも戸樫くんが社長に殴られたっていうのははじめて聞いたけど、なにがあったの？」

「自分の指導係が領収書を偽造するのを見て、戸樫は会社ぐるみで不正をしているって気づいたんスよ。それで社長にどういうことかと訊くと、その話は二度とするなと、ぶん殴られちゃって」

「ちがうよ。ぶん殴られてから、そう言われたんだ」

「戸樫くんのこの痣《あざ》って」穂高は自分の左頬に触れた。「そのときの？」

「そうなんスよ」真純が答える。「ヒドい話ッスよねぇ。だけどこうして事の次第が明るみにでたのは、ほんとよかった。天網恢恢疎《てんもうかいかいそ》にして洩《も》らさずとはまさにこのことだなぁ」

「その社長は詐欺罪《さぎざい》とか、なにかそういう罪に問われるんですかね」

さえ子はだれにともなく訊ねた。

「どうだろ」ハジメが首を傾《かし》げる。「患者さんによって健保組合に協会けんぽ、国民健康保険などといった具合に、保険はさまざまだけど、それぞれに不正請求したお金を返還して手打ちってとこだと思うよ」

「まさにそのとおり」と穂高が同意した。「記事にそう書いてありました」

「これも江古田の友達に聞いたんスけど」真純は一同を見まわしながら言った。「新聞の記事になっていない、社長についてのべつの話がありまして」

「ちょっと待って」さえ子は止めた。穂高の足に巻いたギプス包帯が固くなっていたからだ。

「ごめん、これを引き抜いて、穂高さんの断端をきれいにしてから話してくれない？」

「それじゃあ、このへんで休憩にしようか。戸樫くん、コンビニで烏龍茶《ウーロンちゃ》、買ってきて。五人だから二リットルのペットボトルね。紙コップはまだあったよね」

「笹塚のケーキ屋さんで、名物のロールケーキを買ってきたんだ」ハジメの言葉を引き継ぐように、穂高が言った。「みんなで食べない？」

笹塚のロールケーキは絶品だった。

作業台の端を片付け、紙コップに注いだ烏龍茶を飲みながら、みんなでその味を堪能し、真純の話のつづきを聞くことにした。

「あの社長、暴漢に襲われたそうッスよ」

「それはまた穏やかな話じゃないな」ハジメは眉間《みけん》に皺《しわ》を寄せる。

「いったいどんなふうにやられたわけ？」と穂高。

「三週間くらい前、夜道を歩いていたら、ひとが駆け寄ってきて、ボディブローを鳩《みぞ》尾《おち》に一発、食らったそうッスよ。でね。その場にうずくまって動けなくなったばかりか、あまりの痛みに内臓が破裂したかもしれない、このままだと死んでしまうと思って、自分のスマホで救急車を呼んで、病院に運んでもらったんですって。でもどこも怪《け》我《が》はなく、何日か痛みが残っただけに過ぎなかったらしいんスけどね」

嘘だ。そんなはずはない。

さえ子は胸の内で否定する。

だって。

「で？　犯人は見つかったのかな」

穂高が言う〈犯人〉という言葉に、さえ子はどきりとしてしまう。

「いまも話したとおり、命に別状なく怪我を負ってもいないし、金銭や物品はなにひとつ取られませんでしたからね。近隣で類似した事件がなく、警察も動きようがない。そのため三週間経《た》ったいまでもわからないし、この先も見つかるか、わからないだろうというのが現状だそうッスよ」

「夜道でも街灯の灯りで、犯人の顔を見ることはできなかったのかな」とハジメ。

「そのへんは犯人も抜かりがなくて、街灯もなければ防犯カメラもない、真っ暗闇《くらやみ》の道で襲ってきたらしいんスよ。しかもパーカーのフードを深く被っていたし、あまりに突然のことだったので、顔なんて見る余裕はなかったみたいッス。ただ」

「ただ、なに？」さえ子は訊ねた。できるだけさりげなくだ。

「犯人は女だったのではと、社長は言っているそうです」

「身体《からだ》つきで気づいたとか？」

穂高の発言に真純は「いえいえ」と首を横に振る。

「匂《にお》いではありませんか。女性がつける香水が犯人から漂っていたのでは」

「それだっ」ハジメがぽんと膝を打つ。「鋭いな、戸樫くん」

「ちがうッスよ」少し呆れ顔で真純は否定した。「声ッスよ、声。犯人がパンチを入れたときに『天誅《てんちゅう》っ』と言うのが社長には聞こえた、それが女の声だったと」

そうだった。

さえ子はその瞬間を思いだす。

たしかに天誅と言った。言うつもりはなかった。しかしパンチを食らわそうとしたときに、思わず口からでてしまったのである。

あの社長を殴ろうと決めたのは、いつからだろう。

戸樫本人に事件のあらましをはじめて聞いたときには、そこまでではなかった。真純がビデオ通話をかけてきたとき、あそこの社長、ぶん殴りにいってやると息巻く彼女を宥めながらも、その怒りに感化されたのかもしれない。

小太刀町の療育センターから百々目義肢装具製作所へ帰る車の中で、事件のことを岡田に訴えているあいだに、怒りが膨れあがっていった。領収書を偽造し、会社ぐるみで医療保険の不正請求をしていることを確信したのが大きい。そんな薄汚い奴《やつ》に戸樫が酷《ひど》い目にあわされたのが、どうしても許せなかった。と同時に富田林ボクシングジムで、ミット打ちをする長宗我部の姿が脳裏をよぎったのである。

護身術ってことですか。

臨床実習をおえた翌日、長宗我部がひく人力車をおりてからだ。さえ子は不審者などが接近してきた際、相手を一発で仕留めるパンチを教えてもらえませんか、と彼に訊ねた。

そうです。なにかありませんか。

となるとやっぱ、ボディブローを鳩尾に食らわすのが、いちばんですかね。体当たりをするように拳《こぶし》を突き刺して、なおかつ相手を持ちあげるつもりで打ち抜くと効果的です。

鵜屋の裏で、長宗我部は実演してくれた。そのパンチの速さたるや、間近で見ると圧巻だった。それから彼はさえ子の横に並び、ゆっくりやるので動きを真似《まね》てください、と懇切丁寧に教えてくれた。さえ子がどうにかカタチになったところで、今度は真正面に立った。

俺を不審者だと思って殴ってください。力の限りでかまいません。

言われたとおりにパンチを入れたものの、効かないどころか、長宗我部の鍛え抜かれた腹筋は鋼《はがね》のごとく頑丈だったため、さえ子の拳のほうがダメージが大きかった。あまりの痛さに拳を開き、ぶんぶんと振ったほどだ。

だいじょうぶですか。

あ、はい。

これだけの短時間で学んだにしては上出来です。一般人ならば、いまのでじゅうぶん退治できます。だからといって無闇には使ってはいけません。いざというときだけにしてくださいね。

長宗我部にはそう言われたが、その夜に早速、使ってしまった。

社長の顔は会社のホームページで確認できた。自宅は会社とおなじ敷地内にあると、真純経由でわかっていた。猫跨市をでて、午後五時にはその会社の最寄り駅に着いた。

駅周辺は思ったよりも栄えていた。さえ子は予《あらかじ》めスマホで検索しておいたネットカフェに入り、受付ではひとまず五時間パックで支払い、一畳もない個室でフード付きのパーカーに着替え、顔にはマスクを着けた。

そこからグーグルマップで検索し、徒歩十五分足らずで社長の自宅に辿り着くことができた。三階建てのビルの会社と背中合わせで、真純が話していたとおり、屋敷のような家だった。

一時間経ってでてこなかったらあきらめよう。そう考え、しばらくあたりをうろついていた。結果、六時を回っても自宅からはだれもでてこなかったので引き揚げた。

ネットカフェに戻ると、瞼《まぶた》が重くなってきた。前日は送別会で、だいぶお酒を呑《の》んでいたし、社長の自宅周辺を一時間弱うろついていたせいで、クタクタだった。

ここで一泊して、朝イチで家に帰ろう。

そう決めて受付にいき、明朝七時までのナイトパックに変更して追加料金を払い、部屋で眠りについた。しかし三時間もしないうちに空腹で目覚めてしまった。カフェ内には満足なフードメニューがなく、ラーメンでも食べようかと表にでた。フード付きのパーカーのままで、行き交うひとの八割方が酔っ払いの繁華街をしばらく歩いていると、突然知った顔が目の前にあらわれた。雑居ビルの地下からあがってきたのである。

戸樫を殴った社長にちがいなかった。

ホームページの写真はスーツ姿で髪を七三に分けていたが、実際の彼はポロシャツに七分丈のパンツで、髪には軽くパーマをかけていた。赤ら顔なのは酒を呑んでいるせいだろう。彼のうしろをついてきた派手な格好の女性がマタキテネェと、片言の日本語で言うのが聞こえた。そんな彼女をハグすると、社長は手を振り、背中をむけて去っていった。

さえ子はフードを被り、社長のあとをつけた。尾行なんて生まれてはじめてだが、酔っていることもあってか、社長にはまるで気づかれなかった。どこかよその店へ立ち寄ることもなく、社長は繁華街を抜け、駅前を通り過ぎ、五時間前にさえ子が歩いたのと、ほぼおなじ道を歩いていった。自宅に帰るにちがいない。やがて街灯がない真っ暗闇の細道に入っていった。

さえ子は覚悟を決めた。ポケットからマスクをだして着け、フードを目深《まぶか》に被る。ジョギングをしているかのような走り方で、社長との距離を縮め、さらには追い抜くと、五歩ほど進んだところでむきなおった。そしてファイティングポーズを取った途端だ。

だ、だれだ。遠藤か。

社長にそう訊かれても、さえ子は無言で一歩前にでた。そのまま長宗我部の教えどおり、体当たりをするようにパンチを打ちこもうとしたのだ。しかし社長が後ずさったのでできなかった。

児島？　笹岡？　わかった。野田だな。野田だろ。許してくれ。お、俺が悪かった。おまえが怒るのも無理はない。もっともだ。でもな。高松がおまえをクビにすべきだって言ったんだ。殴るべき相手は高松だ。俺じゃない。

さえ子はさらに前にでる。するとまた社長は後ずさりする。

の、の、野田じゃないのか。だとしたら大杉か。そうだ、大杉だ。なぁ、大杉。俺とおまえの仲じゃないか。あのことは水に流すって言ってくれたろ。あれは嘘だったのか。そりゃないぜ。殴りたい気持ちはわかる。でもこんな夜更《よふ》けに襲ってくるなんて、おまえらしくないぞ。

そこでさえ子は首を横に振った。

大杉でもない？　じゃあだれだ。福沢か。樋口か。新渡戸《にとべ》？　夏目はフィリピンだし。三枝？　林？　飯島？　溝口？　小津？　黒沢？　成瀬？

どれだけのひとに恨まれているのだろう。自分がいま、ここで殴らずとも、いつかだれかに殴られるか、もっとヒドい目にあうのかもしれない。そう思ったものの、さえ子は間合いをぐっと詰め、同時に右腕をうしろへ引いた。

天誅っ。

そう言うなり、ボディブローを放った。だがそのときには社長はくるりと回り、こちらに背をむけていた。それでも彼の腰に、さえ子の拳は当たった。なんとか届いた程度だ。にもかかわらずだ。

ひゃぁあっ。

情けない悲鳴をあげ、社長は前のめりに倒れていた。

「だけど永井さんにその話をした子は、どうしてそんなに詳しく知っているんだ？」

ハジメが不思議そうに言う。

「あたしもそう思って、訊いたんスよ。そしたら社長自身が犯人を捕まえようと躍起になって、あちこちで話しているんですって。それを直《じか》に聞いたか、そばにいてたまたま耳にしたかはわかりませんが、某社の三代目社長がこんな目に遭ったらしいぜｗ《わら》ｗ《わら》って具合に、ＳＮＳに書きこむひとが複数いたとかで。江古田の友達は母親からＬＩＮＥで報《しら》せてきたと言ってました」

それにしても嘘が多い。

ボディブローを放ったのは事実だが、当たったのは鳩尾ではなく腰だ。しかも社長が前のめりに倒れたのは、さえ子のパンチのせいではなく、慌《あわ》てて逃げようとして足がもつれただけである。そんなマヌケな自分を隠すために社長自らが話を盛ったのかもしれない。ＳＮＳで広がっていくうちに尾ひれがついたとも考えられる。

「そもそも初代も二代目も志が高く立派な方だったのに、三代目はとんだドラ息子だと社内外で評判がよろしくない。前に勤めていた信用金庫では横領の疑惑があって、内部調査がはじまった頃に、ちょうど親父《おやじ》さんが亡《な》くなって、渡りに船とばかりに会社を継いだって話がまことしやかに流れているそうッスよ」

「話を聞けば聞くほど、殴られて当然に思えてくるな、その社長」

ですよねと穂高に言いそうになるのを、さえ子は堪《こら》えた。

「社長が殴られたのって臨床実習がおわった翌日？」

「そうだよ。戸樫、知ってたの？」

「じゃなくてその翌日の夕飯時に、指導係からぼくのスマホに電話があったんだよ。昨日の晩はどこにいたかって。東京に戻ってましたと正直に答えても、証拠はあるかって、しつこく訊いてきたんだ。しばらくやりとりしていたら、母さんがぼくのスマホを奪うように取ってさ。息子は昨日の晩、母親の私と家におりましたがなにか？って啖呵《たんか》を切るように言ったら、わかりましたとあっさり引き下がって電話を切ったらしい」

「指導係としては自分で犯人を挙げて、社長に気に入ってもらおうとしたんだ、きっと」ハジメは苦笑気味に言った。「実力じゃなくて人間関係だけでえらくなろうという輩《やから》は、どこにでもいるもんだな」

「戸樫みたいなへなちょこ野郎に、そんな大それたことができるわけないじゃんな」

真純が言った。いくらなんでも、へなちょこ野郎はヒドい。ところがとうの戸樫が
「ほんとそうだ。失礼な話だよ」と同意した。「暴力に対して暴力で報復するなんて愚かしい真似を、ぼくがするものか」

それを聞いた途端、さえ子は吹きだしそうになった烏龍茶を無理矢理飲みこんだ。

「だいじょうぶッスか、さえ子さん」

隣に座る真純が背中を擦《さす》ってくれた。

きみの仇《かたき》を討ってやったんだぜ、戸樫くん。それなのに愚かしい真似はないだろ。

「まさか永井さん」

「ちがうぞ、戸樫」

「まだなにも言っていないよ」

「あたしが社長を殴った犯人だと言おうとしただろ」

「あ、うん。だってほら、ビデオ通話で話をしたときに、社長のヤツ、ぶん殴りにいってやるって」

「そのあと、さえ子さんにおなじこと言ったら、宥められてさ。リーダーの言うことは聞かなくちゃとあきらめたんだ。それに戸樫の言うとおりだよ。暴力に対して暴力で報復することしか思いつかなかった自分を恥じるよ」

真純よ、おまえもか。

でも冷静に考えれば、知り合ったばかりのボクサーに、たったの三十分でパンチを教わり、その日の夜に闇討ちをしかけたなんてどうかしている。愚かしい真似と言われても仕方がない。

「ちなみになんだけどさ」真純がつづけて訊ねた。「戸樫だったら、暴力に対して暴力以外でどう報復するわけ？」

「義肢装具士としての実力を見せつけることだよ」他になにがあるのかと言わんばかりに戸樫は答えた。その言葉には驕《おご》りや傲慢《ごうまん》さはかけらもなかった。純粋にそう思っているからだろう。「そうすればぼくを殴ったことを後悔するはずさ。何年かかるかわからないけどね」

おっしゃるとおりだよ。

やっぱりあれは愚かしい真似だった、とさえ子は心から反省した。

シブイクとハジメ義肢工房とバイト先のボウリング場の三カ所をまわっているうちに、季節は瞬《またた》く間に流れていった。

シブイクでの授業はレベルが徐々にあがっている。この先、ついていけるのかと不安になり、やはり自分は義肢装具士にはむいていないのではないかと思い悩むこともときどきあった。その度に戸樫に助言を求め、真純に励ましてもらい、自らを奮い立たせ、なんとか乗り切ることができた。

そんな最中《さなか》、十月のなかばに意外なひとからＬＩＮＥが届いた。友々家《ゆうゆうや》の霧賀である。友々家バリアフリー店が再来年の春、三店舗同時にオープンすることが決定したとの報告だった。百々目義肢装具製作所以外の義肢装具の会社にも足を運び、さらには老人ホームや介護施設にも当事者の要望を聞きにまわっているらしい。それはいいのだが、どういうわけか霧賀が太極拳《たいきょくけん》を舞う動画も添付されていた。

その数日後には、元上司でココスペースの篠崎から電話がかかってきた。友々家バリアフリー店の件で、三店舗ともココスペースが請け負うことになったので、そのお礼にメシをおごりたいと言われた。

「一対一じゃないから安心しろ。大屋社長もいっしょだ。っていうか社長がきみに会いたいからセッティングしてくれと頼まれたんだ」

事務方一筋でありながら、前社長の指名で社長になった女性だ。光太郎の結婚相手をさぐるため電話をしたのは、臨床実習の最中だったが、もっと遠い昔に思えた。ひさしぶりに会いたい気持ちはあったものの、もう少し先にしてくれませんかと言った。

「べつにいいぞ。こっちも急いでいるわけじゃないし。どのくらい先だ？」

「再来年の春ならば」

「少しじゃなくてえらく先だな」

「義肢装具士の試験に合格して、就職先が決まったくらいのタイミングで」

その前に社長に会って話をしたら、ココスペースが懐《なつ》かしくなり、ふたたび内装の仕事がしたくなる気がしたからだ。でもそのことは篠崎には言わなかった。

「それだけ勉強が大変ってことか。きみの人生だもんな。無理強いはしないよ。社長もわかってくれるだろう。頑張ってくれ」

さらに十一月に入ると、シブイクで浜島敦子の講演がおこなわれた。例年は平日だが、今年は文化の日に開催された。校外の一般参加もあり、会場の視聴覚教室は満席で、うしろだけでなく両脇の通路も聴講者で埋め尽くされていた。

その中には猫跨市から参加した和泉《いずみ》美波《なみ》と佐藤《さとう》早紀《さき》の中三女子コンビもいた。シブイクのホームページで浜島敦子の講演を知った佐藤早紀が和泉美波を誘い、ふたりの親御さんの許可を得て日帰りで訪れたのである。三日前、その旨《むね》を報せる和泉美波からのLINEが、さえ子のスマホに届いた。どこかまで迎えにいこうかと返信したところ、渋谷駅ハチ公前で正午に待ち合わせることになった。

上京して八年半のさえ子だが、ハチ公前で待ち合わせをしたのははじめてだった。約束の五分前にハチ公口に着いたはいいものの、あまりの混みようで肝心のハチ公がどこにいるのかわからず、迷っていると、中三コンビがさえ子を見つけてくれた。

和泉美波はファンクショナルブレースを外していた。左腕はすっかり完治したらしい。佐藤早紀の側彎症《そくわんしょう》の具合も良好で、岡田が話していたとおり、年内には装具をつけなくてすむようになるらしい。

今回は渋谷巡りやシブイクの見学もせずに、講演がおわったらすぐさま猫跨市に帰らねばならないとのことだった。それでもすっかり浮き足立っていて、ふたりとも渋谷駅やハチ公、スクランブル交差点や１０９などをスマホで撮りまくっていた。

「二階堂さん、『もんじゃ』ってなんですか」

白地に黒い文字で書かれた看板を指差し、和泉美波は訊《たず》ねてきた。もんじゃ焼きのことだよと答えると、ふたりはもんじゃ焼き自体を知らなかった。猫跨市にはないのか、あるいはただ単にふたりが知らないだけなのかはわからないが、シブイクへいくまでのあいだ、もんじゃ焼きのレクチャーをしなければならなかった。

講演は午後一時から二時間、そのあと十分の休憩を挟んで、質疑応答がおこなわれた。中三コンビは浜島敦子と二メートルも離れていない、いちばん前の真ん中の席に陣取った。去年、真純のいた席だ。

その真純はと言えば、さえ子や戸樫といっしょに、会場のうしろのほうにいた。講演のあいだも、メモを取ることもなく、ぼんやり聞いているだけだった。

　そんな真純を横目で見て、さえ子は、はたと気づいたことがあった。彼女の口から浜島敦子の名前がでるのを、しばらく聞いていないのだ。たぶん、臨床実習をおえたあとからずっとだ。

　待てよ、真純はもしかして。

　講演がおわり、質疑応答がはじまると、佐藤早紀が真っ先に手を挙げた。それも「はい」と大きな声をだしてだ。聴講者からは好意的な笑いが起きた。

「まるで昔のあたしみたいだなぁ」

　隣で真純が言った。ほぼ独り言だ。

「あんたは質問しないの？」

「とくにないッスねぇ」

「浜島さんにはもう興味がないわけ？」

「ないことはないッスよ。あのひとがしていることは素晴らしいと思うし、尊敬もしてます。アフリカの子ども達を救うことができればという気持ちだってあります。でも彼女のようになるのは、あたしには難しいかもって思えてきたんスよ」

「あんた、浜島さんがNHKにでてたの見たのね」

「親に録画してもらって、臨床実習から戻ったあとに見ました。さえ子さんも見たんスか」

「私は話に聞いただけ」

「テレビ見ながら、そりゃないよって思わず言っちゃいましたよ。でも浜島さんのおっしゃるとおりッス。あたしは熱意だけは人一倍あるけど、それしかない人間ですもん。前に戸樫に浜島さんのNGOで働くつもりなら、英語くらいできなきゃいけないって言われて、英語の勉強をしてみたけど、さっぱりでした。もともと苦手で中学高校と赤点ばっか取ってたのに、急にできるようになるわけがないんですよ。講演に足繁《しげ》く通って出待ちして、いっしょに写真を撮ってよろこんでいるようなヤツはお呼びじゃないんです」

慰めの言葉をかけるべきだと思ったが、なにを言っても嘘《うそ》になりそうで、さえ子は口を噤《つぐ》んだままだった。それは真純のむこうにいる戸樫もおなじのようだった。

「だからって義肢装具士になるのをやめようとは思いませんでした。幸い、臨床実習でエピテーゼをやって、思った以上にウマくできた。あたしはこれでいこうと決意したんスよ。それでハジメさんに江古田の製作所を紹介してもらいました。あそこの学生ん中じゃ、ダントツなんですよ、あたし。このあいだなんか、所長さんに、卒業したらウチで働かないかって言われたくらいで」

「すごいじゃない」

「考えてみたら、そんなふうにひとに認められて、自分のことを必要とされたのって、あたし、生まれてはじめてなんスよね」

髪はオレンジ色で、耳と鼻にピアスをしている。でも真純は以前よりも凛々《りり》しく大人びた顔つきになっていた。そう言えば階段を下りるとき、最後にジャンプをしなくなったことにさえ子は気づく。

「あたしはあたしのやり方で、世界を変えてやるんです。ねぇ、さえ子さん、あたし、間違ってますか」

いつだかの戸樫にも、そう訊《き》かれたのを思いだしながら、さえ子はそのときとおなじ答えを言った。

「間違ってないよ。っていうかさ、なんで、それ、私に訊くわけ？」

「だって、さえ子さんはあたし達のリーダーですもん。なぁ、戸樫」

「うん」

だからどうして私がリーダーなんだと言いかけたときだ。

「ありがとうございますっ」と早紀の声が聞こえてきた。自然と拍手が起こる。さえ子達も手を叩《たた》く。そして真純が言った。

「あたしの夢は、あの子に託しますよ」

「フレッフレッ純子、がんばれがんばれ純子」

さえ子の斜めうしろで、声を揃《そろ》えて叫ぶのは凹組の浦原と山田だ。半年以上前に名刺をもらったものの、醐宮の名前が純子だなんて、さえ子はすっかり忘れていた。彼女達のさらにうしろには男性三人が並んでいた。太っちょふたり、着物姿が黒川、箱の中にいる猫の身体が半分骨という不思議なイラストがプリントされたパーカーを着ているのが大滝だ。よく見ればイラストの上に〈Schrödinger's cat〉と記されていた。もうひとり、ごくふつうのカジュアルな格好をしているのは、九月に〈Come sta, Tokyo?〉で銅版画の個展を開催した磐井田である。四十七歳のオジサンにしては若々しかった。

今年もあと二週間ちょっとの今日、ここ千葉市にあるスポーツ複合施設では、パラバドミントンの全国大会の真っ最中だった。

車椅子は二クラス、立位は四クラスと障害によるクラス分けに加え、今大会では男女、シングルス・ダブルスとすべてで十八クラスあり、いくつもあるコートでは各々《おのおの》のクラスの試合が繰り広げられ、そのうちのひとつで、醐宮が戦っていた。

醐宮さんがパラバドミントンの全国大会に参加するんですけど、もしよかったら、

いっしょに応援にいきません？

凹組の山田にそう言われたのは、ちょうど一週間前だった。さえ子はここ最近、〈Come sta, Tokyo?〉に月に二、三度いくようになり、先週の土曜にもお邪魔すると、待ち構えていたかのように山田がいたのである。

それってもしかして去年も参加して、一回戦敗退した？

そうです。醐宮さんは大腿《だいたい》義足なので、ＳＬ３というクラスなんですけど、その女子シングルスの出場選手が、今年は五人だけなんですよ。トーナメントなので二回勝てば優勝できるらしいんです。醐宮さんが言うには、今年こそパラリンピック出場がワンチャンあるかもしれないって。

さえ子は真純と戸樫も誘い、凹組メンバーとさえ子達のあわせて八人で、醐宮応援団が結成されたのだが、初戦から相手が悪かった。次期パラリンピック出場間違いなしの強化指定選手だったのである。

飛んできたシャトルを打ち返そうと、醐宮はコートを駆けずり回っているが、てんで間に合わなかった。試合がはじまって十分たらずで、すっかりくたびれ果てていた。

「だいじょうぶか、アイツ」背後から男性の声がした。凹組の黒川だ。「醐宮のあん

な顔、見たことないぞ」

「だったらいっしょに声だして応援してくださいっ」黒川にむかって、浦原が怒鳴りつけるように言う。「大滝さんに磐井田さんもですよ。いいですか、フレッフレッ純子、がんばれがんばれ純子」

「醐宮のこと、純子なんて呼んだことないからなぁ」

「クロさんっ」浦原の鋭い声が飛ぶ。

「わかったわかった」

「さえ子さん、あたし達もやりましょう」

真純が言った。さえ子自身、まさにそう思っていたところだ。

「フレッフレッ純子、がんばれがんばれ純子」

「フレッフレッ純子、がんばれがんばれ純子」

しかしどれだけ声をかぎりに応援しても、点差は開くばかりだった。強化指定選手はまるで情け容赦がない。ライオンはウサギを捕まえるにも全力を尽くすとはまさにこのことだろう。醐宮の顔には疲弊だけではなく、あきらめの色が浮かんでいる。

それに気づいたとき、さえ子は怒りに駆られた。なぜかは自分でもよくわからない。だけど無性に腹が立った。そしてやにわに立ち上がると、醐宮にむかって叫んだ。

「ざけんなよ、こらぁ。まだまだ負けが決まったわけじゃねぇだろが。あきらめたら承知しねぇからなぁっ」

醐宮の耳に届いたはずだ。さすがにさえ子のほうを見ようとはしなかったが、表情がきりりと引き締まるのがわかった。

強化指定選手がサーブを打つ。醐宮は身を翻《ひるがえ》して走っていき、背後のラインぎりぎりに落ちかけるシャトルを掬《すく》いあげるのが精一杯だった。大きな弧を描き、緩やかに飛んできたシャトルを、強化指定選手はなにか恨みでもあるのかというくらい、思いっきりラケットで引《ひ》っ叩《ぱた》いた。シャトルは醐宮が立つ位置と反対方向へ飛んでいく。

「ガツンといったれっ」

さえ子はふたたび叫ぶ。すると醐宮はこれまでにない機敏な動きで、シャトルに食らいつき、腕ぜんたいを鞭《むち》のごとくしならせ、見事に打ち返した。強化指定選手も意表をつかれたらしい。油断をしていたのだ。すぐさまダッシュしたものの、シャトルは思ったよりも速かったらしく、ぐいと腕を伸ばし、打ち返すことはできた。ただしいままでとはちがい、球威はだいぶ落ちる。醐宮はシャトルにむかって走っていく。そしてラケットを振りかけたが、ぴたりと止めた。直後、シャトルが落ちたのはサイドラインの外側だった。

「よっしゃあぁあぁぁ」

さえ子は我が事のようによろこび、その場でガッツポーズまでとってしまった。

結局、醐宮はその一点しか取れなかった。

しかし強化指定選手を相手に完封されなかっただけでも立派だと言うべきだろう。一点を取ったあの瞬間を見ることができただけでも、応援にきた甲斐《かい》があった。さえ子だけでなく、応援に訪れたみんなもそう思ったにちがいない。試合をおえた醐宮を凹組のメンバーが囲み、「よくやった」「すごかったぞ」「たいしたもんだ」と声をかけていた。

「一点は一点、負けは負けだって」

醐宮はそう言いながらも、清々《すがすが》しい晴れやかな表情だった。すると彼女は凹組から離れて、さえ子の許《もと》にきた。

「さっきはありがと。あなたの応援のおかげで、試合を投げずに、最後まで戦うことができたわ」

「え、あ、はい。いえ、お力になれてなによりです」

「念のために聞くけど、あなたまだ義肢装具士になるつもりでいるのよね」

「それはもちろん」

「よかった。じつは私、微力ながら手伝わせてもらうことになったのよ」

「どういう意味ですか」

「一月から学校で大腿義足の製作実習があるでしょ」

なぜそんなことを知っているんだろ。

そう思っていると、横から戸樫が言った。

「もしかしてモデルとしていらっしゃるんですか」

「そのとおり。よろしくね」

千葉をでて初台駅に辿《たど》り着いたときには、まだ五時台ではあったが、すっかり夜の帳《とばり》が下りていた。さえ子はボウリング場のバイトがなく、真純と戸樫もこのあと予定がないというので、〈Come sta, Tokyo?〉に夕食を兼ねて穂高の個展を見にいくことになった。個展は十二月のアタマから開かれており、さえ子は今日で五回目になる。写真はスマホで見るよりも当然ながら大きくて、その分、迫力があって感動が増すだけではなく、細部がはっきりわかるので、見るたびに発見があった。

しかし駅をでてから三人は、〈Come sta, Tokyo?〉のある商店街とは逆方向にむかって歩いていった。東京オペラシティに飾られた巨大クリスマスツリーを見にいくためである。ここまでくる車中で、戸樫が強く勧めてきたからだ。どうしておまえとクリスマスツリーを見なくちゃいけないんだ、と真純はブータレていたものの、実物を目の当たりにすると、「なんじゃこりゃあ」と彼女らしい感嘆の声をあげた。

「こんなでっかかったのか」

「高さ十二メートルあるらしいよ」

ツリーを見上げる真純に戸樫が教えた。ぜんたいに柔らかな光を放っているのは、光ファイバーとLEDでできているからだということもだ。

「戸樫はなんでこんなとこ、知ってたんだ？」

「テレビとかで紹介されて、けっこう有名だよ。それに去年もきたし」

「ひとりでか」

「うん。ここだけじゃないよ。ぼく、クリスマスツリーが好きなんだ。見てるととてもハッピーになれて、だれにでも優しくなれる気がするでしょ。だからこの時期には都内のあちこち見にいってるんだ」

「おまえって、やっぱ、変わってんな」

そう言う真純は髪がブルーで、背中と両肩にドクロの刺繍《ししゅう》をあしらったスカジャンを着ていた。

どっちもどっちだよ。いや、ひとのことは言えない。友人の仇とはいえ、会社の社長に闇討ちを仕掛けたのだ。変わっているどころか、私がいちばんヤバい。

しばらく三人で光り輝くクリスマスツリーを眺めていた。たしかにハッピーになれて、だれにでも優しくなれる気がした。でもそれは戸樫に言われたからかもしれない。

光太郎と別れて、もう一年以上経つのか。

早いものだ。篠崎副部長から、光太郎が結婚したと聞いたときは、相手が気になって仕方がなかったが、いまはそんなことはない。光太郎についても滅多に思いださなくなった。男に捨てられたら、さっさとつぎの恋をすべきよ、と醐宮に言われたことを思いだす。だがいまは恋などする余裕はない。でもそれが寂しいとは思わなかった。

「あ、そうだ。〈Come sta, Tokyo?〉に向かう途中で、コンビニに寄らなくちゃいけないんだ。私が忘れてたら、言ってくんない？」

「なんか買うんスか」

「『オバケデイズ』の食玩《しょくがん》」

「昨日、発売になったヤツですね」戸樫がすかさず言った。「でもどうかなぁ」

「どうかなってどういう意味？　まさか売り切れとか？」

「いえ、あの食玩」戸樫がコンビニの名を言った。「限定販売で、他のコンビニには売ってないんですよ。初台の商店街にあるかどうか」

「だったらだいじょうぶ。そのコンビニだったらあるわ」

「でもなんで、さえ子さんが『オバケデイズ』の食玩を買うんスか」

「猫跨市で臨床実習をやっていたとき、インソールをつくってあげた子がいるって話したことあったでしょ」マサムネくんのことだ。「まあ、私のインソールは使いものにならなかったんだけどさ。その子とはいまでもときどきビデオ通話でやりとりしているんだ。で、いま話した昨日発売の『オバケデイズ』の食玩なんだけど、猫跨市には、限定販売のコンビニがないんだって。だから東京のお姉さんの私が買って送ってあげることにしたの」

「さえ子さん、冬休みに入ったら、猫跨市にいくみたいな話してましたよね」と真純。

「うん。年明けて三が日が過ぎた頃に二泊三日でいこうと思っている」

さえ子は、猫跨市が懐かしくてたまらなかった。その思いは日々、募っていた。臨床実習のあいだに出逢《であ》ったひと達とふたたび会って話がしたい。百々目義肢装具製作所の武川や岡田には、自分がつくった義足を見せて意見をもらいたい。マサムネくんと『オバケデイズ』の歌にあわせてダンスをするのもいいし、和泉美波と佐藤早紀の中三コンビとスカイバードでお茶をしてもいい。早朝の太極拳教室にいったら、板垣進助はよろこんでくれるだろうかなんてことも考える。長宗我部が引く人力車にもふたたび乗りたい。彼のインスタグラムは毎日、更新されていた。たいがいは富田林ボクシングジムでの練習風景だった。その壁に〈世界に再挑戦！〉という貼《は》り紙がしてあった。

再挑戦。

私もそうだとさえ子は思った。七年間勤めていた会社を辞め、義肢装具士になるために、貯金をすべて注ぎこみ、専門学校に通っている。崖《がけ》っぷちで嵐《あらし》に見舞われ、足元はぐらつき、いつ吹き飛ばされてもおかしくない、それでも踏ん張ってがんばっていかねばならない。

「車夫をしてるボクサーさんに会うためッスか」

「ちがうよ。そんなんじゃないって」

「だったらあたしもいきたいんですけど」

「べつにいいよ」

「ぼくもいいですか」

この三人で猫跨市へいくのか。それはそれでおもしろそうだ、とさえ子はにんまり笑う。

「〈Come sta, Tokyo?〉にいって、その計画を練ろうか」

「その前にツリーをバックに写真撮りましょう」

戸樫が鞄《かばん》から自撮り棒を取りだす。

「おまえ、そんなの持ってたの？」

「だってほら、ひとりのときもツリーをバックに撮るのに使うから」

「見にいくだけじゃなくて写真も撮っているのか」

「思い出は大切だよ。いまスマホを取り付けるから、ちょっと待ってて」

「ねぇ、さえ子さん」真純がさえ子の左隣に立つ。

「なに？」

「あたし達三人で義肢装具製作の会社をつくりません？」

さも名案のように真純は言った。それも真顔でだ。

「まだ義肢装具士になってもいないのに？　っていうか、真純はエピテーゼの会社に勤めるんじゃないの？」

「それからさらにずっと先の話ですよ。そうだな、あたしと戸樫が三十歳くらいになったときに」

三十歳がずっと先なのか。さえ子は苦笑する。二十歳の自分も、三十歳なんて遠い未来だった。あと三年ちょっとだなんて嘘みたいだ。

いや、歳《とし》や性別なんか関係ない。私がいて、真純がいて、戸樫くんがいる。それだけだ。

「あたし、ひとりでできないことでも、さえ子さんと戸樫とならばできる気がするんスよ」

「ぼくもそう思う」スマホを付けた自撮り棒を持って、戸樫はさえ子の右隣に立った。

「ぼくら三人ならば、なんでもできるはずです」

戸樫も真顔だった。ニキビが目立たなくなったのは、薬用石鹸《せっけん》のおかげだろう。

「そうだね」さえ子は同意した。

シブイクを卒業してからも、このふたりと言いたいことを言いあえ、やりたいことをいっしょにやっていけたら、どれだけ楽しいだろうと思っていた。

「あたし達だったらなんでもできる」

真純が戸樫に負けず劣らず真剣になっている。

そんなふたりにむかってさえ子は言った。

「神様にだって勝てる」

文庫書き下ろし

偉大な一歩

目覚めると午前五時五十分だった。

ここ最近、御厨正義《みくりやまさよし》はすっかり早起きになった。それもやむを得ない。入院生活が長いからだ。起床六時はいくらなんでも早すぎやしないかと最初のうちは思い、検温に訪れる看護師に起こされることもしばしばあった。だがいまでは起床時間よりも十分から十五分前に、瞼《まぶた》が開く。

正義が入院しているのは猫跨《ねこまたぎ》市の北西部にあるリハビリテーション病院だ。三階の四人部屋だが、それぞれのベッドの間隔が広いおかげで、同室のひと達をあまり気にすることなく過ごせた。なんなら正義が住んでいた県警近くの独身寮よりも快適なくらいだ。しかもベッドが窓際《まどぎわ》なので開放感があり、窓からは北アルプスの雄大な山々を望むことができた。県警や独身寮などからも見えるがそれよりもずっと間近で、迫力がまるでちがった。

ただしこの時間はまだ、カーテンが閉じている。看護師が訪れるのを待たねばならない。六時になったら、自分で開いてもいい。しかしベッドと窓は二メートル以上離れており、いまの正義にとって、移動するにはキビしい距離だった。ベッドから下りるのも一苦労である。

なにせ右脚がないのだ。より正確を期すれば、右脚の膝下《ひざした》十センチで切断されていた。このリハビリテーション病院に入院しているのは、義足で歩く訓練をおこなうためなのだ。その道のりはまだ遠い。大学病院で切断手術を受け、リハビリテーション病院に転院して今日で半月が経《た》つ。いまはキャストソケットという練習用の義足を用いての歩行訓練をつづけている最中で、昨日はようやく、平行棒のあいだを三メートル歩き切ることができたばかりだった。ただし今日もできるとはかぎらない。不安は残っている。

正義は上半身を起こすと、ベッドの上で胡座《あぐら》をかいた。そして切断して残された右脚の部分、断端に被《かぶ》せてある靴下のようなものを外す。

これはスタンプシュリンカーと言いましてね。切断後の断端には内出血による腫《は》れ物やむくみができやすいんですよ。それを予防し、断端の成熟を促す効果もあります。

そう教えてくれたのは義肢装具士《ぎしそうぐし》だ。この病院とおなじ猫跨市だが、中心街のやや外れにある百々目《どどめ》義肢装具製作所で働く女性で、名前は二《に》階堂《かいどう》さえ子《こ》という。正義よりも四、五歳は年上の三十歳前後だ。

切断したばかりの断端は球根に似たカタチをしており、むくんで柔らかい。このままでは義足が嵌《は》められないので、絞りこんで細く硬くしていかねばならない。これが断端の成熟だ。

ふつうの包帯より伸縮性に富んで圧迫力がある弾性包帯を使うことでできなくもない。しかし巻くのに時間と手間がかかる。断端の末端をきつめに巻いて加圧できればいいのだが、自分でやるとなると難しい。しかも寝ているあいだ、外れてしまうデメリットもあった。となるとやはりスタンプシュリンカーを使ったほうがいい。ただし一枚数千円とやや高いのが難だった。お金の心配はしなくていいと母に言われたが、やはり気になってしまう。

義足を履けば当然、断端に体重がかかります。そうなると縫合した部分などは皮膚が弱く傷つきやすく、しかも傷口から黴菌《ばいきん》が入り、炎症を起こす恐れもあります。病院でリハビリをしているあいだは、断端に傷があれば、スタッフが気づいて教えることができます。でも退院をしてからは、自分ひとりでケアしなければなりません。なので一日二回、朝起きた直後と風呂《ふろ》あがりに断端を見る習慣を、いまのうちから身につけておきましょう。断端は朝と晩でコンディションがちがいます。そのちがいを自分でわかるようにしておくことも大切です。傷以外にも腫れているところはないか、手鏡で断端の裏側や膝のうしろまで入念にチェックするようにしてください。いいですか。

二階堂さえ子にそう言われたとき、正義は子どものごとく素直にひと際大きな声で、はいっと返事をしてしまった。彼女の言いつけに従い、朝起きていちばんに断端の確認をおこなう。傷がなければ腫れたところもなかった。つぎにベッド脇《わき》の棚に置いてあるチューブ型のワセリンを手に取る。脚を切ったことにより、断端は毛穴や血管が正常に機能せず、ふつうの皮膚よりも乾いてカサカサになってしまう。そこでほどよい湿潤を保てるワセリンを塗ったほうがいい。もちろんこれも二階堂さえ子の教えだ。

リハビリで履くキャストソケットをつくってくれたのも、二階堂さえ子だった。キャストとはプラスチックとガラス繊維でできた包帯に似たカタチをしており、水に浸すと硬くなる。一般にはギプスと呼ばれているそうで、骨折や捻挫《ねんざ》した部分を固定するために巻くのが、本来の使い道だ。これを断端に巻いて象《かたど》ったものをそのままソケットにして、義足に使用するのがキャストソケットである。低コストのうえに、その場ですぐに装着が可能だ。ただしあくまでも一時的な義足でしかない。

二階堂さえ子には下腿《かたい》義足の友達がいて、その人に協力してもらい、キャストの代わりに包帯で、断端に巻く練習をしてきたという。その甲斐《かい》あってか、正義のキャストソケットは見事な出来映《ば》えだった。

だからといって、履いてすぐに歩けるわけではなかった。それでも平行棒のあいだで、義足を一歩前にだしたとき、二階堂さえ子はこう言った。

いいですよ、御厨さん。これは人類にとって小さな一歩かもしれませんが、あなたにとっては偉大な一歩です。

キャストソケットでひと月ほど歩行訓練をしたら、つぎはチェックソケットに変える。断端を型取りして、陽性モデルなるものをつくり、これにオーブンで熱して軟らかくしたプラスチック材料を沿わせてつくるソケットだ。透明なので、ソケットと断端の適合状態が随時、チェックできる。

さらに歩行訓練を重ね、退院するまでには訓練用の仮義足をつくるという。リハビリがおわった段階でもまだ訓練用なのかと正義は妙に思い、二階堂さえ子に訊《たず》ねてみると、彼女はこう答えた。

訓練用の仮義足といってもその後につくる本義足とつくりは変わらないんですよ。仮義足から本義足へ移行する時期は、退院後の身体《からだ》の具合や生活習慣によって個人差がでてきてしまうため、明確な基準はありません。ただし目安としては断端の状態が安定する頃ですので、術後一年から一年半になるとお考えください。

義肢装具士は二階堂さえ子ひとりではなく、武川寛江《たけかわひろえ》という四十代と思《おぼ》しき女性がいっしょのこともあった。初対面のときはリハビリにきた外来の患者かと勘違いしてしまった。と言うのも彼女は二分脊椎症《にぶんせきついしょう》で生まれながら両足が不自由のため、車椅子《くるまいす》ユーザーだからだ。

細身で童顔なのに貫禄《かんろく》充分で、医師に対しても遠慮なく意見を言う。ヒステリックだったり、押つけがましかったりではなく、落ち着き払った口調で嚙《か》んで含めるように話す。ときとしてキツめの言葉を投げかけることもあり、患者である正義に対しても容赦ない。彼女の発言で場の空気が悪くなったとき、すかさずフォローをするのが二階堂さえ子の役目でもあった。

武川寛江は社歴が二十年近いベテランで、その腕前は業界内で有名らしい。既婚者で一児の母親でもあり、大学時代には演劇サークルに所属し、車椅子で舞台にあがり、『ロミオとジュリエット』のジュリエットを演じたというのだから驚きだ。言われてみれば彼女の声は通りがよくて、滑舌もよかった。

二階堂さえ子は東京の内装会社に七年勤めたのち、一念発起して専門学校に三年間通い、義肢装具士になり、百々目義肢製作所で働きだしてまだ三年目だという。これは本人ではなく、武川寛江が勝手にしゃべったことである。この話から計算をして、二階堂さえ子が三十歳前後だとわかったのだ。

　正義は恋愛経験に乏しい。警察官を目指し、柔道一直線の人生だったからと言えば聞こえはいいが、ただ単に奥手で女性と話すのが苦手なのだ。女性と交際したのは一度しかない。県内にある国立大二年の夏、コンパで知りあった、同い年だがすでに銀行に勤めていた女性にＬＩＮＥでコクられ、ＬＩＮＥでフラれた。いまでも彼女が自分のどこが好きでコクったのか、そしてまたどこを嫌いになってフったのか判然としない。

　コロナが五類に引き下げとなったいまでも院内はマスク着用が必須《ひっす》なので、二階堂さえ子の顔下半分を見たことはまだない。それでも凹凸のないあっさりとした顔だちなのはわかる。正義のタイプとはまるでちがう。なのに彼女がスタンプシュリンカーや断端のケアについての説明をしているあいだ、その顔に気を取られ、肝心なことを聞き逃してしまい、繰り返し話してもらうことが何度かあった。

あるいは歩行訓練の際、義足の調整をしていたり、正義の断端にキャストを巻きつけたりと、作業に打ちこんでいるときの真剣な表情にも見蕩《みと》れてしまうことがしばしばあった。神々《こうごう》しいくらいに美しかったのだ。

二階堂さえ子がいるだけで、リハビリを頑張ろうと気持ちがあがる。はたしてこれが世間一般で言うところの恋愛なのかどうか、自分でもよくわからなかった。

正義は警察官だ。県警の生活安全部に所属しており、当然ながら、いまは休職中の身だった。

いつから警察官になりたいと思うようになったのか、さだかではない。ただ母親の話だと赤ん坊の頃から、町中でパトカーを目撃すると大はしゃぎしていたという。両親とも公務員ではあるが、父は郵便局員、母は小学校の教師だ。正義という名前は父が一義、母が正美で、一文字ずつ取っただけに過ぎない。でも漢字を知らないうちから、正義の味方の正義と書いて、マサヨシと言いますと、自己紹介していた。それがいつしか刷りこまれ、いちばん身近な正義の味方の警察官に憧《あこが》れたのかもしれない。

本物の警察官とのファーストコンタクトは、小学三年生のときだ。学校で交通安全教室が開催され、制服の警察官やパトカー、白バイまでがやってきた。最後の質問コーナーで、正義は警察官になるため、いまのうちにやっておくべきことはなんでしょうかと訊ねた。すると制服の警察官が、いまは学校の勉強を毎日きちんとしていればだいじょうぶですよと模範解答を述べてから、柔道や剣道などを習っておくといいかもしれませんねと付け加えた。

九歳の正義は両親を説得し、自転車で通える距離の道場で、柔道を習いはじめた。想像以上にキツかったため、何度もやめかけながらも必死に堪えた。警察官の夢を諦《あきら》めるわけにはいかないからだ。中学では柔道の大会で好成績をだすようになり、柔道の強豪校と知られる高校から特待生としての誘いがあった。しかしゆくゆくはオリンピックに出場できる柔道選手として鍛えたいという方針だったため、ぼくは警察官になるのが目標なのでと丁重にお断りした。両親も正義の意思を尊重してくれた。

その後も道場には通いつづけ、大学三年のときに三段を取得することができた。これが決め手になったかどうかはわからないが、地元の警察官採用試験に合格、警察学校に半年通ったのち、県警の生活安全部に配属となった。子どもの頃からの夢が叶《かな》った。なのにまさかそれから二年と経たないうちに、片脚を失うとは思ってもいなかった。

悲劇が起きたのは、ゴールデンウィーク明けの月曜だった。夜七時半頃、繁華街を中心とした管内パトロールへむかうため、勤め先の県警の玄関をひとりででたときだ。目の前で信じ難いことを起きた。大型トラックが車道を外れ、自分にむかって突進してきたのだ。まるでアクション映画の一シーンに迷いこんだかのようだった。トム・クルーズだったら、このピンチを切り抜けることができただろう。

とは言え正義もなにもせずに突っ立っていたわけではない。右側へ駆けだし、停まっていたパトカーの背後に逃れた。するとどういうわけかトラックがおなじ方向に曲がり、正義の前にあったパトカーに正面衝突、その勢いでパトカーが後方に下がってきたところまでしか記憶にない。その直後、正義はパトカーのリアバンパーと県警の壁のあいだに両脚を挟まれた。痛みはなかった。痛みを感じるよりも先に失神してしまったのである。

意識を回復したのは五日後、県警近くの大学病院の集中治療室だった。もちろん瞼を開いたときには、自分がどこにいるのか、さっぱりわからなかった。

やがて医師を名乗る男があらわれ、正義の身になにが起きたのか説明してくれた。なによりも肝心なのは右脚についてだった。左脚は足首の骨折で済んだものの、右脚は骨が体外に突きでるほどの傷を負っており、膝下十センチで切断せざるを得ないと言う。ベッドに横たわり聞いていた正義は、頭に霞《かすみ》がかかったような状態で、とても自分のことだとは思えなかった。

それより医師の隣で泣き崩れる母を見て、えらく親不孝な真似《まね》をした気がしてならず、ごめんな、母ちゃん、許してなと何度となく詫《わ》びた。ただし後日、医師から聞いた話だと、そのときの正義は頷くのがやっと、とても声を発せる状態ではなかったらしい。

　トラックを運転していたのは無職の七十代男性で、数年前に解散していまはない暴力団の一員だった。切断手術をおえた数日後、見舞いにきた生活安全部部長が教えてくれた。

　男性は暴力団が解散してからというもの、その前歴に加えて高齢であることから、堅気の仕事に就くことができなかった。しかも家族にはとうの昔に見放され、身寄りがなかったため、路上生活を余儀なくされてもいた。そしてこうなったのもぜんぶ警察のせいだと、酔った勢いで配達中だった運送会社のトラックを強奪、犯行に及んだのだという。彼自身は突っ込んだときの衝撃で、軽いムチウチ症だけで済んだ。他に怪《け》我《が》人《にん》はでていない。

　おまえひとり、とんでもないハズレくじを引いちまったってわけだ。

　生活安全部部長は気の毒そうに言った。しかも男性が所属していた暴力団が解散したのは七年前で、正義が警察官になる前だった。

　その翌日、交通部の人間が数名訪れた。見舞いではなく、事情聴取だった。話をしているうちに、わかってきたことがあった。元暴力団の男性としては腹いせに県警の建物をぶっ壊せればよかった。その罪で刑務所に送られれば、雨風が凌《しの》げて三食ありつける。ところが玄関から正義がでてきて、このままだと轢《ひ》いてしまう。そこで慌《あわ》ててハンドルを切ったらしい。それが却《かえ》ってマズい結果となった。停まっていたパトカーに衝突、その背後に逃げた正義が壁とのあいだに挟まれ、右脚を失うことになってしまったのだ。

交通部が持ってきた元暴力団の七十代男性の写真を見て、正義は全身から力が抜けていった。怯《おび》えた目をした気弱そうな老人で、悲《ひ》愴感《そうかん》すら漂っていたのだ。自分の右脚を奪った憎むべき相手にしては、迫力不足というかあまりに卑小過ぎたのである。目の前にあらわれ、詫びられようものなら、怒りよりも憐《あわ》れみを覚えてしまいそうだ。かといってこれも運命だと受け入れられるほど、正義の度量は広くなかった。

八十キロ近くあった体重は、右脚を切断したことにより、二十キロ以上減ってしまった。右脚のない状態を見る度に、行き場のない怒りが沸き起こるのと同時に、将来への不安が胸に押し寄せてくる。おまえが現場に戻ってくるのを待っているぞと生活安全部部長には言われたものの、右脚がない男が警察官として役立つとは思えなかったのだ。複雑に入り交じった感情を制御しきれず、人目を憚《はばか》らず悲鳴に近い声をあげてしまうことが日に何度かあった。夜ともなれば毎晩、枕《まくら》を涙で濡《ぬ》らしていた。自分がこんなにも弱い人間だったのかとも思うようになり、さらに落ちこんだ。

大学病院の担当医からは、断端の状態が落ち着いたところでリハビリテーション病院に転院し、義足で歩けるようになるまで、約三ヶ月間、リハビリと歩行訓練をおこないますと説明を受けていた。しかし正義の気持ちはまったく前向きになれず、本当に歩けるようになるのかと不安が募るばかりだった。

さらに正義の許《もと》に、転院先のリハビリテーション病院から、理学療法士という耳慣れない肩書の持ち主が訪ねてきた。三十代なかばと思しき彼は鈴木というありふれた名前で、まるで印象に残らない、のっぺりとした顔つきでもあった。唯一《ゆいいつ》の特徴は、やたら大きな耳たぶで、正義は胸の内で彼を福耳と名付けた。

福耳によれば病気や怪我の後遺症など状況にあわせ、リハビリをどう進めていくか、プランを組み立て、患者自身に実行してもらい、在宅復帰と日常生活の向上を目指すのが、理学療法士の役割だという。

リハビリテーション病院で、リハビリと歩行訓練をおこなうに当たって、いまのうちからストレッチをしてもらいたいとのことだった。

切断した脚付近や、股《こ》関節《かんせつ》または膝関節の筋肉は短くなる傾向にあるらしい。拘縮《こうしゅく》と呼ばれるこの現象は関節の可動域が狭くなり、最悪の場合、義足を使うことができなくなってしまう。これを予防するためにも念入りなストレッチをしておいたほうがいい、歩くために重要な筋肉である大臀筋《だいでんきん》や中臀筋、大腿四頭筋なども鍛えておくべきだと福耳は熱弁を振るった。

まるで大昔の学園ドラマの教師みたいで、多少ウットーしかったが、正義は福耳の指導におとなしく従った。なにもしないでいると、真っ暗闇《くらやみ》の深い谷底へ延々と落ちていくような、悲観的な心持ちになってしまう。ならば身体を動かしていたほうがずっとマシだった。少なくとも余計なことを考えずに済んだ。

義足を装着して歩けるようになったら、なにがしたいですかと福耳に訊《き》かれたこともあった。

現場復帰です。以前とは変わらぬ、いや、それ以上の働きをして市民生活の平穏と安全の確保を担《にな》いたいと考えています。

気づけば正義はそう答えていた。福耳の熱血ぶりが感染したのかもしれない。

そしてリハビリテーション病院に転院すると、理学療法士の福耳以外に、医師や看護師はもちろん、日常生活の動作を指導してくれる作業療法士、義足をつくる義肢装具士など、自分ひとりのリハビリに多くのひとが携わることを知り、いささかビビった。義足で歩けるまでのプログラムが、綿密につくられていたことにもである。さらにはだ。

あなたが現場に復帰できるよう、我々チーム一丸となって頑張ります。よろしくお願いします。

福耳に真顔でそう言われた。こうなったらどうやっても歩けるようにならねばならない。正義は覚悟を決めた。

なにやってんだ？

正義は車椅子を止めた。作業療法士に見守られながら、杖《つえ》を使っての歩き方と車椅子からのベッドやトイレなどへの移乗の仕方を、休憩を取りつつ一時間半ほど練習してきたところだ。レクリエーション室の前を通りかかると、ドアが開けっ放しだったので、中の様子が見えたのである。

この病院でリハビリをしている切断患者は、年間二十人前後で、いまは正義を含めて七人だった。他には脳血管障害や脳外科疾患、骨折あるいは開胸、開腹手術後の機能回復などといった患者が大半で、高齢者が目立つ。

レクリエーション室では患者が任意で参加するゲームや塗り絵、折り紙、季節にあわせた催しなどがおこなわれていることがある。コロナ禍でしばらく全面中止だったので、これといった楽しみがなにもない状態がつづき、患者のストレスになってしまう。そこで最近はいくらか緩和され、感染防止対策をとったうえで、人数を制限しておこなわれるようになった。

いまは十数人がソーシャルディスタンスを保ちつつ、揃《そろ》っておなじ動作をしている。妙なのは両手でキツネのカタチをつくっていることだ。

キツネダンス？

それにしては動きが緩慢すぎる。

「はい、それではそのままぁ、ゆぅぅっくりとぉ、身体を左にまわしてくださぁぁい。そのときぃぃ視線は下のほぉぉう、背中を反ってぇぇ、右脚の踵《かかと》を見ましょぉぉぉう」

みんなと向かいあわせの女性が、動きとおなじ速さというかノロさで指導している。その装《よそお》いは襟なしの長袖《ながそで》シャツにゆったりしたズボンで、上下ともにうっすらとしたピンク色だった。

「はい、では姿勢を戻してぇぇ、つぎに左脚をうしろにしましょぉぉう。そして今度は身体を右にまわしまぁぁすぅ、おなじく視線は下にぃぃ、左脚の踵を見てくださぁあい」

だれしもが女性の言葉どおりに動く。その中に二階堂さえ子がいた。彼女から勤務先近くの神社で週に何回だか、太極拳《たいきょくけん》を習っている話を聞いたのを正義は思いだす。その先生が六十代後半なのに、肌がツヤツヤでスタイル抜群とも言っていたはずだ。だとしたらピンク色の服の女性がそうなのかもしれない。

「マッポのアンチャンじゃねぇか」

正義に呼びかけてきたのは板垣進助《いたがきしんすけ》だった。ハイビスカスが咲き乱れたアロハシャツに藍色《あいいろ》のサルエルパンツといういでたちの彼は、自分の踵だと言われたのに、正義に視線をむけていた。

その呼び方は勘弁してくれって言ったのにな。

板垣の人柄からしてワザとではあるまい。ただ単に正義が注意したのを忘れているだけだろう。

平成のおわり近く、板垣進助もこの病院でリハビリをおこない、百々目義肢製作所の武川寛江に義足をつくってもらっていた。いまでもここには外来診察に訪れているのだが、それとはべつに院長に頼まれ、リハビリ中の切断患者に義足で歩く際のアドバイスや心構えを教えにくることもあった。

正義は転院したばかりのときに会っている。その際、話しているうちに、正義のほうから自分が警察官で早くに現場復帰したいと言ったのがマズかった。それからというもの、正義を名前ではなく、マッポのアンチャンと呼ぶようになってしまったのだ。

そう言えばこのひとも神社で太極拳を習っているんじゃなかったっけと、正義が思っているところに、とうの板垣が駆け寄ってきた。七十歳近くで右脚が義足とは信じられない敏速さだ。

「あんたもいっしょにやろうや」

「でも俺、立てませんし」

「座ったままでもだいじょうぶだって」

板垣の言うとおり、正義とおなじく車椅子のひともいれば、椅子に腰かけているひともいた。

「板垣さん、無理強いはいけませんよ」とピンク色の服の女性が注意する。

「やだな、先生。無理強いだなんて人聞きの悪い。マッポのアンチャンがやりたそうに見てたから誘ってあげたんですよ」

やりたそうになんかしていない。しかし板垣進助は正義の背後にまわると、車椅子を押して、レクリエーション室に入れた。こうなったら逆らえない。どうせ昼飯までヒマなのだ。それにラッキーなこともあった。板垣進助が車椅子を止めたのは、二階堂さえ子の隣だったのである。二メートル近く離れているものの隣は隣だ。目があって会釈《えしゃく》をすると、彼女も頭を軽くさげてきた。マスクをしていても、目尻が下がったので、笑っているのはわかる。

「手はこうね」

板垣が自分の両手を正義にむけた。狐《きつね》ではなかった。カタチが少しちがう。狐ならば折り曲げた中指と薬指に親指をくっつける。しかし板垣は親指を広げていた。なんのカタチか、知りたいところだが、自分のせいで、レッスンが中断しており、これ以上は迷惑をかけられない。

ピンク色の服の先生が、ふたたび指導をはじめる。彼女の言葉に従い、正義はみんなといっしょに身体を動かす。理学療法士の福耳から教わったストレッチは、日々欠かさずおこなっている。だがそれとは動きがだいぶちがい、使う筋肉もべつだった。車椅子に座って上半身だけでも、けっこうな運動量である。全身からじっとりと汗が滲《にじ》みでてきてもいた。

横目で二階堂さえ子を窺《うかが》うと、作業に打ちこんでいるときとおなじ真摯《しんし》な表情をしており、正義はどきりとして慌てて視線をそらした。すると彼女と反対側にいる板垣が目に入ってきた。滑らかで無駄のない、しなやかな動きをしている。

このひとって、左右どっちが義足なんだっけ。

どちらの足に荷重しても、板垣は少しも揺るがない。健常者と比べてもなんら遜色《そんしょく》のない動きに、正義は驚きを隠し切れなかった。

「今日の午後、よろしくお願いします」

レッスンがおわってすぐだ。二階堂さえ子が正義に話しかけてきた。板垣はすでにいない。太極拳の先生にくっついて、さっさとレクリエーション室をでていってしまったのだ。

「こちらこそ」

午後は一時から歩行訓練なのだ。理学療法士の福耳が主に指導を務め、義肢装具士の二階堂さえ子はサポートしつつ、義足の調整をおこなう。

「緊張しないでできますか」

二階堂さえ子に真顔で訊かれ、正義は少し戸惑った。キャストソケットの義足を履いて、平行棒のあいだを歩くのは緊張するものの、いまにはじまったことではない。どうして改めて、念を押すように言うのだろうと思いつつも、「頑張ります」と答えた。

「でもまあ、そう言う私こそ武川さんがいないぶん、頑張んなきゃいけないんですが」

武川寛江は今週一週間いない。数年前、彼女は交通事故で右脚を失ったプロボクサー、長宗我部《ちょうそかべ》伸《しん》の義足をつくった。しかし日本の規定だと、義足ユーザーはプロボクサーになることが認められていない。それでも長宗我部はボクシングジム用の義足を武川につくってもらい、猫跨市内で人力車の車夫をしながら、ボクシングジムに通い、トレーニングをつづけていた。そして今年のアタマ、プロボクサーに復帰するために東南アジアの国へ移住、いよいよ今週末に復帰第一戦がおこなわれる運びになった。試合にむけて長宗我部の義足を万全にするために、武川は子どもを両親に預け、旦《だん》那《な》には有休を取ってもらい、ふたりで東南アジアの国へと飛んだのだ。武川にとってははじめての海外らしい。

それにね。新婚のときはお金がなくて、新居を借りるのがやっとだったんだ。だから今回はハネムーンも兼ねているのよ。

そう話しながら笑う武川は、とても幸せそうに見えたのを思いだす。

「びっくりしたでしょう？」

二階堂さえ子が不意に言った。リハビリテーション室はみんなでていき、気づけばふたりだけだった。

「え？」

「板垣さんですよ。見ててどっちの足が義足だったか、わからなくなりませんでした？」

「なりました」正義は素直に答える。

「御厨さんを無理矢理引きずりこんだのは、自分の動きを見せて、七十のじいさんがこんだけ頑張ってるんだ、おまえさんも頑張れよってエールを送りたかったんだと思います」

言われてみればたしかにそうかもしれない。

「あとこれ」二階堂さえ子はさきほどまでしていた手のカタチを左右ともにやってみせた。「なんだと思いました？」

「キツネじゃないかと。でもカタチがちょっとちがいますよね」

「鹿《しか》の角なんですよ。こうすれば」と両手を頭に乗せる。その恰好《かっこう》がなんとも愛らしかった。「そう見えなくもないでしょう？」

「あ、はい。たしかに」

「さっき板垣さんに教えてもらったとき、御厨さん、えらく訝《いぶか》しげな顔をなさっていたから、知りたいんじゃないかなと思いまして」

まさにそのとおりだ。

「あの、でもなんで鹿なんです？」

「五禽戯《ごきんぎ》という虎《とら》に鹿、熊《くま》、猿《さる》、鳥の動きを真似た、中国古来の健康法があって、今日は鹿のをやっていたんです」レッスンの前に太極拳の先生が話した受け売りですが、と前置きをしてから、二階堂さえ子は話をつづけた。「中国の少数民族の若者が、金色の鹿を遠い土地まで追いかけていき、とうとう逃げ場のない断崖《だんがい》に追い詰め、弓で射ろうとした瞬間、鹿が振りむくなり若くて美しい娘に変身をしたという伝説がありましてね。さっきの動きはそのときの動作の再現なんですよ。この話にはつづきがあって、若者は鹿だった彼女と結婚をして子どもをつくり、ひとつの集落ができて、いまでも鹿の町と呼ばれているそうで」

「へぇ」としか正義は言い様がなかった。中国にも動物にも伝説にもまるで興味がないからだ。それでも話をする二階堂さえ子を見ていられるのはうれしかった。

「私、この話聞いて、気になったことがありましてね。鹿が若い娘に化けたのか、それとも鹿は元々若い娘だったのか、御厨さんはどっちだと思います？」

いきなりそんなことを訊かれても。

だが二階堂さえ子とはできるだけ話をしていたい。正義はどうにか自分の考えを絞りだす。

「やはりその、鹿が切羽詰まって、生き存《ながら》えるための手段として若い娘に化けたのだと思いますが。それに元々が娘だとしたら、鹿に化けていた理由はなんでしょう？」

「彼女は若者が好きだったのに、身分のちがいとか家同士仲が悪いとか、地元にいたら結ばれない理由があったんですよ、きっと。そこで金色の鹿に化け、地元を抜けだし、遠い土地まで若者に追わせ、最後の最後に正体を明かした」

所詮《しょせん》は二階堂さえ子の想像というか妄想に過ぎない。それでも正義は妙に納得してしまう。

「鹿が若くて美しい娘に化けたからって、急に好きになるのは、いくらなんでも現金過ぎますし」

「そうですよ」

二階堂さえ子は我が意を得たりとばかりに大きく頷《うなず》く。彼女の反応に気をよくした正義は、さらにこう付け加えた。

「以前から若者も娘を気になっていたのかもしれません。きみだったのかと驚きながらも、鹿に化けていた理由を聞いて、ならばこの地で暮らそうとなったのではないでしょうか」

「御厨さんって」二階堂さえ子が腰を屈《かが》め、正義の顔を覗《のぞ》きこむように見た。「案外、ロマンチストなんですね」

「え？」正義は言葉に詰まる。

「ごめんなさい。案外は失礼ですよね。でも警察官っていう職業柄、意外に思えてしまったんです」

俺はロマンチストだったのか。

二階堂さえ子に言われたことを、額面どおり受け取った自分こそ現金なものだとは思う。それでも正義はニヤつきが止まらない。マスクで口を覆《おお》っていなければ、まわりのひとに気味悪がられていただろう。

正義がいまいるのは病院の屋上にある庭園だ。四季折々の樹木が植えられているだけではなく、患者が草花や野菜などを育てるガーデニングスペースがあった。町中での歩行を想定し、リハビリに使う階段やスロープ、砂利道などもある。庭園ぜんたいを巡ることができる遊歩道には手摺《てすり》が付いており、ところどころにベンチが設置されていた。

二階堂さえ子はレクリエーション室をでると、「それではまた午後に」と引き止める間もなく去ってしまった。ひとり取り残された正義はそのあと、食堂で昼食を食べた。食事はリハビリの一環なので、患者も病室ではなく、食堂で摂《と》る。二階堂さえ子を誘えばよかったと思わないでもない。しかし食堂は飛沫《ひまつ》の拡散予防のため、ひとりずつアクリルパーティションで仕切られ、なおかつ黙食が推奨されていた。彼女とふたりできたところで、一言も発することなく、お互い黙々と食べるだけだ。あまりにも意味がない。

今日のように晴れた日には、こうして屋上庭園を訪れるのが習慣になりかけていた。北アルプスの山々を眺めるためだ。病室からも見えるが、青空の下だとより格別だった。六月上旬でまだ梅雨には入っておらず、湿気がないからっとした空気で気持ちがいい。陽射《ひざ》しは若干強めのせいで、じんわりと汗が滲みでてくる。できればビールの一杯でも呑《の》みたいところだ。そうすれば嫌なこともすべて忘れられるだろう。

いや、無理だ。

右脚がないのは揺るぎない事実だ。常に気にかけていなければ日常生活に支障を来《きた》してしまう。正義は一気に気が重くなってきた。緩み切っていた頬も瞬《また》く間に強張《こわば》っていくのが自分でもわかる。するとその瞬間だ。なんの前触れもなく、事件が起きたときのことが鮮明に甦《よみがえ》ってきた。フラッシュバックだ。いままさに大型トラックが自分にむかって突進してくる。実際には暗くて見えなかったはずの運転席には、なぜか灯りが点《つ》いて、気弱そうな元暴力団の男性の顔がはっきり見えた。しかも目まであった。慌てて右側へ駆けだす。駄目だ、パトカーの背後に逃れたら、またおなじ目にあう。そうわかっていても身体が勝手に動いてしまう。当然のごとくトラックがおなじ方向に曲がり、パトカーに正面衝突する。その勢いでパトカーが後方に下がって。

「だいじょうぶですか」

　男性の声で正義は我に返った。呼吸が満足にできず、息苦しくてたまらない。

「大きく息を吸ってぇ。はい、止めてぇ。はい、吐いてぇぇ。ぜんぶだしきってぇ。はい、また大きく息を吸うぅぅっ。はい、止めるぅぅ。はい、また吐いてぇぇ」

　男性の声に正義はおとなしく従う。息が整っていくうちに、声の主がすぐ隣でしゃがみこみ、自分に寄り添っていることにいまさらながら気づく。彼は正義の背中をさすってもいてくれた。

「ここの患者さんですよね。看護師さんを呼んできましょうか。それとも下へいったほうがいいかな。私、車椅子、押しますよ」

「い、いえ、あの、もうだいじょうぶです。ありがとうございました」

　礼を言いながら男性を見て、正義は少なからず驚いた。彼は立て膝で座っていたのだが、七分丈のパンツを履いており、立てている右脚が下腿義足だったのである。

「かっこいいですね、そのソケット」

　正義は思わずそう口にしていた。彼のソケットは銀色に輝いていたのである。

「ほんとですか？　うれしいな」男性は言葉どおり、うれしそうににこりと笑う。

「つい先日、つくりなおしたばかりなんですよ。その際、ひとの目を引く、イカしたのにしたいなと思って、長年つきあいのある義肢装具士に相談したところ、これを勧められたんです。シートをソケットに貼《は》りつけているんですが、ふつうのより時間もコストもかかりましてね。そのうえ義肢装具士のテクニックも必要なので、おいそれとは勧められないのですが」

「どこでおつくりになったんですか」

「東京の世田谷にあるハジメ義肢工房というところです」

「東京までわざわざ？」

「あ、いや。私、東京からこの病院を取材にきていまして」

　東京から雑誌の取材が訪れると、福耳から聞いたのは、先週のなかばだ。その際、御厨さんが歩行訓練を受けているところを写真に撮りたいそうですが、どうなさいますかとも訊かれ、迷いながらも顔がでなければという条件付きで引き受けた。署には連絡をして許諾を得ている。

それって今日だったのか。すっかり忘れていたよ。

緊張しないでできますかと二階堂さえ子が心配そうに訊ねてきたのも、このことだったのだと今更ながら気づく。男性が差しだしてきた名刺を受け取る。そこには〈穂《ほ》高《だか》写真館　カメラマン　穂高優太《ゆうた》〉とあった。

「祖父の代からの写真館で、ふだんは家族写真や学校行事の写真を撮っているんですが、出版社とかの依頼も受けているうちに、取材して文章も書くようになりましてね。去年から月イチで全国のリハビリテーション病院を紹介する記事を連載しているんですよ。昼休みのうちに、屋上の庭園を写真におさめておこうかと思いまして」

そのときになって穂高のむこうにどでかいバッグがあるのに気づいた。カメラなど撮影道具が一式入っているのだろう。

「仕事の邪魔、しちゃいましたか」

「いやいや。もうじゅうぶん撮りましたんで。午後はリハビリテーション室にお邪魔するんですが、もしかしてあなたは歩行訓練中の？」

「あ、はい。でもあの、仕事の都合上、顔はださないでくれとお願いしてあって」

「聞いています。引き受けてくださっただけでも感謝しています。歩行訓練はどのくらいまで進みました？」

穂高が気軽な調子で訊ねてくる。

「キャストソケットで平行棒のあいだをなんとか歩ける程度です」

「そのソケットをつくったのって、百々目義肢製作所の二階堂さんですか」

「彼女のこと、知っているんですか」正義は思わず聞き返す。

「義肢装具の専門学校には、義足の製作実習がありましてね。そのモデルを引き受けたとき、まだ学生だった二階堂さんに会ったんです」

それ以来、交遊がつづいているのだという。

「二階堂さんには専門学校からの親友がふたりいて、そのうちのひとりがこれを」と穂高は銀色に輝くソケットを軽く叩く。「つくってくれたハジメ義肢工房で働いていましてね。もうひとりはエピテーゼっていう、身体の欠損や変形した部分の外観を補う装具をつくる会社に勤めているのですが、月にいっぺん、三人がハジメ義肢工房に集まって、勉強会を開いているんですよ」

そのために二階堂さえ子は、県庁所在地から出発する長距離バスに乗って、朝イチに東京へいき、同日の深夜にやはり長距離バスで戻ってきているらしい。

「半月ほど前でしたかね。二階堂さんにその場に呼ばれたことがあったんですよ。今度、下腿の切断患者のリハビリをすることになったので、キャストソケットをつくる練習をさせてほしいと言われまして」

「キャストの代わりに包帯で？」

「ああ、そうです。二階堂さんから聞きました？」

「はい」

ただし下腿義足の友達と聞いて、正義は勝手に二階堂さえ子とおなじ年頃の女性を思い浮かべていたので、ちょっと意外だった。

「おかげでいい感じのキャストソケットができました。ありがとうございます」

「私にお礼を言われても」穂高は照れ臭そうに笑う。「でもまあ、お役に立ててなによりです。二階堂さんは義肢装具士としてはまだまだ未熟ですが、熱意は人一倍あります。なんに対しても真剣に取り組む姿勢には、いつも感心します」

「わかります」正義は大きく頷く。「彼女の真剣な表情はとても美しくて好きです」

勢い余って、なにを口走っているんだ、俺は。

「私も二階堂さんが好きです」

そう言いながら、穂高はにこりと微笑《ほほえ》んだ。そしてどでかいバッグのストラップを肩にかけ、徐《おもむろ》に立ち上がる。

「下にいきますが、あなたは？」

「もう少し北アルプスを眺めています」

「そうですか。ではまたあとで」

正義は北アルプスの山々には目をむけず、去っていく穂高の背中を眺めていた。胸がやたらと熱い。まさに情熱だ。今日も平行棒のあいだを渡り切ろうと心に誓う。そしてはじめて義足で一歩を踏みだしたとき、二階堂さえ子が言った言葉を思いだす。

これは人類にとって小さな一歩かもしれませんが、あなたにとっては偉大な一歩です。

主要参考文献

『リハビリテーション義肢装具学』清水順市、青木主税・編集／メジカルビュー社

『切断と義肢　第2版』澤村誠志・著／医歯薬出版株式会社

『義肢製作マニュアル　第2版』日本義肢装具士協会・監修、田澤英二・編／医歯薬出版株式会社

『散歩の達人　首都圏バリアフリーなグルメガイド』（旅の手帖ＭＯＯＫ）／交通新聞社

『調べよう！　バリアフリーと福祉用具②義足・義手ほか「動く」をたすける②』渡辺崇史・監修／ポプラ社

『はじめてでも簡単！　３Ｄプリンタで自助具を作ろう』田中浩也・監修、林園子・編集／三輪書店

『足のトラブルは靴で治そう　ようこそ　足と靴の外来へ！』塩之谷香・著／中央法規出版

この作品の執筆にあたり、左記の方々にご協力をいただきました。
心より感謝申し上げます。

株式会社愛和義肢製作所　林伸太郎さま
川村義肢株式会社さま
人間総合科学大学保健医療学部教授　栗山明彦さま
荒川陽子さま
特定非営利活動法人 Mission ARM Japan　近藤玄大さま
㈶鉄道弘済会　義肢装具サポートセンター　臼井二美男さま
切断者スポーツクラブ「ヘルス・エンジェルス」
(現「スタートラインＴｏｋｙｏ」) の皆さま

解説——痛みの先で出会うひと

彩瀬まる

恋人でも家族でもない、他者の体。しかも、背中や肩など日常で触れる機会が発生しうる部位ではなく、その人が思わぬ形で失った足の断端。極めて個人的でセンシティブな部位を正面から観察し、触れる。

そんなどきりとする場面から本書は始まる。断端の皮膚の様子、骨や皮下組織の状況を確かめ、巻尺を使って足回りの採寸を行う。義足ユーザーの断端から膝上《ひざうえ》までチューブ包帯を通し、必要箇所のマーキングを行い、水に浸したギプス包帯を巻きつけていく。人によって断端の形状は異なり、義足を使用する際はその断端を適切に収納する〈ソケット〉と呼ばれる部品をオーダーメイドで製作する必要がある。ソケットに不備があればユーザーは痛みを感じ、歩くどころか立ち上がることもままならない。素早さと正確さが求められるソケット製作の過程が、丁寧に、臨場感を伴って描写される。

知らない単語や、見たこともない物品がたくさん出てくる。いかにも混乱しそうなのに、その細やかな作業のシーンがとても読みやすく、抜群に面白い。まだ製作に不慣れな学生たちの、他者の体に触れる緊張や、巻尺や包帯を思い通りに扱えないもどかしさが強く伝わり、こちらの胸までさざめいていく。

これはどういうことだろう？ お仕事小説は、あまり一般に知られていない細かな情報を書き込むと読みにくくなってしまいがちだが、どうしてこの本はこんなに情報量が豊かなまま、読みやすくて面白いのだろう？

未知の読み心地に興奮しながらページをめくり、気づけば一気に読み終えていた。

本書は渋谷にある医療福祉専門学校、通称シブイクに通いながら義肢装具士を目指す学生たちの奮闘を描いた長編小説だ。主人公の二階堂さえ子はある仕事上のつまずきをきっかけに七年勤めた内装会社を退職した二十六歳の女性。クラスメイトは二十歳前後の若者ばかりで、自分がクラスから「浮いている」ことを自覚しながら、さえ子は個性的な班員たちと共に義足製作に邁進《まいしん》する。

個性的と書いたが、さえ子の班員二名は想像を超えて個性的だ。一人目の戸樫博文は実技はダントツでうまいが、クラスから「沈んでいる」とさえ子が感じるほどおとなしい性格だ。一メートル離れただけで声が聞き取りづらくなる伏し目がちな猫背の青年で、母親は渋谷の芸者、父親は別の家族と暮らしているらしい。

もう一人の班員、永井真純は非常に目立つ。髪の色をクルクルと変え、鼻と耳をピアスで飾り、ドクロマークが入った服を愛好している。出会ったばかりの頃、二十五歳だったさえ子に「オバサンじゃん」と言い放つくらい言葉が荒く動作に雑な部分があり、さえ子は彼女をクラスから「浮きあがっている」と感じている。しかし義肢装具士になりたいという本気度は人一倍高く、アフリカ各国の内戦に巻き込まれて手足を失った人に義手や義足を無償提供するNGO団体の代表者に深い憧憬《しょうけい》を抱いている。

二人に比べれば年齢が少し上なだけで自分はノーマルだと思っていたさえ子だが、彼女自身もなかなか個性が強い。思い込んだら一直線、自分の心に嘘《うそ》をつかない潔《いさぎよ》さがあるといえば聞こえはいいが、どうしても許せない相手には闇討《やみう》ちすら企てる猪突《ちょとつ》猛進な気質がある。

彼らが関わっていく義足ユーザーたちもバラエティ豊かだ。性格も、キャリアも、足を失った理由も、選んだ義足のタイプも様々で、装具士とスムーズに交流する人もいれば、思わぬ形で衝突する人もいる。福祉関係者もサービスの利用者も、色々な人がいる。立派な人もいるし、不正を働く人もいる。活発な人もいるし、おとなしい人もいる。当人の性格だけでなく、その時の状況によって落ち着いた受け答えができるときもあれば、暴言を口走ってしまうときもある。誰もが長所と短所をあわせもち、日々試行錯誤して、成功したり失敗したりしながら暮らしている。——そんなシンプルな、当たり前の、それなのになかなか実感することの難しい事実が、本書を通じてまっすぐに投げ渡される。

そして再び、大勢の登場人物たちの背景を、読む側に負荷を感じさせずにするすると読ませてしまう著者の技量に圧倒された。

山本幸久さんの、それまでまったくその世界を知らなかった人を楽しませながら、込み入った物事についてデフォルメも粉飾もせず、一定の落ち着いたリズムを保って伝えきる文章の力はものすごい。シーンごとに提出される情報の量が適切な上、登場人物それぞれに短くて明瞭《めいりょう》な、スパイスの効いた特徴が付与され、彼らの性質をしっかりと読者に伝えている。業界とそこに生きる人々をとらえる画角を広く保ち、仕事の楽しさにも難しさにも、歯切れのよい明快な表現で均等に光を当てる。これまで多くのお仕事小説を書いてきた山本さんにしかできない、職人技のような書き方だと感じる。

もう一つ、この本で特に忘れがたく印象に残ったのが、痛みの描かれ方だ。基本的に『神様には負けられない』は明るく清々《すがすが》しい若者たちの成長譚《せいちょうたん》だ。

しかし本作には、時に顔をしかめたくなるような強烈な痛みが繰り返し書き込まれている。悲惨な事故や深刻な病気、慣れない装具での転倒や、装具が体に合わないことで生じる肉体的な苦痛。さらに、技術や知識が足りず思うように仕事が達成できない、周囲に自分の思いが伝わらないといった精神的な苦痛。理不尽なパワハラや不正義に直面することもあれば、自分の内部から思いがけず転がり出た偏見に打ちのめされることもある。憧《あこが》れが実を結ばず、別の未来を探さざるを得ないこともある。登場人物たちは様々な痛みを感じ、時にそれを背負いながら義足を作り、あるいは義足をつけ、ぎこちなく手探りで歩き続ける。

生きて、歩く。今いる場所から、別の場所へ向かう。ただそれだけの行動をやり通すために、人はいくつもの痛みを乗り越えざるを得ないのだ。さえ子たちの奮闘を追ううちに、いつしかそんなシビアな事実を、静かな心持ちで受け止めていた。

ならば、痛みを抱えて歩いた先で、私たちはどこにたどり着くのだろう。

ある仕事上のつまずきから転職し、義肢装具士を志したさえ子は、内面に大きな痛みを抱えていた。その痛みは、彼女をそれまでとは違う場所、違う仕事へと導いた。

文庫の書き下ろし短編では、単行本からさらに年月が経《た》ったさえ子の姿が描かれる。もう手元の危うい学生ではなくなった彼女は、存在の芯《しん》を太くして、とても凛々《りり》しく落ち着いて見えた。痛みを抱えて歩いた先で、やっとその人は、どんな痛みに襲われても手放すことのない、確かな自分に出会えるのかもしれない。

　そしてこの物語は同時に、痛みは一人で抱えるものではない、とも説いている。他者の痛みを減らそうとする人々の営みを丹念に描く。義足ユーザーが歩行の際に痛みを感じない義足を作る、義肢装具士の仕事はまさにそうだ。

　一人が抱えた痛みを複数の人間が支え、持ち合うこと。培《つちか》ったものを差し出して、他の誰かの痛みを減らすこと。そして他の誰かに差し出されて、自分の痛みを減らしてもらうこと。もしかしたらその繰り返しが、働くということなのかもしれない。読み終えて、なぜ自分と境遇の異なる他者のために働くのか、本当のバリアフリーとはなにか、漠然と抱えてきた問いに、一つの答えを得た気がした。

　痛みには遭う。生きて動いていれば必ず遭う。しかし一人で抱えるものではない。他者と痛みを分け合って進み続ければ、その先の喜びへきっと届く。そんな風に自分を、そして社会を、信じる勇気をくれる本だ。

（二〇二三年七月、作家）

この作品は二〇二〇年十二月新潮社より刊行された。

彩瀬まる著

草原のサーカス

データ捏造に加担した製薬会社勤務の姉、仕事仲間に激しく依存するアクセサリー作家の妹。世間を揺るがした姉妹の、転落後の人生。

朱野帰子著

わたし、定時で帰ります。

絶対に定時で帰ると心に決めた会社員が、部下を潰すブラック上司に反旗を翻す！　働き方に悩むすべての人に捧げる痛快お仕事小説。

町屋良平著

1R1分34秒

芥川賞受賞

敗戦続きのぽんこつボクサーが自分を見失いかけるも、ウメキチとの出会いで変わっていく。若者の葛藤と成長を描く圧巻の青春小説。

荻原　浩著

月の上の観覧車

閉園後の遊園地、観覧車の中で過去と向き合う男――彼が目にした一瞬の奇跡とは。過去／現在を自在に操る魔術師が贈る極上の八篇。

小川　糸著

あつあつを召し上がれ

恋人との最後の食事、今は亡き母にならったみそ汁のつくり方……。ほろ苦くて温かな、忘れられない食卓をめぐる七つの物語。

小野寺史宜著

夜の側に立つ

親友は、その夜、湖で命を落とした。恋、喪失、そして秘密――。男女五人の高校での出会い。そしてそこからの二十二年を描く。

尾崎世界観
千早　茜　著
犬も食わない
脱ぎっぱなしの靴下、流しに放置された食器、風邪の日のお節介。喧嘩ばかりの同棲中男女それぞれの視点で恋愛の本音を描く共作小説。

梶尾真治著
黄泉がえり
会いたかったあの人が、再び目の前に——。死者の生き返り現象に喜びながらも戸惑う家族。そして行政。「泣けるホラー」、一大巨編。

川上弘美著
どこから行っても遠い町
二人の男が同居する魚屋のビル。屋上には、かたつむり型の小屋——。小さな町の人々の日々に、愛すべき人生を映し出す傑作小説。

角田光代著
平凡
結婚、仕事、不意の事故。あのとき違う道を選んでいたら……。人生の「もし」を夢想する人々を愛情込めてみつめる六つの物語。

垣根涼介著
君たちに明日はない
山本周五郎賞受賞
リストラ請負人、真介の毎日は楽じゃない。組織の理不尽にも負けず、仕事に恋に奮闘する社会人に捧げる、ポジティブな長編小説。

垣谷美雨著
ニュータウンは黄昏れて
娘が資産家と婚約⁉ バブル崩壊で住宅ローン地獄に陥った織部家に、人生逆転の好機到来。一気読み必至の社会派エンタメ傑作！

梶よう子著
ご破算で願いましては
―みとや・お瑛仕入帖―

お江戸の「百円均一」は、今日も今日とてんてこまい！ 看板娘の妹と若旦那気質の兄のふたりが営む人情しみじみ雑貨店物語。

町田そのこ著
コンビニ兄弟
―テンダネス門司港こがね村店―

魔性のフェロモンを持つ名物コンビニ店長（と兄）の元には、今日も悩みを抱えた人たちがやってくる。心温まるお仕事小説登場。

加納朋子著
カーテンコール！

閉校する私立女子大で落ちこぼれたちを救済するべく特別合宿が始まった！ 不器用な女の子たちの成長に励まされる青春連作短編集。

北村薫著
飲めば都

本に酔い、酒に酔う文芸編集者「都」の恋の行方は？ 本好き、酒好き女子必読、酔っぱらい体験もリアルな、ワーキングガール小説。

木内昇著
占《うら》

いつの世も尽きぬ恋愛、家庭、仕事の悩み。〝占い〟に照らされた己の可能性を信じ、逞しく生きる女性たちの人生を描く七つの短編。

窪美澄著
トリニティ
織田作之助賞受賞

ライターの登紀子、イラストレーターの妙子、専業主婦の鈴子。三者三様の女たちの愛と苦悩、そして受けつがれる希望を描く長編小説。

近藤史恵著
サクリファイス
大藪春彦賞受賞
自転車ロードレースチームに所属する、白石誓。欧州遠征中、彼の目の前で悲劇は起きた！　青春小説×サスペンス、奇跡の二重奏。

佐藤多佳子著
しゃべれどもしゃべれども
頑固でめっぽう気が短い。おまけに女の気持ちにゃとんと疎い。この俺に話し方を教えろって？「読後いい人になってる」率100％小説。

西條奈加著
千両かざり
―女細工師お凜―
女だてらに銀線細工の修行をしているお凜は、神田祭を前に舞い込んだ大注文に天才職人時蔵と挑む。職人の粋と人情を描く時代小説。

松岡圭祐著
ミッキーマウスの憂鬱
秘密のベールに包まれた巨大テーマパーク。その〈裏舞台〉で働く新人バイトの三日間を描く、史上初ディズニーランド青春成長小説。

本城雅人著
傍流の記者
組織の中で権力と闘え!!　大手新聞社社会部を舞台に、鎬を削る黄金世代同期六人の男たちの熱い闘いを描く、痛快無比な企業小説。

志川節子著
ご縁の糸
芽吹長屋仕合せ帖
大店の妻の座を追われた三十路の女が独り長屋で暮らし始めて――。事情を抱えて生きる人びとの悲しみと喜びを描く時代小説。

瀬尾まいこ著　**君が夏を走らせる**

金髪少年・大田は、先輩の頼みで鈴香（一歳）の子守をする羽目になり、退屈な夏休みが急転！　温かい涙あふれるひと夏の奮闘記。

千早　茜　著　**クローゼット**

男性恐怖症の洋服補修士の纏子、男だけど女性服が好きなデパート店員の芳。服飾美術館を舞台に、洋服と、心の傷みに寄り添う物語。

瀧羽麻子著　**うちのレシピ**

小さくて、とびきり美味しいレストラン「ファミーユ」。恋すること。働くこと。生きること＝食べること。6つの感涙ストーリー。

三上　延　著　**同潤会代官山アパートメント**

天災も、失恋も、永遠の別れも、家族となら乗り越えられる。『ビブリア古書堂の事件手帖』著者が贈る、四世代にわたる一家の物語。

永井紗耶子著　**大奥づとめ**
―よろずおつとめ申し候―

女が働き出世する。それが私たちの職場です。文書係や衣装係など、大奥で仕事に励んだ〈奥女中ウーマン〉をはつらつと描く傑作。

中山祐次郎著　**俺たちは神じゃない**
―麻布中央病院外科―

生真面目な剣崎と陽気な関西人の松島。確かな腕と絶妙な呼吸で知られる中堅外科医コンビがロボット手術中に直面した危機とは。

辻村深月著
ツナグ
吉川英治文学新人賞受賞
一度だけ、逝った人との再会を叶えてくれるとしたら、何を伝えますか――死者と生者の邂逅がもたらす奇跡。感動の連作長編小説。

津村記久子著
この世にたやすい仕事はない
芸術選奨新人賞受賞
前職で燃え尽きたわたしが見た、心震わすニッチでマニアックな仕事たち。すべての働く人の今を励ます、笑えて泣けるお仕事小説。

早見和真著
ザ・ロイヤルファミリー
山本周五郎賞・JRA賞馬事文化賞受賞
絶対に俺を裏切るな――。馬主として勝利を渇望するワンマン社長一家の20年を秘書の視点から描く圧巻のエンターテインメント長編。

乃南アサ著
いつか陽のあたる場所で
あのことは知られてはならない――。過去を隠して生きる女二人の健気な姿を通して友情を描く心理サスペンスの快作。聖大も登場。

原田マハ著
楽園のカンヴァス
山本周五郎賞受賞
ルソーの名画に酷似した一枚の絵。秘められた真実の究明に、二人の男女が挑む！　興奮と感動のアートミステリ。

東川篤哉著
かがやき荘西荻探偵局
謎解きときどきぐだぐだ酒宴（男不要!!）。西荻窪のシェアハウスで暮らす金欠アラサー女子三人組の推理が心地よいミステリー。

深沢　潮著　**縁を結うひと**

R－18文学賞受賞

在日の縁談を仕切る日本一の「お見合いおばさん」金江福。彼女が必死に縁を繋ぐ理由とは。可笑しく切なく家族を描く連作短編集。

藤岡陽子著　**手のひらの音符**

45歳、独身、もうすぐ無職。人生の岐路に立ったとき、〈もう一度会いたい人〉を思い出した――。気づけば涙が止まらない長編小説。

真梨幸子著　**初恋さがし**

忘れられないあの人、お探しします。ミツコ調査事務所を訪れた依頼人たちの運命の行方は。イヤミスの女王が放つ、戦慄のラスト！

益田ミリ著　**マリコ、うまくいくよ**

社会人二年目、十二年目、二十年目。同じ職場で働く「マリコ」の名を持つ三人の女性達の葛藤と希望。人気お仕事漫画待望の文庫化。

真山　仁著　**プライド**

現代を生き抜くために、絶対に譲れないものは何か、矜持とは何か。人間の深層心理まで描きこんだ極上の社会派フィクション全六編。

万城目　学著　**パーマネント神喜《しんき》劇《げき》**

私、縁結びの神でございます――。ちょっぴりセコくて小心者の神様は、人間の願いを叶えるべく奮闘するが。神技光る四つの奇跡！

新潮文庫最新刊

青山文平著
泳ぐ者
別れて三年半。元妻は突然、元夫を刺殺した。理解に苦しむ事件が相次ぐ江戸で、若き徒目付、片岡直人が探り出した究極の動機とは。

佐藤賢一著
日蓮
人々を救済する――。佐渡流罪に処されても、信念を曲げず、法を説き続ける日蓮。その信仰と情熱を真正面から描く、歴史巨篇。

諸田玲子著
ちよぼ
―加賀百万石を照らす月―
女子《おなご》とて闘わねば――。前田利家・まつと共に加賀百万石の礎を築いた知られざる女傑・千代保。その波瀾の生涯を描く歴史時代小説。

梶よう子著
江戸の空、水面の風
―みとや・お瑛仕入帖―
腕のいい按摩と、優しげな奉公人。でも、なぜか胸がざわつく――。お瑛の活躍は新たな展開に。「みとや・お瑛」第二シリーズ！

藤ノ木優著
あしたの名医
―伊豆中周産期センター―
伊豆半島の病院へ異動を命じられた青年産婦人科医。そこは母子の命を守る地域の最後の砦だった。感動の医学エンターテインメント。

山本幸久著
神様には負けられない
26歳の落ちこぼれ専門学生・二階堂さえ子。職なし、金なし、恋人なし、あるのは夢だけ！つまずいても立ち上がる大人のお仕事小説。

新潮文庫最新刊

C・マッカラーズ
村上春樹訳
心は孤独な狩人
アメリカ南部の町のカフェに聾唖の男が現れた——。暗く長い夜、重い沈黙、そして小さな希望。マッカラーズのデビュー作を新訳。

三川みり著
龍ノ国幻想6
双飛の暁
皇尊《すめらみこと》の譲位を迫る不津《ふつ》と共に、目戸《まと》が軍勢を率いて進軍する。民を守るため、日織《ひおり》が仕掛ける謀《はかりごと》は、龍《たつ》ノ原《はら》を希望に導くのだろうか。

塩野七生著
ギリシア人の物語3
—都市国家ギリシアの終焉—
ペロポネソス戦役後、覇権はスパルタ、テーベ、マケドニアの手へと移ったが、まったく新しい時代の幕開けが到来しつつあった——。

角田光代著
月夜の散歩
炭水化物欲の暴走、深夜料理の幸福、若者ファッションとの決別——。〝ふつうの生活〟がいとおしくなる、日常大満喫エッセイ！

企画・デザイン
大貫卓也
マイブック
—2024年の記録—
これは日付と曜日が入っているだけの真っ白い本。著者は「あなた」。2024年の出来事を綴り、オリジナルの一冊を作りませんか？

山田詠美著
血も涙もある
35歳の桃子は、当代随一の料理研究家・喜久江の助手であり、彼女の夫・太郎の恋人である——。危険な関係を描く極上の詠美文学！

神様《かみさま》には負《ま》けられない

新潮文庫　や－65－3

令和五年十月一日発行

著者　山《やま》本《もと》幸《ゆき》久《ひさ》

発行者　佐藤隆信

発行所　株式会社 新潮社

郵便番号　一六二―八七一一
東京都新宿区矢来町七一
電話 編集部(〇三)三二六六―五四四〇
読者係(〇三)三二六六―五一一一
https://www.shinchosha.co.jp

価格はカバーに表示してあります。

乱丁・落丁本は、ご面倒ですが小社読者係宛ご送付ください。送料小社負担にてお取替えいたします。

印刷・大日本印刷株式会社　製本・株式会社植木製本所

© Yukihisa Yamamoto 2020 Printed in Japan

ISBN978-4-10-135883-3 C0193